HISTOIRES DÉLICIEUSEMENT DÉLICTUEUSES

Dans Le Livre de Poche :

ALFRED HITCHCOCK
présente :

Histoires à ne pas lire la nuit.
Histoires à faire peur.
Histoires diablement habiles.
Histoires à n'en pas revenir.
Histoires macabres.
Histoires angoissantes.
Histoires piégées.
Histoires riches en surprises.
Histoires de mort et d'humour.
Histoires troublantes.
Histoires noires.
Histoires médusantes.
Histoires qui défrisent.
Histoires à sang pour sang.
Histoires pour tuer le temps.
Histoires explosives.
Histoires déroutantes.
Histoires à corps et à crimes.
Histoires avec pleurs et couronnes.
Histoires à risques et périls.
Histoires d'argent, d'armes et de voleurs.
Histoires de la crème du crime.
Histoires de sang et de sous.
Histoires de trouble émoi.
Histoires de faisans a l'hallali.
Histoires de dommages et d'intérêt.

ALFRED HITCHCOCK

présente :

Histoires délicieusement délictueuses

LE LIVRE DE POCHE

J'AI VU MAMAN TUER LE PÈRE NOËL

par GEORGE BAXT

Hier, nous avons enterré Maman, alors je me sens libre de dire la vérité. Si elle a vécu jusqu'à quatre-vingt-treize ans c'est bien parce que, ayant décidé d'être un fils loyal, je n'ai rien été raconter aux flics. Je suis Oscar Leigh. Ma mère, c'était Désirée Leigh. Tout juste, Désirée Leigh, celle qui a inventé la crème Désirée qui promettait la jeunesse éternelle aux jeunes et le rajeunissement aux vieilles. Ce fut une des grandes escroqueries de l'industrie du cosmétique. J'imagine que du jour où ceci sera publié, ce sera la fin de l'empire Désirée, mais franchement, mes jolis, je m'en moque complètement. La marque Désirée a été rachetée il y a quatre ans par une société japonaise et ma part (plus de deux milliards) est bien à l'abri. J'imagine que je vais hériter en sus des milliards de Maman, mais pour l'amour du ciel, que vais-je faire de tout cet argent ? Le compter, j'imagine.

Désirée Leigh n'était pas son véritable nom. Elle était née Daisy Ray Letch, mais comment peut-on réussir dans la vie avec un nom comme Letch ? Cela faisait quatorze ans qu'elle traînait une maladie d'Alzheimer. C'est à l'apparition des premiers symptômes que j'ai commencé à m'intéresser à son passé. Elle avait toujours fait un tas de mystères sur ses origines et s'était également montrée très sybilline quant à l'identité de mon père. Elle racontait qu'il avait été tué en Afrique du Nord en 1943 et qu'il s'appelait Clarence Kolb. J'ai dépensé beaucoup d'argent pour essayer de retrouver sa trace, jusqu'à un certain soir où, installé au lit pour regarder un vieux film, j'ai repéré le nom de Clarence Kolb parmi les acteurs de second plan qui apparaissaient au générique de fin. J'en ai fait part à Maman dès le lendemain au petit déjeuner, mais elle a déclaré qu'il s'agissait d'une coïncidence, et que cela les avait toujours fait rire, mon père et elle.

Elle ne possédait aucune photo de lui, ce que je trouvais bizarre. Lorsqu'ils se sont mariés, quelques mois avant la guerre, ils se sont installés à Coney Island. Ils avaient certainement dû se faire prendre en photo dans un des stands de la foire ? Pas du tout, affirmait Maman, ils évitaient la promenade de planches et les parcs d'attractions — ils étaient trop pauvres pour ce genre de frivolités. Comment Papa gagnait-il sa vie ? A l'entendre, il livrait du lait — son parcours attitré longeait Sheepshead Bay. Il travaillait pour la société Borden, disait-elle. Eh bien, vous pouvez me croire, il n'y a pas la moindre trace d'un Clarence Kolb parmi les anciens employés de la société laitière Borden. Il m'a fallu dépenser une petite fortune pour en avoir l'assurance.

Maman travaillait aussi, si cela se trouve ?

— Oh, oui, me confia-t-elle un soir à Cannes, où notre yacht était ancré pour quelques jours. J'ai travaillé jusqu'à la veille de ta naissance.

— Que faisais-tu ?

Nous nous trouvions sur le pont, jouant au gin-rummy sous un soleil de plomb afin que Maman puisse avoir le second à l'œil — soit qu'il y eût quelque chose entre eux, soit que ce fût dans ses intentions.

— Je travaillais dans un laboratoire.

Elle me l'annonça d'un ton si détaché, en faisant main basse sur une levée qui ne lui revenait pas, que je ne pus la croire.

— Tu ne me crois pas.

Non seulement elle trichait, volait et mentait mais elle savait aussi lire votre pensée.

— Bien sûr que je te crois.

J'avais l'air aussi sincère qu'un officiel de Berlin-Est promettant à de futurs émigrés qu'ils auraient leur visa pour la liberté avant la fin de la journée[1]...

— C'était un laboratoire privé, précisa-t-elle en coulant un regard en direction du second, qui pour sa part reluquait un matelot. Il se trouvait à deux rues de notre appartement.

— Quel genre de laboratoire ? demandai-je, ayant repéré que le matelot, lui, lorgnait plutôt dans ma direction.

— Il appartenait à un dénommé Desmond Tester. Il jonglait avec un tas de formules.

— Une espèce de savant fou ?

Elle gloussa en trichant une deuxième fois.

— Je crois bien qu'il était un peu fou, d'une certaine façon. C'était une grande intelligence. Il m'a beaucoup appris.

— Est-ce là que tu as commencé les crèmes et lotions Désirée ?

— C'est là que la graine a été semée.

— Combien de temps es-tu restée avec ce...

— Desmond Tester. Laisse-moi réfléchir. Ton père est parti pour l'armée en février 42. Je ne savais pas que j'étais enceinte, à l'époque, sinon il n'y serait

1. Depuis que cette nouvelle a été écrite, cette remarque est devenue anachronique.

jamais allé. D'un autre côté, j'imagine que si je l'avais su, j'aurais gardé le secret afin que ton papa puisse partir à la guerre et prouver qu'il était un héros, pas un simple livreur de lait.

— Je ne vois pas ce qu'il y a de mal à livrer du lait.

— Cela n'a rien d'héroïque non plus. Bon, où en étais-je ?

— Tu viens de prendre mon roi de cœur, mais tu n'aurais pas dû.

Elle m'ignora, adressant un sourire aguicheur au second tandis que le matelot me décochait une œillade qui me fit rougir.

— En tout cas, j'ai pris mon congé de maternité et aussitôt après, je suis retournée travailler pour le professeur Tester. Une gentille dame du voisinage s'est occupée de toi. Comment s'appelait-elle, déjà ? Laisse-moi réfléchir... Ah, oui ! Blanche Yurka.

— N'est-ce pas le nom de l'actrice qui jouait Ma Barker dans ce film de gangsters que nous avons vu au cinéma de minuit ?

— Je l'ignore. Crois-tu ? Mais tu es en train de prendre mon dix de trèfle, ajouta-t-elle d'un ton acide.

— Je l'ai pris de façon régulière, avec ma reine de trèfle, rétorquai-je. Et comment se fait-il que tu ne te sois jamais remariée ?

— J'imagine que j'étais trop accaparée par ma carrière. J'étais alors l'assistante du professeur Tester pour la commercialisation de certaines de ses crèmes et lotions. C'était tellement difficile de s'introduire dans les grands magasins !

— Quand as-tu mis au point tes premières formules ?

— Oh, c'était après la disparition malencontreuse du professeur.

Malencontreuse, tu parles. Je l'avais vue en train de le tuer.

Cela s'est passé à Noël 1950 — précisément le jour de Noël. Maman devait préparer la dinde traditionnelle chez le professeur — notre appartement était beaucoup trop petit pour recevoir. Je me souviens que presque tout le monde était là. Il s'agissait pour la plupart de gosses du quartier, les plus défavorisés d'entre eux, dont les parents n'avaient pas les moyens d'organiser un vrai repas de Noël. Il devait y en avoir une dizaine. Maman et le professeur étaient les seuls adultes, mais Maman affirme qu'il y avait aussi une dénommée Laurette, avec qui le professeur avait une liaison. Selon Maman, cette femme la jalousait, persuadée qu'il y avait un petit quelque chose entre le professeur et elle. (J'ai toujours soupçonné Maman d'avoir beaucoup de petits quelques choses dans le voisinage, quand elle ne pouvait pas payer sa note de boucher ou d'épicier, ou qu'elle était en retard pour le loyer, ou encore qu'elle devait de l'argent à M. Kumbog qui tenait le magasin de spiritueux.)

Maman dit que c'est Laurette qui a tiré une balle dans le cœur du professeur. Après quoi, elle aurait pris la fuite (sans qu'on n'entende plus jamais parler d'elle, inutile de le préciser...). Mais j'anticipe. Cela s'est produit ainsi : Maman était à la cuisine en train de farcir la dinde, quand le professeur Tester est apparu dans l'embrasure de la porte, déguisé en Père Noël. Il s'était rembourré le ventre, et pourtant il ne ressemblait pas davantage au Père Noël que Monty Woolley dans *Life Begins at Eight Thirty*.

— Daisy Ray, il faut que je vous parle, dit-il.

— Laissez-moi d'abord terminer la farce et enfourner la dinde, lui répondit-elle. J'aimerais faire dîner les enfants vers cinq heures, quand ils en auront vraiment assez de jouer au docteur ou à la marchande.

Je me souviens qu'elle m'avait demandé :

— Dis-moi, Fiston, est-ce que tu as déjà joué au docteur ?

— Tant que j'ai pu. Et je continue, avais-je répondu en minaudant. Je suis un spécialiste, maintenant.

— Daisy Ray, descendez avec moi au laboratoire, insista le professeur Tester.

— Franchement, Desmond, répondit-elle, je ne comprends pas pourquoi vous me parlez sur ce ton.

— Il se passe ici beaucoup de choses qui sont difficiles à comprendre, Daisy Ray ! répliqua-t-il sèchement.

Son ton était aussi menaçant que celui du capitaine Bligh convoquant M. Christian[1].

Je surpris sur le visage de ma mère une expression étrange et inquiétante. Ensuite, elle eut un geste qui, j'en prends conscience aujourd'hui, aurait dû alerter le professeur que quelque chose d'inattendu et de désagréable allait lui tomber dessus. Elle ramassa son sac à main qui était accroché par la bandoulière au dossier d'une chaise et le suivit hors de la pièce.

— Fiston, ne bouge pas de là, m'intima-t-elle d'une voix qui me parut provenir de la chambre d'écho, dans ce feuilleton radiophonique plein de revenants, le *Conte de la sorcière*.

— Oui, Maman.

Je la regardai sortir de la cuisine à la suite du professeur Tester. J'étais terrifié. Mû par le pressentiment que quelque chose d'affreux allait se produire, je désobéis à son ordre et les suivis sur la pointe des pieds.

Le laboratoire se trouvait au sous-sol. J'attendis dans l'entrée que le bruit de leurs pas s'éloigne en direction de la grande salle d'expériences, et m'engageai à mon tour dans l'escalier en prenant mille précautions et priant le ciel que les marches ne

1. Allusion aux *Mutinés du Bounty*.

grincent pas. Mais je n'avais pas lieu de m'inquiéter. Ils étaient en train de hurler si fort qu'on n'aurait pas perçu l'explosion d'une bombe atomique. Comme la porte du laboratoire était entrebâillée, j'eus le loisir de tout entendre.

— Qu'avez-vous fait de la formule ? s'écria-t-il en écumant de rage.

— J'ignore de quoi vous parlez.

Maman était très calme, subtilement soumise. Ce fut l'une des rares occasions de ma vie où je l'ai presque admirée.

— Sacrebleu ! Vous savez très bien de quoi je parle, espèce de voleuse !

— Comment osez-vous ? (Quelle indignation ! Norma Shearer[1] en serait morte de jalousie, si elle avait pu l'entendre.)

— Vous avez volé la formule de ma crème de jouvence ! Vous vous êtes associée au groupe Sibonay à Mexico !

— Vous avez des visions. Vous avez dû avaler quelques comprimés de trop.

— J'ai un ami chez Sibonay, figurez-vous. Il m'a tout raconté. Je vais vous faire jeter en prison si vous ne me rendez pas ma formule.

Même si je ne doutais pas un instant que ma mère l'ait trahi, j'eus du mal à contenir mon fou rire. Je veux dire, avez-vous déjà vu le Père Noël écumer de rage ?

— Ne me touchez pas ! Je vous interdis de porter la main sur moi !

Le sac de Maman était ouvert. Elle fouilla à l'intérieur. Le professeur la gifla violemment. Puis j'entendis le *plop* et il porta la main à sa poitrine. Des filets de sang apparurent entre ses doigts. Maman tenait à la main un petit revolver à crosse de nacre, étonnamment semblable à ceux que Kay

1. Célèbre actrice américaine des débuts du cinéma parlant.

Francis[1] dissimulait dans ses réticules brodés de paillettes. « Mon Dieu, me dis-je alors, je viens de voir Maman tuer le Père Noël ! »

***

Je tournai les talons et détalai. Je gravis les marches comme une flèche et me précipitai dans le salon où les autres enfants, occupés à former des camps pour jouer à « Qui a tué l'hôtesse ? », ne pouvaient avoir entendu ce qui s'était passé dans le sous-sol. Je me mêlai à eux et restai sans nouvelle de Maman pendant une bonne demi-heure.

Je commençais à me demander si je n'avais pas été victime d'une hallucination — peut-être ne l'avais-je pas vue abattre le professeur, après tout. Je faussai compagnie aux autres enfants et par pure curiosité (probablement mâtinée d'inquiétude), me dirigeai vers la cuisine.

Vous pouvez au moins lui rendre cette justice : la dinde rôtissait dans le four ; la salade était prête, les légumes mijotaient doucement de façon à être cuits en même temps que le volatile, et elle était occupée à décorer le sommet d'une tourte aux patates douces avec des morceaux d'angélique. Elle leva les yeux à mon entrée et demanda :

— Alors, Fiston, tu t'amuses bien ?

Je ne pus m'empêcher de lui dire :

— Quand est-ce que le Père Noël va arriver avec son sac de cadeaux ?

— Doux Jésus ! Quand, à ton avis ? Allons, où le Père Noël peut-il bien être, selon toi ?

Bel et bien mort dans la salle d'expériences, aurais-je dû répondre, au lieu de quoi je dis :

— Je donne ma langue au chat, Maman.

1. Actrice américaine des années 30, vedette de *Voyage sans retour* de Tay Garnett.

Elle réfléchit quelques instants avant de déclarer d'un ton jovial :

— J'imagine qu'il est en bas, en train de travailler à une nouvelle formule. Descends lui dire qu'il est temps qu'il fasse son entrée.

Vous vous rendez bien compte ? Envoyer son propre fils dans la cave pour qu'il découvre le corps de l'homme que vous venez d'assassiner ?

***

Eh bien, j'ai fait ce que j'étais censé faire. J'ai découvert le corps et me suis mis à hurler comme un malade, pensant que c'était la meilleure attitude à adopter dans ce genre de circonstance. Maman est arrivée en courant avec les enfants. En voyant le cadavre, les gamins ont poussé des cris terrifiants, les miens plus encore que ceux des autres afin que Maman puisse être fière de moi. Elle s'est empressée de téléphoner à la police.

Ce qui s'est passé après l'arrivée des flics n'a été que pur génie de la part de ma mère. Je ne me rappelle pas le nom du détective chargé de l'enquête — il doit maintenant avoir rejoint la Grande Brigade du Firmament — mais je suis sûr que si on lui avait fait passer un test d'intelligence, il aurait rendu cinquante points à tout le monde. Maman glapissait d'une voix hystérique :

— Oh, mon Dieu ! Quand je pense qu'il y avait un assassin dans la maison pendant que je préparais notre repas de Noël et que les enfants jouaient aux devinettes dans le salon !

Elle soutint ce monologue pendant dix bonnes minutes, jusqu'à ce que le médecin légiste vienne dans la cuisine et annonce au détective que le professeur avait été abattu d'une balle en plein cœur.

— A-t-on retrouvé l'arme ? demanda le policier.

— Cela n'entre pas dans mes attributions, répliqua le médecin avec humour.

D'autres préposés furent donc expédiés à la recherche de l'arme. Connaissant Maman, je m'imaginais bien qu'elle n'était plus dans son sac, mais alors, où avait-elle bien pu la planquer ? Le cours de mes pensées fut interrompu par sa voix :

— Ça pourrait être Laurette.

— Qui est-ce ? demanda le détective.

Maman joignit les mains, s'efforçant de paraître à la fois vertueuse et méprisante.

— C'était la petite amie du professeur, si vous voyez ce que je veux dire. Il a rompu avec elle la semaine dernière mais elle n'avait pas l'intention de le laisser filer comme ça. Elle n'a pas arrêté de lui téléphoner et de le menacer. Il m'a dit ce matin qu'elle allait peut-être venir lui apporter son cadeau de Noël. Et ce cadeau de Noël, c'était — la *mort* ! conclut-elle d'un air sinistre.

— L'avez-vous vue aujourd'hui ? demanda l'inspecteur.

Ma mère répondit que non. Il demanda à chaque enfant s'il avait vu une dame bizarre entrer dans la maison et je fus tenté de lui dire que la seule dame bizarre que j'avais vue était ma mère, puis je pensai à la formule et à la fortune qui nous attendait. C'est alors que je suis devenu un fils vraiment dévoué.

— Elle aurait pu entrer par la porte de la cave, proposai-je. (Ce fut la première fois où ma mère me regarda avec amour et admiration.) Elle est de l'autre côté de la maison, et avec tout le bruit que nous faisions...

— Et moi, j'écoutais la radio dans la cuisine, c'était l'heure de *Comme si on était au bal*... ajouta Maman, alimentant le feu que je venais d'allumer. Cela fut suffisant. La police finit par lever le camp — sans avoir retrouvé l'arme mais en emportant le corps —, et Maman nous servit le dîner de Noël comme si tuer un homme était un incident tout ce qu'il y a d'ordinaire.

Le repas était succulent, même si certains enfants trouvèrent que la dinde avait un drôle de goût.

— La dinde peut avoir un goût de gibier, quelquefois, gloussa Maman...

Six mois plus tard, elle était en passe de devenir l'une des figures les plus prestigieuses de l'industrie cosmétique.

***

Je suis resté célibataire. Je travaillais avec Maman et ses associés. Au cours des années, j'ai vu comment elle s'est débarrassée d'eux, l'un après l'autre. Elle a éliminé le groupe mexicain Sibonay en prouvant — comme c'était faux, cela lui coûta fort cher — qu'il servait de façade à un réseau de trafic de drogue. Elle se mit dans la tête que ce serait amusant que je devienne maire de New York, mais une voyante me conseilla de laisser tomber et de me lancer dans la Bourse, ce que je fis, moyennant des pertes catastrophiques. (La voyante mourut de façon fort mystérieuse, ce qu'elle n'avait apparemment pas su prévoir).

Chaque année au moment de Noël, j'étais terriblement tenté de dire à Maman que je l'avais vue tuer le Père Noël. Et chaque année au moment de Noël, je brûlais de savoir où elle avait caché l'arme.

J'ai fini par l'apprendre. C'était le jour de Noël, il y a quatorze ans de cela. Les médecins m'avaient annoncé, après plusieurs examens, que Maman présentait tous les symptômes de la maladie d'Alzheimer. Ainsi, quand elle se mettait du rouge à lèvres, elle finissait par se barbouiller tout le menton ; elle enfilait trois robes l'une sur l'autre, rangeait ses sacs et ses chaussures dans le congélateur. C'était vraiment triste, même pour une meurtrière indigne de la moindre pitié. Pourtant, cette année-là, elle insista pour préparer elle-même le dîner de Noël.

— Cela sera exactement comme la fois où nous avons partagé ce merveilleux repas avec les gosses du voisinage, dit-elle. Quand le professeur Tester s'est déguisé en Père Noël et est arrivé avec son sac rempli de jouets. Le jour où il m'a fait ce magnifique cadeau, les droits exclusifs de la Lotion de Jouvence Désirée.

Nous étions vingt à ce dîner, que ma mère réussit impeccablement, croyez-moi si vous voulez. Les domestiques étaient un peu nerveux, mais les invités avaient beaucoup trop bu pour le remarquer. C'est alors, tandis que nous dégustions la dinde, que Maman me lança depuis l'autre bout de la table :

— Est-ce que la dinde a le même goût que ce jour-là, Fiston ?

Le goût de la dinde que nous avions mangée vingt-six ans plus tôt me revint aussitôt, quand Maman avait dit quelque chose dans le genre « les dindes ont parfois un goût de gibier ». Je la regardai et lus dans ses yeux une expression moqueuse — malgré la maladie. Je lui dis, sans savoir si elle allait saisir le sens de mes paroles :

— Maman, j'ai vu ce que tu avais fait.

Un léger sourire apparut sur ses lèvres et elle dodelina de la tête.

— J'en avais bien eu l'impression, répondit-elle. Mais tu n'as pas répondu à ma question. Est-ce que la dinde a le même goût que l'autre fois ?

Je lui répondis sincèrement.

— Non, Maman, absolument pas. Elle est délicieuse.

Elle se mit à rire comme une folle. Les convives avaient l'air gêné. Je ne savais plus où me mettre. « Est-ce une plaisanterie entre vous ? » me demanda mon voisin de droite. Mais j'étais incapable de répondre. Ma mère avait plongé la main à l'intérieur de la dinde et s'était mise à en extraire des morceaux de farce qu'elle jetait d'une manière obscène dans ma direction.

— Tu ne sais donc pas pourquoi la dinde avait un drôle de goût ? Tu n'as pas compris pourquoi, Fiston ? Tu ne devines donc pas ce que j'avais mis dans la farce, afin que ces imbéciles de flics ne le découvrent pas ? Tu ne devines pas, Fiston ?

I Saw Mummy Killing Santa Claus.
Traduction de Marie-Caroline Aubert.

LE MUSÉE MÉDUSANT

par Elliott Capon

La porte d'entrée était encadrée par des fenêtres, toutes deux drapées de noir et de violet. Derrière celle de gauche, on voyait un Président Kennedy grandeur nature, souriant et saluant de la main, comme il le faisait au moment d'être tué. Derrière l'autre fenêtre, se tenait un être fantastique : pour moitié, c'était Anthony Perkins brandissant une hache et l'autre moitié, c'était encore Perkins mais vêtu comme sa mère, avec un grand couteau à la main. Il y avait vraiment là de quoi être médusé, pour reprendre ce mot dont notre prof nous avait récemment appris la signification.

Et tout cela se situait à Bellerive, petite ville dont le nom montre bien que les Français l'avaient vendue à John Adams ou Andrew Jackson avant que la fabrique de caoutchouc n'ait transformé la rivière en une sorte d'épais sirop. Bellerive n'était pas un bourg mais une ville de quelque douze mille habitants, où néanmoins tout le monde se connaissait plus ou moins. Nous avions quatre temples protestants, une église catholique et même une synagogue. Nous avions une section des Anciens

Combattants, des Chevaliers de l'American Legion et quantité d'organismes charitables. Tout le monde appartenait à ceci ou cela, ce qui entraînait un salutaire brassage de la population. Quelques années plus tard, j'ai lu un roman intitulé *Siege* et dû à un certain Edwin Corley, dont une phrase demeure gravée dans la mémoire du quadragénaire que je suis maintenant : « Il avait conscience d'être noir, tout comme Clayton se savait rouquin, et jusqu'alors ça n'avait pas eu plus d'importance. » Telle était Bellerive, où mon père officiait à la synagogue et où j'avais pour meilleurs copains Vince, qui allait à l'école catholique et Pat Carter qui était noir, sans que cela eût la moindre importance à nos yeux. Dire que Bellerive constituait une sorte de grande famille heureuse serait excessif, mais on y sympathisait volontiers.

Et c'est là, je pense, une des raisons pour lesquelles nombre de gens à Bellerive n'aimaient pas M. Berrigan.

A New York, Chicago ou Los Angeles, le Musée de Cires Berrigan eût été noyé dans la masse, mais à Bellerive il agissait à la façon d'un aimant. Bellerive se trouvant non loin d'un parc national, si l'on y ajoutait l'attrait d'une visite au Musée Berrigan, cela constituait un but d'excursion familiale. Alors, surtout pendant le week-end et durant l'été, quantité de voitures amenaient chez Berrigan des visiteurs qui allaient ensuite finir la journée sous les ombrages du parc. Ces gens venaient d'une centaine de kilomètres à la ronde pour voir le Musée de Cires, mais rares étaient ceux qui après allaient effectuer un achat quelconque dans Fremont Street, notre artère commerçante, pour la bonne raison qu'elle ne leur offrait rien qu'ils ne pussent trouver dans leur propre Grand'Rue. Le maire et les conseillers municipaux avaient tous un ou plusieurs commerces dans Fremont Street ; d'où leur amertume de voir tous ces visiteurs remonter en voiture et quitter Bellerive après y avoir seulement dépensé un dollar au profit de Berrigan. Le Restaurant des Familles bénéficiait un tout petit peu de ces visites, mais la plupart des touristes avaient des paniers de pique-nique dans leurs voitures. Le Musée de Cires n'était en rien responsable de cet état de choses, mais cela engendrait du ressentiment.

Et il y avait aussi que M. Berrigan n'appartenait à aucun groupe ou association. Personne ne savait grand-chose de lui, pas même nous, les gosses. Il vivait seul, au-dessus du Musée, et nous n'avions jamais su s'il était veuf, divorcé ou célibataire endurci. Il n'assistait guère aux offices que pour Noël, et tantôt chez les Méthodistes, tantôt chez les Baptistes. Jamais on ne le voyait aux débats du Conseil municipal, et pas davantage au traditionnel pique-nique organisé en faveur de la Caisse de Secours des Pompiers. Et il nous arrivait d'entendre nos parents le traiter de « drôle de bonhomme » ou de « type bizarre ».

Enfin, la troisième raison pour laquelle les grandes personnes n'aimaient pas M. Berrigan résidait dans le fait que nous, les gosses, raffolions de l'arrière-salle du Musée.

Nul ne pouvait nier que M. Berrigan avait une sorte de génie pour créer des statues de cire en leur donnant l'apparence de la vie. Il y avait notamment un Elvis Presley se déhanchant, Marilyn Monroe — dans la fameuse scène où elle s'efforçait d'empêcher sa jupe de se relever —, John Wayne, Jane Russel, et bien d'autres encore. Je pense que Vincent Price a dû tourner une demi-douzaine de films où ses statues semblent vivantes parce qu'il s'agit de corps humains sur lesquels il a fait couler de la cire en fusion. Mais celles sorties des mains de M. Berrigan étaient encore plus réussies, au point qu'il arrivait souvent qu'un visiteur pose une question à ce qu'il croyait être un gardien, ou s'excuse de passer devant une dame qui semblait pétrifiée d'admiration face à l'un de ces chefs-d'œuvre.

Tout cela était parfait pour les grandes personnes et les touristes, mais nous, à peine avions-nous donné notre dollar, que nous foncions vers l'arrière-salle, dont l'entrée était masquée par un rideau noir au-dessus duquel une pancarte proclamait « *Chambre des Horreurs* ».

Là, il y avait Frankenstein, Dracula, le Loup-Garou, la Momie, et un socle vide avec une plaque où l'on pouvait lire « L'Homme invisible » ! La Créature du Lac noir, Jack l'Éventreur... On y voyait aussi ce que Berrigan prétendait être d'authentiques instruments de torture utilisés par l'Inquisition espagnole, et ceux qui y étaient soumis nous regardaient avec une expression de souffrance atroce peinte sur le visage. Des doigts magiques de Berrigan étaient également sortis des araignées géantes, des chauves-souris, de gros rats, des hiboux dont les yeux brillaient dans la pénombre sous l'effet de l'éclairage indirect. C'était hallucinant et, notre imagination s'en donnant à cœur joie, nous finissions par éprouver un réel sentiment de peur, ce que nous adorions. Nous jouions alors à pousser des cris, en nous pourchassant bras tendus, nos doigts simulant des griffes ou des serres. Et puis il y en avait toujours un qui restait planté devant les scènes de torture, en proie à une délectation morbide. L'un de ceux-là, un nommé Larry que je ne connaissais que vaguement, assassina seize ans plus tard sa femme, ses beaux-parents et sa belle-sœur, mais ça n'est, je pense, qu'une coïncidence.

Nos âges s'échelonnaient de dix à quatorze ans et nous étions en pleine phase films S.F. ou d'horreur, dont nous nous délections le samedi en matinée au *Bristol* sans que personne y trouve à redire.

Puis une rumeur se mit à courir par la ville, selon laquelle l'arrière-salle du Musée Berrigan contenait des choses trop horribles pour être vues par des jeunes à l'esprit hypersensible et impressionnable. On en discuta avec fièvre dans les réunions. Il n'était pas possible de fermer le Musée (comme cela s'était fait en moins de quinze jours pour une sex-shop) non plus que d'interdire à Berrigan de reproduire les monstres des films, mais les parents pouvaient interdire à leur progéniture d'aller au Musée, apportant ainsi une trentaine de dollars à Berrigan une ou deux fois par semaine. Nos parents nous refusant ce dollar tant désiré, nous aurions dû nous priver de nos journaux de B.D. un mois durant pour avoir de quoi nous payer une seule visite au Musée. Alors, nous avions beau raffoler de la Chambre des Horreurs, consentir un tel sacrifice pour revoir encore les mêmes statues était au-dessus de nos forces.

Je ne pense pas que M. Berrigan se soit senti poussé vers la faillite par cette diminution de ses revenus, mais il dut néanmoins la ressentir durement. Quelques semaines après qu'il eut été ainsi privé de sa plus fidèle clientèle, il retira la statue du Président Kennedy et la remplaça derrière la fenêtre par une du Maire, M. Hubert. Celui-ci était gros et avait tendance à transpirer abondamment ; en sus de quoi, dès le début de l'après-midi, il commençait à paraître mal rasé. Et la statue de M. Hubert était d'une ressemblance frappante... A la vérité, le Maire paraissait juste un peu plus gros, comme étaient juste un peu plus abondantes les gouttes de sueur si parfaitement imitées sur son front, juste un peu plus accentuée l'ombre de la barbe renaissante. Et, derrière l'autre fenêtre, Berrigan avait tourné la statue des Bates mère et fils de façon qu'elle eût l'air de *regarder* M. Hubert.

Tout le monde trouva cela très amusant, sauf le

Maire bien sûr. Mais il ne pouvait rien faire, M. Berrigan ayant eu l'astuce de payer l'insertion, dans le quotidien régional, d'un encadré annonçant que c'était là un hommage rendu à notre si dévoué maire.

Environ une semaine plus tard, Pat et moi (Vince n'était pas là, parce que les écoles catholiques ne fermaient pas durant la semaine avant Pâques, tandis que la semaine suivante Pat et moi serions de retour dans cet enfer communément appelé « la sixième ») étions dans Boston Alley, une venelle parallèle à Fremont Street, sur laquelle donnent les entrées de service des commerçants de l'artère principale. Personne n'y passe jamais et c'est pourquoi nous aimions y venir.

Ce jour-là, nous jouions à être des agents du F.B.I. à la recherche d'un espion russe qui s'était emparé de plans ultra-secrets et qui nous avait esquivés en s'enfournant dans cette ruelle. Nous essayions donc toutes les portes car il avait forcément dû se réfugier dans une des maisons. Lorsque Pat tourna la poignée de la porte de service du Musée, celle-ci céda sous sa poussée. La surprise fut telle que nous restâmes un moment à nous regarder bouche bée, tels le négatif et l'épreuve d'une même photo.

Ce fut Pat qui prit l'initiative :

— Entrons ! chuchota-t-il.

En cette période de vacances scolaires, nous savions qu'il y aurait un afflux de touristes pour tenir M. Berrigan occupé. Nous entrâmes donc et nous trouvâmes sur un petit palier, d'où quelques marches montaient vers une porte que nous savions être celle de la Chambre des Horreurs, cependant qu'un escalier s'enfonçait dans le sous-sol. Comme M. Berrigan nous connaissait bien, s'il nous voyait dans le Musée, il se rendrait tout de suite compte que nous avions resquillé d'une façon ou d'une autre. Nous optâmes donc pour la descente, après que j'eus soigneusement refermé la porte de la venelle.

L'escalier décrivait une courbe et lorsque nous l'eûmes franchie, nous restâmes médusés. Nous nous trouvions dans le sous-sol du Musée de Cires, qui ressemblait tout à fait au laboratoire d'un savant fou comme on en voit dans les films d'horreur.

Il y avait là une immense cuve pleine de cire bouillonnant doucement. Une table d'aussi grandes proportions était couverte de tout ce que M. Berrigan utilisait pour confectionner les statues : couteaux, spatules, pinces, cordons, yeux de verre, perruques, etc. Mais ce qu'il y avait de plus impressionnant, de plus incroyable, de plus *merveilleux* pour des gosses de 6e, c'était les œuvres en cours de réalisation. Tout autour de la pièce, ce n'était que têtes, bras, jambes, torses. La tête d'un Président Johnson à demi terminée reposait sur la table, non loin d'un corps vêtu d'un costume de cow-boy mais n'ayant encore ni bras ni tête, et à des crochets plantés dans les murs étaient suspendues des têtes monstrueuses. Saisissant sur la table un bras couvert d'écailles, je le brandis en émettant un grognement à l'adresse de Pat, lequel me paya de retour en tenant devant son visage une tête d'extra-terrestre et progressant vers moi à pas comptés. Nous éclatâmes de rire, mais nous tûmes aussitôt, car nous ne tenions pas à risquer d'alerter ainsi M. Berrigan. Notre exploration se poursuivait depuis une demi-heure environ quand nous entendîmes un craquement qui nous terrifia. Nous nous ruâmes vers l'escalier et nous retrouvâmes, haletants, dans Boston Alley où nous nous congratulâmes pour notre audace, sans plus nous soucier de l'espion russe et des plans ultra-secrets.

Le samedi suivant, nous emmenâmes Vince avec nous et nous nous faufilâmes tous les trois dans l'atelier. Entre-temps, le cow-boy était devenu le portrait craché de Robert Mitchum. Cette fois encore, nous demeurâmes un long moment à admirer, puis nous nous esquivâmes.

Comme nous avions pu constater que cette porte n'était jamais fermée durant la journée, nous revînmes souvent en ce lieu enchanté au cours des semaines qui suivirent, parfois même j'y venais tout seul. Nous n'avions plus la possibilité de voir les statues de M. Berrigan lorsqu'elles étaient terminées, mais nous trouvions un plaisir encore plus grand à suivre ainsi leur réalisation.

Durant tout ce temps, le Maire ne décolérait pas. Il ne pouvait décréter la fermeture du Musée, comme il l'avait fait pour la sex-shop, ni poursuivre en justice Berrigan pour outrage ou scandale public puisque la statue était censée être un hommage à sa personne. Bien entendu, la majeure partie de la population riait derrière son dos, ce qui était le but visé par M. Berrigan. Mais le Maire eut une idée, dont il fit état à la réunion suivante du Conseil municipal : classer Fremont Street rue commerçante, d'où seraient exclues les entreprises où l'on ne pouvait rien acheter ni consommer. Étant tous des amis du Maire, les conseillers municipaux votèrent la chose à l'unanimité et, dès le lendemain, M. Berrigan se vit notifier qu'il disposait de soixante jours pour se mettre en règle. Évidemment, il pouvait déposer au pied de ses statues une pancarte avec un prix et *prétendre* qu'elles étaient à vendre, mais cela ne lui donnait pas le droit de faire payer les gens pour venir les voir. Il ne disposait donc d'aucune échappatoire. Comme je l'ai dit, il n'assistait jamais aux réunions du Conseil municipal — qui étaient publiques — et personne à Bellerive ne prit sa défense. Dans deux mois, il lui faudrait donc avoir vidé les lieux.

Bien qu'à regret, tous nos parents nous donnèrent un dollar pour que nous puissions aller admirer une dernière fois les statues de cire. Nous dîmes tous à M. Berrigan combien nous étions désolés de ce qui lui arrivait, mais il se borna à hausser les épaules en secouant la tête. Nous savions que ce musée était tout pour lui et que c'était comme si on lui arrachait le cœur, mais nous savions aussi qu'il n'était pas homme à laisser paraître son chagrin devant des gosses.

Six semaines environ après ce fameux vote du Conseil municipal, l'American Legion donna sa fête annuelle au Legion Hall, un ancien temple maçonnique où avaient lieu aussi la plupart des repas de noce et de bar mitzvah. Plus d'un millier de personnes assistèrent à cette fête, qui constituait chaque année pour Bellerive la grande mondanité, où se coudoyaient amicalement, dans un bel élan patriotique, les protestants et les catholiques, les juifs et les noirs.

Moi, bien sûr, je n'y assistais pas, mais le *Courier* du lendemain relata la chose avec tant de détails et de précision, que ce fut comme si j'avais tout vu.

Passé minuit et demi, des gens commencèrent à s'en aller. Parmi eux se trouvait M. Hubert, le Maire, tout gonflé des félicitations qu'il avait reçues pour la façon magistrale dont il avait résolu le problème du Musée de Cires. Il traversait la rue séparant le Hall du parking quand cette grande voiture noire — une Cadillac, d'après tous les témoignages — arriva à fond de train en projetant du gravier dans toutes les directions, et heurta le Maire de plein fouet avec une force telle que le corps fut projeté à une quinzaine de mètres et que M. Hubert décéda avant même d'être retombé sur le sol. La voiture poursuivit sa course folle, sans même avoir ralenti.

Mais ce qui rendait l'histoire du *Courier* encore plus intéressante c'est que, en passant devant le Legion Hall, les projecteurs de la fête avaient illuminé l'intérieur du véhicule et il y eut ainsi pas moins de dix-sept personnes pour donner le même signalement du conducteur : un homme dans les cinquante ans, brun avec les tempes dégarnies, plutôt corpulent, arborant une petite moustache et des lunettes aux verres sans monture. Et ce qui rendait la chose encore plus palpitante, c'est que tous les témoins s'accordaient à dire que le visage de cet homme exprimait l'épouvante avant même qu'il ne heurte le Maire et que cette expression ne s'était pas modifiée après le drame. L'hypothèse tendant à prévaloir était que l'accélérateur avait dû se coincer et que, incapable de contrôler ou d'arrêter la voiture, l'homme avait été pris de panique à la suite de l'accident qu'il venait de provoquer. Bien que la police d'État fût venue participer à l'enquête, le journal du soir disait qu'on ne disposait d'aucun indice. Un portrait robot du chauffard parut dans toute la presse régionale et fut même montré à la télévision.

Aussi lorsque Pat et moi nous retrouvâmes le lendemain dans Boston Alley, nous ne parlâmes guère que de ça. Nous n'étions pas émus par la fin tragique de celui qui nous avait privés de notre plus grand plaisir, mais il n'en restait pas moins que l'auteur d'un tel crime méritait d'être châtié. Nous l'imaginions même soumis aux tortures dont le Musée nous avait apporté la révélation.

Mon père travaillait pour une entreprise de déménagement et nous apprîmes ainsi, le jour suivant, qu'un grand camion avait été commandé par M. Berrigan pour transporter ses statues dans un garde-meuble, à quelque trois cents kilomètres de Bellerive. A bout d'imagination en ce qui concernait les châtiments qu'on devrait infliger à l'assassin du maire, nous décidâmes de faire une ultime descente dans l'atelier de M. Berrigan.

Au cours des semaines précédentes, l'aspect de l'atelier ne s'était guère modifié, comme si

M. Berrigan avait renoncé à créer de nouvelles statues, ce qui était bien compréhensible. Mais cette fois-ci, je fus d'emblée frappé par quelque chose qui se trouvait sur la grande table, au milieu de boules de cire, de têtes inachevées et d'armes. M'approchant, je pris la chose en question qui se révéla être un de ces « périscopes » en carton avec deux petits miroirs, comme on pouvait en acheter pour un dollar et quelques dans n'importe quel supermarché. Ça vous permettait de regarder par-dessus un mur de clôture ou d'épier à l'angle d'une maison sans être vu par l'ennemi, ce qui était bien commode quand nous jouions aux espions. Mais de quelle utilité pouvait-il être à M. Berrigan ?

Pat, lui, était allé à l'autre bout de la salle, où il y avait une statue dissimulée sous une bâche.

— Je ne crois pas qu'elle était là les autres fois ? me chuchota-t-il.

— Moi non plus, fis-je de même.

— Voyons ce que c'est, dit Pat en écartant la bâche.

Apparut alors à nos yeux un homme d'une cinquantaine d'années, plutôt corpulent, avec les tempes dégarnies, une petite moustache noire et des lunettes aux verres sans monture. Ses mains étaient tendues en avant, comme pour tenir un volant. Son visage était figé en un rictus exprimant l'effroi. Avant même que j'aie pu réagir, Pat avait reculé en poussant un cri, entraînant la bâche avec lui. La statue vacilla mais recouvra son équilibre.

— Pat ! dis-je dans un souffle. Ça ressemble au portrait robot du type qui conduisait la voiture !

— Une statue ne peut pas conduire, me rétorqua-t-il une main plaquée sur la poitrine, comme pour calmer les battements de son cœur.

Je brandis le périscope :

— Non, mais si quelqu'un installait la statue dans une voiture pour donner l'impression d'un conducteur au volant, puis s'asseyait par terre de façon à pouvoir effectuer les manœuvres, ce truc-là lui permettrait de voir à travers le pare-brise, et donc de diriger la voiture !

— Veux-tu dire que... commença Pat, mais nous entendîmes alors un bruit de pas précipités en provenance de l'escalier.

— Qui est-là ? hurla la voix de M. Berrigan.

C'étaient les premières paroles que nous l'entendions prononcer depuis des semaines.

— Cachons-nous ! haletai-je en me précipitant derrière des caisses.

J'espérais que Pat avait pu lui aussi se trouver une planque, mais je n'avais plus conscience que du sang battant dans mes oreilles.

— Qui est là ? répéta M. Berrigan en atteignant le bas de l'escalier. Inutile de vous cacher ! Je vous ai entendu !

Je faillis me montrer car, après tout, si j'étais là sans autorisation, je n'avais pas forcé la porte ni volé quoi que ce fût. Par la suite seulement, je m'avisai que M. Berrigan avait tout intérêt à éliminer des témoins de son forfait.

En me redressant derrière les caisses je me trouvai face à la statue du conducteur, mais M. Berrigan se tenait entre elle et moi, me tournant le dos. J'étais sur le point de manifester ma présence, lorsque la statue de cire au visage horrifié avança de quelques centimètres dans le même temps que, derrière elle, une voix grave disait :

— Berrigan !

Il sursauta et moi aussi, puis je reconnus la voix que Pat prenait lorsqu'il imitait son père. Que manigançait-il ?

— Berrigan ! dit de nouveau la statue en avançant encore légèrement. Tu as mal agi ! Va te dénoncer !

Je faillis m'écrier « T'es dingue, Pat ? » mais cela

me resta dans la gorge. S'il avait une idée pour nous tirer de là, autant le laisser faire.

M. Berrigan était pétrifié sur place :

— Qu... que... balbutia-t-il.

Les mains de la statue remuèrent.

— Tu ne t'en tireras pas, dit la voix du père de Pat. Tu ne pourras pas vivre avec ça sur la conscience. Va te dénoncer.

La statue avança encore légèrement, puis se balança légèrement. M. Berrigan essayait de parler, mais seul un gargouillis sortait de ses lèvres. Enfin, il parvint à articuler :

— Il... Il m'a tout pris ! Il vous a arrachés à moi !

— Nous ne sommes que de la cire, Berrigan... Nous ne sommes rien, tandis que toi, tu as tué un homme.

La voix s'enfla :

— Tu as commis un grand péché, Berrigan ! Et tu as fait de moi ton complice. Va trouver la police ! Va te dénoncer ! Tout de suite !

Et voilà M. Berrigan qui tombe à genoux et se met à supplier la statue de lui pardonner ! J'eus peine à réprimer un éclat de rire, mais tout à ses implorations, il ne risquait pas de m'entendre.

Une main de la statue se tendit vers l'escalier :

— Allez ! dit la voix du père de Pat. Vas-y !

Je n'en croyais pas mes yeux quand je vis M. Berrigan se remettre debout, puis gagner l'escalier, gravir les marches, sans cesser d'implorer pardon.

La porte d'en haut claqua derrière lui.

Du coup, la tension et la peur qui m'habitaient disparurent, et je fus pris d'une crise de fou rire. Quand je parvins à me calmer, Pat était devant moi, ouvrant de grands yeux et en proie à des tremblements.

— Oh ! c'était super ! dis-je en lui tendant la main. Serre-m'en cinq, Pat !

— Mais je n'ai rien fait !

— Que veux-tu dire ? Tu as flanqué une telle frousse à M. Berrigan qu'il est parti se dénoncer.

Pat secoua la tête :

— Non... Je te répète que je n'ai rien fait.

Alors, impulsivement, nous nous tournâmes vers la statue de cire. Puis nous nous ruâmes vers l'escalier et ne reprîmes notre souffle qu'une fois dehors...

Car lorsque nous nous étions tous deux tournés vers la statue de cire, elle nous avait souri.

Fun and Games at the Whacks Museum.
Traduction de Maurice B. Endrèbe.

V.I.P.

par Charles Einstein

La première chose que vit Malloy en regardant par le hublot, tandis que le gros avion descendait vers l'aéroport d'Idlewild, fut le morne paysage de Jamaica Bay, sur la gauche. Puis l'aire de manœuvre et la piste d'atterrissage défilèrent sous ses yeux, et il entrevit les rangées de policiers en uniforme et les voitures des reporters et des cinéastes massées les unes contre les autres avec, chacune, son appareil de prise de vues et son opérateur sur le toit qui lui servait d'estrade.

Il en était toujours ainsi, Malloy le savait bien, lorsqu'un personnage important arrivait à Idlewild. Cela s'était passé de façon identique lors de la venue d'U. Thant, d'Ingrid Bergman, ou de celle du héros de la mer, le capitaine Carlsen. L'accueil fait à ce dernier avait été plus grandiose encore car, son avion ayant atterri de nuit, la piste s'était trouvée littéralement embrasée par le feu des projecteurs.

Le déroulement des opérations, lui aussi, était toujours le même. Le personnage important demeurait dans l'avion, tandis que les autres passagers étaient expédiés vers la douane et le contrôle médical. Puis les autorités de l'aéroport montaient à bord de l'avion pour accueillir la célébrité, qui pouvait ensuite faire une apparition triomphale en haut de la passerelle.

« Toi, se disait paisiblement Malloy à lui-même, tu n'es pas un personnage important. Dans cet avion, à quelques mètres de toi, est assis un des plus grands hommes d'État de notre époque. Il t'a fait l'honneur de t'adresser la parole à plusieurs reprises au cours du voyage.

« Mais toi, mon vieux Malloy, comme les cinquante-quatre autres passagers de l'avion, tu n'es qu'un rien-du-tout. En temps normal, tu aurais droit au salut respectueux des stewards et aux courbettes des porteurs. Mais, pendant ce voyage-ci, tu ne comptes pas ; car il y a une "huile" à bord ! »

Dans un grondement de moteurs, l'avion descendait lentement, vers le terrain d'atterrissage. Malloy distinguait à présent les caméras de télévision, dont certaines étaient surmontées de deux petites lumières rouges. Derrière un cordon de police, les reporters attendaient, leur insigne de journalistes placé bien en évidence dans le ruban de leur chapeau ou au revers de leur veston. Plus loin, sur une vaste plate-forme drapée de tricolore, les microphones étaient rassemblés comme des personnages à tête chromée attendant les doctes paroles du grand homme d'État.

Les moteurs s'arrêtèrent. L'avion atterrissait.

Malloy resta assis en attendant l'ouverture de la porte, sa ceinture de sécurité, qu'il avait détachée, toujours passée autour de la taille. Enfin, la porte s'ouvrit de l'extérieur ; l'inspecteur du service de santé monta dans l'avion, jeta un rapide coup d'œil autour de lui, et, par pure formalité, consulta la liste des passagers que lui tendait l'hôtesse.

Malloy l'entendit dire : « Très bien. Faites-les descendre. »

« Comme des moutons », pensa-t-il en se levant avec les autres pour prendre place dans la file qui se dirigeait vers la sortie. Au moment de quitter l'avion, il regarda une dernière fois le personnage important qui, toujours assis, le dos voûté, était engagé dans une conversation sérieuse avec le pilote, tandis qu'une jolie hôtesse le contemplait d'un air admiratif.

Quand ce fut le tour de Malloy de descendre la passerelle, il se sentit enveloppé d'un rapide regard par les policiers, les fonctionnaires, les journalistes, les reporters des actualités, les cinéastes, qui, tous, l'examinaient — comme ils le faisaient de chacun des passagers — pour s'assurer qu'il n'était pas le grand homme d'État cherchant à s'éclipser, ainsi qu'il était arrivé à d'autres personnages importants de le faire.

Mais il n'était qu'un simple mortel du nom de Malloy, et cette pensée le fit rire. « Un jour, se dit-il, c'est peut-être moi qui serai la célébrité. Un jour, ils regretteront peut-être de ne pas avoir fait plus attention à moi ! » Il marcha d'un bon pas vers la douane où, déjà, on amenait des bagages, tout en philosophant :

« Je suis un être humain, et ce type qui attend dans l'avion est un être humain aussi. Il se peut qu'il soit plus malin que moi — ou que je sois plus malin que lui ; qu'il ait plus de valeur que moi — ou que j'en aie plus que lui. Mais qui a droit au grand tralala ? Moi ? Pensez-vous ! » Et il sourit d'une oreille à l'autre.

Après avoir remis son certificat médical et son passeport à un fonctionnaire assis derrière un guichet, Malloy s'apprêta à passer la douane. La visite des bagages fut ridiculement brève, le douanier se contentant d'ouvrir les valises, puis de les refermer sans même examiner leur contenu. Malloy remarqua que, comme tous les autres — et contrairement à l'habitude —, ce douanier était rasé de près et portait la tenue des grands jours : uniforme impeccable, pli du pantalon bien marqué, chemise d'une blancheur immaculée.

— Vous feriez bien de vous dépêcher, lui dit-il en riant, si vous voulez arriver dans l'avion à temps pour passer à la télévision !

Le douanier lui adressa un bref coup d'œil.

— Vous ne croyez pas si bien dire. C'est le premier d'entre nous à finir ici qui doit aller visiter les bagages de la *grosse légume*. Bien sûr, que je passerai à la télévision, ajouta-t-il en hochant la tête.

« Les hommes, décidément, aiment à jouer un rôle », se dit Malloy en saisissant ses bagages pour sortir de l'aérogare. Il pensa d'abord prendre le car qui conduisait les passagers en ville, mais, se ravisant, fit signe à un taxi. Au moment où il montait en voiture, on entendit les acclamations de la foule massée aux abords du terrain d'atterrissage.

— Il doit être en train de descendre d'avion, fit remarquer le chauffeur du taxi. Fichtre ! Quelle réception enthousiaste on lui fait !

— Je suis arrivé par le même avion, dit Malloy. Mais, lui, il n'a pas dû payer sa place.

— C'est la vie ! décréta le chauffeur d'un ton philosophe. Moi, tel que vous me voyez, j'suis passé à la télé une fois. C'était pour une interview de l'homme de la rue, comme ils disent. Ils m'ont d'mandé c'que j'pensais d'la sécurité sociale.

— Et qu'est-ce que vous avez répondu ?

— J'ai pas eu l'temps d'répondre. J'avais la bouche ouverte pour parler, mais voilà qu'on a coupé pour faire passer la pub. Ma femme s'est bien payé ma tête !

— J'étais en train de me demander, reprit Malloy, ce qui se passerait si deux personnages importants arrivaient par le même avion.

— Ça n'se fait jamais, répondit le chauffeur de taxi d'un ton péremptoire.

Ils ne parlèrent plus jusqu'à l'arrivée à Manhattan, où se trouvait l'hôtel de Malloy. Celui-ci descendit du taxi, paya le chauffeur avec un billet de dix dollars, et fit signe au chasseur de prendre ses bagages.

— Portez-les dans la chambre de Mr. King, lui dit-il. Je vais y monter avant même de signer le registre.

Le personnage qu'il avait appelé King — un petit homme au teint pâle — attendait Malloy et lui serra la main avec chaleur, en demandant :

— Tu as fait bon voyage ?

— Excellent, répondit Malloy.

— Ça va ?

— J'ai mal aux pieds, mais, à part ça, tout est pour le mieux.

— Eh bien, reprit King, ôte donc tes chaussures et mets-toi à ton aise !

Malloy s'assit sur le lit pour enlever ses souliers. Les deux hommes manipulèrent avec précaution les fausses semelles et, quand ils les eurent retirées, se mirent en devoir de compter les diamants.

— Il y en a pour sept cent mille dollars, dit enfin King.

— Et je n'ai eu aucun mal à les passer ! répondit Malloy.

— Tout comme moi quand j'ai voyagé dans le même avion que Bergman ! lança King en éclatant de rire.

V.I.P.

Traduction de Denise Hersant.

L'HOMME QUI AIMAIT LE « NOIR »

par Loren D. Estleman

L'adresse que j'avais notée correspondait à une maison de Lathrup Village à environ cinq kilomètres au nord de Detroit, seule habitation dans un cul-de-sac qui se terminait par un bosquet de baies et une clôture anticyclone. C'était une agréable et grande maison dans le style ranch, faite de briques et de bois, avec dans le jardin quatre grands chênes plantés de façon à ce que la maison soit toujours à l'ombre. Durant le court trajet de ma voiture jusqu'à la porte, je sentis la sueur sécher sur mon corps.

Une femme vêtue d'une robe grise avec un tablier blanc, les cheveux retenus par des peignes, m'introduisit dans un salon et m'abandonna. Elle ne connaissait que quelques mots d'anglais.

— Merci d'être venu si rapidement, monsieur Walker. Je suis Gay Cully.

Elle était entrée par la porte vitrée et coulissante du patio, à l'arrière, tandis que je regardais de l'autre côté ; une petite femme rousse, trapue, avec le soleil dans le dos. En supposant qu'elle avait calculé son entrée, cela lui faisait au moins la quarantaine. Elle avait de grands yeux bordés de mascara, une bouche de lutin et une taille de guêpe enveloppée dans une robe jaune pâle taillée de façon à la mettre en valeur.

— J'aime bien votre maison. (Je lui empruntai sa main chaude, légèrement moite, avec quelques cals, et la lui rendis.) On n'en fait plus des comme ça depuis l'invention de l'air conditionné.

— Neil a le coup d'œil pour ce genre de choses. Il est promoteur immobilier.

— Neil, c'est votre mari ?

— Oui. Puis-je vous offrir quelque chose ? Je crains que Netta ait une conception limitée de ses devoirs de gouvernante.

— Juste un peu d'eau. Quelque chose de plus fort serait du gâchis avec cette chaleur.

Elle confirma qu'il faisait chaud et revint au bout de quelques minutes avec deux verres et un bol contenant de la glace pilée sur un plateau. Lorsque nous eûmes pris place de part et d'autre d'un guéridon, elle dit :

— Neil a officiellement disparu. Depuis vingt-six heures. J'ai confiance en la police, mais ils sont débordés par le nombre d'affaires. Voilà pourquoi j'ai fait appel à vous.

— Vous me flattez. Si je comprends bien, votre mari n'a pas l'habitude de disparaître ainsi.

— Non. Il n'est jamais parti sans me prévenir, sauf la fois où il est allé à l'hôpital.

— Un accident ?

Elle but et reposa son verre.

— Il est entré volontairement dans une maison de santé. C'était il y a dix-huit mois, à l'époque où le bâtiment se portait très mal. Notre avocat lui a conseillé de se déclarer en faillite, mais Neil a insisté pour rembourser intégralement tous ses créanciers. C'était trop pour lui... les soucis, les longues heures de travail. Un jour, il est parti au bureau, et il n'est pas rentré. La police l'a retrouvé dans cet hôpital trois jours plus tard.

— Je suppose que, cette fois-ci, vous avez vérifié ?

— J'ai appelé tous les hôpitaux de la région, publics et privés. Ils n'ont accueilli personne correspondant à son signalement.

— Comment était-il ces derniers temps ?

— Un peu tendu. On commence juste à remonter la pente. Mais je ne me suis pas véritablement inquiétée jusqu'à ce que son associé m'appelle hier pour me demander où était Neil.

Je bus un peu d'eau. J'avais toujours détesté poser cette question :

— Avez-vous des raisons de supposer qu'il soit parti avec une autre femme ?

— Oui, mais je lui ai téléphoné, et elle m'a juré qu'elle ne l'avait pas vu depuis des mois.

— Vous la connaissez ?

Je massai ma pomme d'Adam. Un morceau de glace s'était coincé dans ma gorge en entendant sa réponse.

— Elle s'appelle Vesta. Vesta Mainwaring. C'était la comptable de la société jusqu'à ce que j'oblige Neil à la renvoyer. (Elle se pencha pour me prendre le poignet. La lumière fit apparaître de fines rides sur son front.) Avant d'aller plus loin, il faut que je vous explique une chose. Mon mari a une personnalité obsessionnelle, monsieur Walker. Il a un vice.

— L'alcool ?

— Non, mais c'est tout aussi dangereux. Suivez-moi au sous-sol.

Elle se leva.

Nous traversâmes une cuisine tout en inox et descendîmes une volée de marches qui sentaient la sciure de bois pour pénétrer dans une cave transformée en petit salon, avec des lambris d'acajou et du tweed tendu d'un mur à l'autre. Le mobilier se composait d'un petit bar, de deux fauteuils et d'un canapé en cuir, et d'un téléviseur dont l'écran de quatre-vingt-dix centimètres éclipsait le magnétoscope posé sur le dessus. Un ensemble de rayonnages encastrés qui, de prime abord, semblaient contenir des livres, étaient en réalité surchargés de vidéo-cassettes.

— La pièce préférée de mon mari, déclara Mrs. Cully. C'est ici qu'il passe le plus clair de son temps quand il ne travaille pas.

Je parcourus les étiquettes sur les cassettes. Uniquement des films : *The Dark Corner, Night and the City, Criss Cross, Assurance sur la mort*, pas un seul film en Technicolor dans le tas, et aucun réalisé après 1955.

— Il aime les films policiers à ce que je vois.

— Pas seulement. Il aime tous les films avec des gangsters pervers, des héros tourmentés et des femmes déchues. Il y a un nom pour ça, mais mon français n'est pas très bon...

— Le « film noir », dis-je. Moi aussi j'aime les vieux films. Mais jusqu'à présent, ça ne m'a pas conduit chez les fous.

— Oui, mais vous vous contentez de les aimer. Neil, lui, s'en nourrit. Au début, je les regardais avec lui. Je trouvais cela intéressant, mais de là à en ingurgiter chaque jour ! Je suis certaine qu'il n'a même pas remarqué mon absence. Ces derniers temps, il passait chaque minute de loisir devant ce téléviseur, s'exposant à je ne sais combien de meurtres, de trahisons et de situations déprimantes. Ce n'est pas sain.

Un boîtier de cassette vide était posé à un bout de la table. *Pitfall*, avec Dick Powell, Raymond Burr et Lizabeth Scott. Je m'approchai du magnétoscope et appuyai sur la touche « Éjection ». Une cassette en sortit. *Pitfall.* Elle n'avait pas été rembobinée.

— Quand a-t-il regardé ce film ?

— Avant-hier soir. Il a disparu le lendemain.

— Quand a-t-il cédé à sa passion pour la dernière fois ?

— Juste avant d'entrer à l'hôpital. A peu près à l'époque où j'ai découvert qu'il avait une liaison avec Vesta Mainwaring.

— Comment l'avez-vous appris ?

— La police me l'a dit. Cette petite traînée a craqué presque immédiatement quand ils ont commencé à l'interroger au sujet de la disparition de Neil.

Je rangeai la cassette dans son boîtier.

— Où puis-je trouver miss Mainwaring ?

— Elle est dans l'annuaire. Mais je vous le répète, elle ignore où il est.

— J'aimerais l'entendre de sa bouche. Comment s'appelle la société de votre mari ?

Ayant anticipé ma question, elle sortit une carte de visite de sa poche de robe. CULLY AND WEBB, y était-il inscrit.

— Webb est son associé ?

— Oui, il se prénomme Leo. Il connaissait Neil bien avant que je le rencontre.

— Puis-je vous l'emprunter ? demandai-je en brandissant la cassette.

— Bien sûr. Je vais vous donner également une photo de Neil.

De retour dans le salon, elle sortit une photo 13 × 18 de son cadre et me la tendit. Cully était un individu proche de la cinquantaine avec un visage taillé à la serpe, un regard triste et des cheveux bruns clairsemés sur le devant.

— Avez-vous une idée de ce qui a pu lui arriver ? demandai-je à son épouse.

Elle hésita.

— Ça va vous sembler ridicule.

— Dites toujours.

— Il faut comprendre qu'il n'a peut-être plus toute sa tête, dit-elle. La première fois, je n'ai pas fait le rapprochement, mais j'ai vu suffisamment de ces films maintenant pour reconnaître l'histoire. Je pense que Neil veut ressembler à un héros de « film noir », monsieur Walker. Il se croit dans un film.

***

Cully and Webb occupait une petite suite au seizième étage du *Michigan Consolidated Gas Company Building* dans Woodaward Avenue, un gratte-ciel en forme de haut fourneau avec un immense hall sorti tout droit d'un film de Cecil B. De Mille, avec des éclairages bleus étincelants fixés sous le plafond haut de dix mètres, et une ballerine en bronze qui pirouettait au milieu des bassins extérieurs. Les bureaux en eux-mêmes étaient de simples bureaux. Une femme aux cheveux gris avec des lunettes de lecture suspendues autour de son cou par une chaînette déclina mon identité dans un interphone et aussitôt, Leo Webb apparut pour me serrer la main. C'était un petit homme de soixante ans, sec et nerveux, avec des cheveux blancs peignés en arrière, un nez d'aigle et des yeux semblables à des éclats de verre. Son costume était bien ajusté et quelque chose dans le nœud de sa cravate en soie indiquait qu'il venait de la resserrer juste avant d'apparaître.

Quand je lui annonçai l'objet de ma visite, il me conduisit dans son bureau, une pièce carrée encombrée d'antiquités et de statues qui côtoyaient dangereusement le mauvais goût. J'admirai la vue qu'offraient ses fenêtres sur le centre de Detroit et parvins à m'asseoir sans renverser un Cupidon en plâtre occupé à ajuster une flèche sur son arc, debout sur un piédestal à côté du fauteuil.

— Gay s'inquiète sans raison, déclara Webb en s'asseyant derrière un bureau de style Empire incrusté de dorures. Cully est parti faire la bringue. C'est de son âge. Quand il en aura assez, il reviendra à la maison.

— Vesta Mainwaring affirme qu'elle ne l'a pas vu depuis des mois.

— Cette ville est pleine de filles qui tortillent des fesses. Je le sais. C'est pour cette raison que je n'ai jamais pris la peine de me marier.

— Comment se comportait-il ces derniers temps ?

— Comme tout le monde dans ce foutu métier, il était à cran. Chaque fois qu'il pleut sur Wall Street, les taux des hypothèques grimpent et plus personne ne construit de maisons. Si vous aimez la sécurité, passez votre chemin.

— On ne dirait pas, à voir votre bureau.

Il sourit et fit courir son doigt le long d'une Marie-Antoinette en porcelaine de Saxe posée sur sa table.

— Je ne sais pas résister aux jolies choses. Nous sommes de petits entrepreneurs. Il faut avoir un sixième sens pour repérer les vieilles veuves sur le point de mourir qui cherchent à se débarrasser de leur maison afin de léguer quelque chose à leurs petits-enfants. Vous seriez surpris par les prix.

J'étais sûr que non.

— Savez-vous où travaille miss Mainwaring désormais ? Je n'arrive pas à la joindre chez elle.

— Son nouvel employeur nous a appelés pour avoir ses références. (Il fit glisser le curseur le long d'un de ces astucieux répertoires automatiques et déclencha l'ouverture)... Voici. Cafétéria *Ziggy* dans Livernois Street.

Il me donna un numéro de téléphone. Je le notai dans mon carnet à l'ancienne mode.

— Est-ce que vous conservez toujours les nouveaux numéros de vos anciens employés ?

— Chacun possède ses propres méthodes de notation, et il les emporte avec lui en s'en allant.

En appelant directement la personne, on ne perd pas son temps à essayer de les décoder.

— Puis-je voir le bureau de Cully ?

— Je vais demander à Frances de vous y conduire.

Il décrocha le téléphone.

— Parfois, des associés contractent mutuellement une assurance-vie, dis-je lorsqu'il raccrocha. C'est votre cas ?

— Non, les primes sont trop élevées pour nos maigres bénéfices. Sa part de l'affaire revient à sa femme. Laissez-vous entendre que j'aurais fait un sale coup ?

Ses yeux pareils à des tessons lancèrent des étincelles.

— J'envisage toutes les possibilités.

Quelqu'un frappa à la porte, et la femme qui m'avait accueilli dans le couloir glissa sa tête grise par l'entrebâillement. Je me levai.

— Merci, monsieur Webb. Je vous préviendrai si Cully réapparaît.

Il resta assis.

— Dites-lui de bien enlever tout le fond de teint et le parfum avant de revenir travailler.

Le bureau de Neil Cully était le parent pauvre de celui de son associé, meublé simplement d'une table de travail et d'un classeur ordinaires, et d'un chevalet supportant une esquisse au pastel d'un immeuble au stade embryonnaire. Les seuls objets personnels se limitaient à une photo de Gay Cully sur le bureau et, sur le mur, une affiche encadrée de *Tueur à gages* avec un Alan Ladd à l'air sinistre en quadrichromie, sous un feutre mou. Frances resta sur le seuil, tandis que je fouillais le classeur et les tiroirs du bureau. Je découvris des dossiers et des fournitures de bureau. Le bloc de papier près du téléphone était vierge, mais on distinguait des empreintes sur la feuille du dessus.

— La police est venue ce matin, m'informa Frances. Ils ont dit de ne rien déranger.

Je regardai ma montre.

— Vous permettez que j'appelle mon service téléphonique ?

Dès qu'elle me donna l'autorisation, je décrochai et composai le numéro de *Cully and Webb*. Le téléphone de la réception sonna. Frances s'excusa et se retira. Déposant le combiné sur le sous-main, j'essayai le vieux coup du crayon qu'on frotte sur le bloc. Cela fit ressortir les empreintes, mais pas assez nettement. Je défroissai quelques feuilles sans intérêt récupérées dans la corbeille de Cully, jusqu'à ce que j'en trouve une qui avait été arrachée du bloc ; je la glissai dans ma poche juste au moment où Frances revenait. Je raccrochai.

— Bizarre, il n'y avait personne au bout du fil, dit-elle.

— Sans doute des gosses.

Je la remerciai et quittai les lieux avant qu'elle ne découvre la vérité.

Dans l'ascenseur, je dépliai la feuille. Un numéro de téléphone sans nom. Je l'essayai dans la première cabine téléphonique venue.

— Bureau d'enquêtes Musuraca, souffla une voix dans mon oreille.

Je raccrochai sans rien dire. Je connaissais Phil Musuraca, pas personnellement, ni même de vue, mais comme un jardinier consciencieux connaît une espèce de scarabée fort nuisible. Là où il était passé, aucun enquêteur honnête ne pouvait le suivre sans risquer de recevoir sur la tête un coffre-fort avec le nom de Musuraca dessus. Quant à savoir ce que son numéro de téléphone faisait dans la corbeille à papiers de Cully, c'était une énigme pour Ellery Queen.

***

— Allô ?

Une voix grave pour une femme, avec un très léger raclement, comme un coup de langue de chat. A l'arrière plan, le brouhaha des conversations se heurtait au grondement et au grésillement d'une plaque de cuisson. Je sentais presque l'odeur de friture des substances cancérigènes de la cafétéria *Ziggy*.

— Vesta Mainwaring ?

— C'est moi. Écoutez, j'ai du boulot, alors si c'est encore un coup de fil obscène, venez-en tout de suite aux cochonneries.

Je me présentai et expliquai la raison de mon appel. A l'autre extrémité de mon petit bureau, je regardais sur le calendrier Miss Août accroupie en short jaune et talons hauts, sans rien d'autre, derrière un buisson opportun. Je me demandai si Miss Mainwaring taillait parfois les haies.

— Comme je l'ai dit à Mme Cully, et à la police, je n'ai pas vu Neil depuis l'automne.

— Ça ne veut pas dire que vous n'avez pas reçu des coups de téléphone ou des lettres.

— Vous oubliez les télégrammes, que je n'ai pas davantage reçus d'ailleurs. Écoutez, j'ai perdu un bon boulot à cause de ce pauvre type, vous voulez aussi me faire perdre ce boulot pourri ?

Je n'avais aucune raison de jouer cette carte, à part le fait que je n'avais pas d'autre piste.

— Et le Gros Phil, vous le connaissez ?

Il y eut un bref silence. Quand elle reprit la parole, le bruit de fond était atténué, comme si elle avait placé son corps entre le vacarme et le téléphone.

— Que savez-vous de lui ?

— Rencontrons-nous, on échangera des histoires.

— Pas ici, répondit-elle aussitôt. Vous connaissez

le *Castinet Lounge* dans Grand River ? Je finis à dix heures.

— Je trouverai.

Je raccrochai et consultai ma montre. Cinq heures à tuer. Je dînai dans un restaurant de Chene Street et m'arrêtai en rentrant chez moi dans un vidéo-club pour louer un magnétoscope à un jeunot que je n'aurais pas laissé me suivre dans une rue obscure après la tombée de la nuit.

Arrivé à la maison, je me servis un verre, branchai le magnétoscope sur mon téléviseur avec l'aide des instructions et un certain nombre de vénérables mots anglo-saxons, puis j'insérai dans l'appareil la cassette de *Pitfall* que j'avais empruntée à Gay Cully. C'était un solide polar en noir et blanc comme on en faisait en 1948, avec en vedette Dick Powell dans le rôle d'un agent d'assurances qui avait une liaison extra-conjugale avec la sensuelle Lizabeth Scott, ce qui lui valait de gros ennuis avec le petit ami de celle-ci, un escroc, et avec un enquêteur d'assurances obsédé sexuel incarné par Raymond Burr au meilleur de sa forme, dans sa période pré-Perry Mason. Powell tue le petit ami et Scott tue Burr, mais le mariage de Powell et Jane Wyatt en a souffert, et leurs deux vies sont beaucoup plus sombres qu'à l'époque de leur rencontre. Il y avait un tas d'angles de prise de vue compliqués et des éclairages contrastés, et une scène astucieuse avec Powell et Burr, armés, dans une pièce remplie d'ombres et de reflets.

C'était un bon film. Pas de quoi devenir dingue, mais il en va de même de la plupart des raisons qui poussent des hommes et des femmes à briser une relation parfaite. Une fois le film terminé, je tombai sur une rediffusion des *Arpents verts*, une histoire beaucoup plus compréhensible.

***

Le *Castinet Lounge* était la dernière d'une série de tentatives destinées à faire subir un traitement de choc à la vie nocturne de Detroit. Un hall dallé de carreaux bleus et blancs s'ouvrait sur une vaste salle aux murs en fausses briques de terre cuite, avec un bar et des tables, une piste de danse et un orchestre de mariachis en sombreros et chemises roses à jabot. M'asseyant à une table dans un coin, je commandai un soda à une serveuse habillée comme Carmen Miranda et qui ne se souvenait sans doute plus de Sonny et Cher.

Dix heures sonnèrent et passèrent, suivies de dix heures et demie. Quelques couples dansèrent, l'orchestre acheva son set, fit une pause et en commença un autre. Ils jouaient les titres qu'on leur réclamait, mais tout ressemblait à la petite puce espagnole. Je fis durer mon premier verre. Même chose avec le deuxième et le troisième. J'étais certain qu'on m'avait collé un lapin.

Un peu avant onze heures, elle entra. Je sus que c'était elle, bien que je n'aie jamais vu sa photo et ne connaisse pas son signalement, et mon opinion de Neil Cully monta d'un cran. Sur le fond du parking inondé de lumière, elle n'était qu'une silhouette, épaules larges et taille fine, longues jambes dans une robe bleue, et un chapeau ressemblant à un bonnet attaché sous le menton par un ruban, mais quand elle s'avança vers les lumières du bar pour regarder autour d'elle, je découvris des yeux bridés, presque comme une Asiatique, une peau douce et blanche légèrement empourprée par les ultimes effluves de chaleur de la journée, des lèvres rouges, un menton puissant et rond. Si vous aviez décidé de jeter votre bonnet par-dessus les moulins, vous pouviez attendre des années avant de trouver une meilleure occasion. Quand son regard croisa le mien, je me levai. Elle vint vers moi.

Une fois assise, elle ôta son chapeau, secoua une

crinière de cheveux luisants d'un noir tirant sur le bleu, et échangea avec Carmen Miranda son chapeau contre un whisky. Quand nous fûmes seuls, elle dit :

— Vous n'avez pas l'air d'un type qui travaille pour Phil Musuraca.

— Je ne l'ai jamais vu de ma vie.

— Neil vous a-t-il dit qu'il me suivait ?

— Qui l'avait engagé ?

Elle sembla s'apercevoir qu'elle en avait trop dit. Elle sortit une cigarette de son sac et chercha fébrilement son briquet. Je grattai une allumette et me penchai vers elle. Elle ne sentait pas l'oignon. Son parfum me fit penser à des arbres en fleurs au clair de lune. Elle souffla un nuage de fumée vers le plafond.

— Vous n'avez pas parlé à Neil.

— Ni moi ni le reste de la race humaine, dis-je. Pas la portion que j'ai rencontrée, en tout cas. Parlez-moi de Gros Phil.

— Dites-moi d'abord pourquoi ça vous intéresse.

— J'ai trouvé son numéro de téléphone dans la corbeille à papiers de Cully. Est-ce Cully qui l'a engagé ?

— De toute façon, je suppose que vous finirez par l'apprendre. Musuraca travaille pour mon ex-mari. Ted Silvera.

— Où ai-je déjà entendu ce nom ?

— Il a braqué plusieurs vidéo-clubs dans la région, il y a deux ans.

— Oui, je me souviens du procès. L'accusation lui a proposé une peine réduite s'il acceptait de dire où il avait planqué le fric.

— Quatre-vingt mille dollars, vous vous rendez compte ? Je n'arrête pas de répéter à Ziggy qu'il devrait vendre son restau minable et louer des cassettes. En tout cas, Ted les a envoyés sur les roses, et maintenant, il purge une peine de huit à douze ans à Jackson. La police m'a filé le train pendant quelque temps, mais quand ils ont compris que j'ignorais ce que Ted avait fait du fric, ils m'ont foutu la paix.

— Mais pas Musuraca.

— Ted est jaloux, dit-elle. D'une manière ou d'une autre, il a eu vent de ma liaison avec Neil, et il a demandé à son avocat d'engager Musuraca pour me suivre. Puis la femme de Neil a découvert la vérité, elle aussi, et j'ai été virée. Après ça, Musuraca a laissé tomber. Mais la semaine dernière, en me retournant derrière le comptoir chez *Ziggy*, je l'ai vu qui m'observait à travers la vitre. Il a essayé de se cacher, mais il n'a pas été assez rapide. Je reconnaîtrais ce gros plouc même dans le noir.

— Vous êtes sûre qu'il travaille pour Silvera ?

— Je suis allée interroger l'avocat de Ted, il m'a dit non. Mais on ne peut pas faire confiance aux avocats. Qui d'autre s'intéresse à ce que je fais, aux personnes que je rencontre ?

— Les connards comme le Gros Phil sont des organismes primaires. Ils n'abandonnent pas aussi facilement que la police. Peut-être pense-t-il que vous le conduirez aux quatre-vingt mille dollars.

— Si je savais où ils sont planqués, est-ce que je ferais cuire des hamburgers ?

J'allumai une cigarette.

— Ça ne fait que deux ans. L'inflation n'est pas si élevée que vous ne puissiez attendre encore un peu que la fumée se dissipe.

— Merci pour le verre, monsieur.

Elle se leva.

— Asseyez-vous. Je me fiche que le fric soit planqué dans votre soutien-gorge. Je cherche Neil Cully.

— J'ignore où il est.

— Pourquoi avait-il le numéro de téléphone de Musuraca ?

Elle se rassit. Carmen passait dans le coin, je lui demandai de nous remettre ça, bien que nos verres fussent encore presque pleins. Vesta dit :

— Je ne sais pas pourquoi il l'avait conservé. J'ai parlé à Neil de Ted et Musuraca... Avant, je veux dire. Ensuite, plus moyen de me débarrasser de lui. Il croyait qu'il me protégeait.

— Saviez-vous qu'il souffrait de troubles mentaux ?

— Et alors, qu'a-t-il de si différent ? Mon père est mort quand j'étais gamine, et si je n'avais pas épousé Ted à seize ans pour foutre le camp de chez moi, mon beau-père m'aurait vendue à tous les clodos de Detroit. Quand Ted s'est retrouvé en taule, j'ai économisé tous mes pourboires pour me payer mes cours de comptabilité. *Cully and Webb* était le seul moyen pour moi de quitter enfin des endroits comme *Ziggy*. Mais voilà que Neil craque et s'enferme dans une maison de santé douillette et moi, je retourne derrière mon comptoir.

— Sa femme dit qu'il souffre d'un complexe cinématographique. Votre histoire semble sortie tout droit d'un film hollywoodien de série B. S'il a perdu la boule une fois de plus, il risque de vous rechercher, vous ou Musuraca, afin de jouer le rôle du héros.

— Je ne l'ai pas vu. Je n'ai pas eu de ses nouvelles. Je ne sais plus comment vous le dire pour que vous me croyiez.

— Je vous crois. On vous a suivie jusqu'ici ce soir ?

— Ça ne m'étonnerait pas. Musuraca ne commet pas beaucoup d'erreurs.

— Bon, rentrez chez vous.

— Qu'allez-vous faire ?

— Rendre une petite visite au Gros Phil.

— Eh bien, bonne chance. (Elle se leva.) Vous

savez, généralement on me raccompagne chez moi quand je pars d'ici.

Je lui tendis un billet de cinquante dollars.

— Ça devrait suffire pour l'essence.

Elle ne le prit pas.

— Je ne suis pas une pute.

— Vous êtes une comptable qui sert dans un restaurant. Mettez ça dans votre livre de comptes.

Elle m'adressa un bref sourire, prit le billet, et s'en alla, sans oublier son chapeau. J'écrasai ma cigarette, réglai les consommations, et sortis derrière elle. Sur le parking, le voiturier lui ouvrit la porte d'une Fiat verte ; elle lui donna un dollar et démarra. Quelques secondes plus tard, une paire de phares s'allumèrent et une Olds 98 noire déboîta de la première rangée de voitures et lui fila le train dans un murmure. Déjà je me glissais derrière le volant de ma Mercury garée huit emplacements plus loin. J'attendis que la Olds tourne à gauche dans Grand River, et je me faufilai dans son sillage. Le Gros Phil et moi avions un point commun : nous n'utilisions jamais les services des voituriers.

***

Vesta Mainwaring habitait dans une maison de Harper Woods transformée en appartements. Elle se gara sur un petit parking à l'arrière de la maison et entra par la porte de derrière. Une minute plus tard, une lumière s'alluma à l'étage. La grosse Olds s'arrêta sans bruit.

Je me garai au coin de la rue et continuai à pied. La voiture était toujours là, phares éteints. Je me glissai à la place du passager.

Les gros sont souvent rapides. Il fit jaillir son arme de son holster d'aisselle avec une économie de mouvements qui aurait impressionné Hitchcock. Mais je lui montrai mon Smith & Wesson avant qu'il n'ait fini de dégainer, alors il laissa retomber sa main sur sa cuisse, sans lâcher son arme.

— A cette heure-ci, vous devriez verrouiller vos portières, dis-je.

— Qui êtes-vous, bon Dieu ?

Il avait une voix fluette pour un homme de son gabarit. La lumière du coin de la rue éclairait son costume sombre qui aurait pu servir de bâche de protection et un feutre rond dont le bord étroit boursouflait son visage. En fait, son chapeau était proportionné au reste de sa personne. Il n'avait qu'un seul sourcil d'un œil à l'autre et une barbe bleue. La voiture sentait la menthe.

— Je vous donne mon nom en échange de votre flingue. (Quand je l'eus en main — un de ces Sig-Sauer automatiques dont raffolent les flics — je le déposai sur le tableau de bord, hors de sa portée et j'abaissai mon Smith & Wesson.) C'est une grosse arme pour une si petite fille. Je m'appelle Walker. Mais mon nom ne vous dira rien.

— Détrompez-vous. Cette ville n'est pas très grande, et le milieu encore moins. Alors, à quoi jouez-vous ?

— Qui vous paie pour suivre Vesta Mainwaring ?

— Jamais entendu parler d'elle. Je m'étais arrêté pour pisser quand vous avez fait irruption.

— On peut vous embarquer pour ça par ici. Et Neil Cully, ça vous dit quelque chose ?

— Non.

— Votre numéro de téléphone était dans son bureau.

— Et alors ? Je ne suis pas submergé de clients au point de me mettre sur la liste rouge. Écoutez, j'ai des aigreurs d'estomac. Il y a un sachet de pastilles de menthe dans la boîte à gants.

Je l'ouvris. Dès que mon regard se détourna, il tendit la main vers son pare-soleil. Je lui balançai un grand coup de Smith & Wesson dans le coude.

Il poussa un cri et laissa retomber le bras. De ma main libre, je décrochai un 22 à deux coups dissimulé derrière le pare-soleil.

— Pour un type qui ne sait rien de rien, vous trimbalez une sacrée artillerie, dis-je. Alors, que représente Vesta Mainwaring pour vous ?

— Quatre-vingt mille tickets. (Il se massa le coude.) Elle a planqué ce fric quelque part. Faudra bien qu'elle le récupère tôt ou tard.

— Vous avez déjà laissé tomber une première fois. Qu'est-ce qui vous fait croire maintenant qu'elle sait où il est ?

— Simple pressentiment.

— Arrêtez votre cinéma, Phil. Il y a trop d'affaires de divorce dans cette ville pour que vous abandonniez l'une d'elles sur un pressentiment. Qui vous a renseigné ?

— J'ai un mot dans ma poche intérieure de veste.

Il ne bougea pas.

— Sortez-le. Si c'est encore une ruse, je vous tire une balle dans la tête. Elle n'est pas très pleine, mais ce serait dommage de tacher ce joli chapeau.

Il sortit lentement le mot. Je glissai le 22 dans ma poche et pris le mot, une épaisse feuille de bloc Big Chief, avec ces deux mots inscrits en lettres d'imprimerie au stylo bille : VESTA SAIT.

— Qui vous l'a envoyé ?

Il secoua la tête.

— Je l'ai reçu par courrier. Pas d'adresse d'expéditeur, et pas de cachet de la poste. Même écriture sur l'enveloppe.

— Vous avez tout laissé tomber pour lui filer le train sur la foi d'un simple message anonyme ?

— Pour quatre-vingt mille dollars, je suis prêt à tout essayer.

Je glissai le mot dans ma poche et lui montrai la photo de Neil Cully. Son front se plissa.

— Ouais, c'est le gars qui traînait autour de la

môme Mainwaring l'année dernière. Je me suis renseigné sur lui avec le numéro de sa plaque d'immatriculation, mais c'était un type sans importance. Peut-être qu'il s'appelait Cully, en effet. Ça fait un moment que je l'ai pas revu.

— Peut-être que vous avez oublié. Comme vous avez oublié son nom.

— Ouais, j'entends un tas de noms.

J'ouvris ma portière.

— Si j'apprends que vous m'avez caché des choses, je reviendrai vous voir et on s'expliquera tous les deux.

— Et mes flingues ?

— Rentrez directement chez vous, je les expédierai à votre bureau. En attendant, si vous voulez tuer des gens, demandez-leur de prendre un numéro.

Sur ce, je m'en allai.

***

Après six heures de sommeil, je me trouvai devant les portes de la Bibliothèque publique de Detroit au moment de l'ouverture. La section cinéma possédait plusieurs ouvrages illustrés sur le « cinéma noir » plus une thèse universitaire : *Rêves noirs : manifestations psychosexuelles dans le cinéma policier hollywoodien entre 1945 et 1955*, signée par le professeur Ellis Portman. Elle avait été publiée cette année par Wayne State University Press. J'emportai péniblement l'épais ouvrage jusqu'à un pupitre et furetai à travers un dédale de phrases alambiquées, avant de m'intéresser à la biographie de l'auteur imprimée à la fin. Ellis Portman, y lisait-on, enseignait la psychologie et le cinéma à l'université de Wayne State.

Je trouvai également à la fin de l'ouvrage une carte de prêt portant les noms de tous ceux qui avaient récemment emprunté ce livre. Je la confisquai.

Une cabine téléphonique située au rez-de-chaussée me permit de contacter le professeur Portman et une de mes relations au siège du F.B.I. à Detroit qui me devait un service. Je pris rendez-vous avec Portman et m'arrêtai en chemin au siège du F.B.I. pour confier à cette personne le mot que m'avait donné Phil Musuraca.

Le numéro de la salle que m'avait indiqué Portman correspondait à un petit auditorium éclairé uniquement par les images noir et argent qui dansaient sur un écran carré tout au fond. Je trouvai une place juste à temps pour voir Robert Mitchum et Jane Greer foncer à tombeau ouvert sur une route de campagne dans une grosse voiture avec des phares exorbités, vers un barrage de police. Apercevant les hommes en uniforme armés, Jane Greer dit « Espèce de sale traître » et tira sur Mitchum qui perdit le contrôle du véhicule, tandis que la femme échangeait des coups de feu avec les policiers. Une fois la passagère abattue et la voiture immobilisée, un flic vint ouvrir la portière du conducteur et Mitchum roula sur le sol, mort.

Les lumières se rallumèrent et un petit homme avec une grosse tête, moitié moins âgé que je n'imaginais un professeur de fac, congédia ses étudiants en leur rappelant qu'ils devaient rendre leurs devoirs lundi. Tandis qu'ils sortaient en file indienne, en commentant le film, je me présentai et serrai la main de Portman. De près, il était plus âgé qu'il n'y paraissait du fond de la salle. Je lui résumai l'affaire pendant que nous nous dirigions vers le projecteur.

— Simple manifestation du complexe de Don Quichotte, déclara-t-il lorsque j'eus terminé. Qu'attendez-vous de moi ?

— La plupart des ouvrages sur le « film noir »

s'adressent aux mordus. Le vôtre s'intéresse à la psychologie. Je me suis dit que vous pourriez peut-être m'éclairer.

Il éteignit le projecteur et ôta la bobine.

— Nous nous sommes toujours identifiés à des dieux ou des héros. L'attirance du héros « noir » vient du fait qu'il est plus proche de nous que le Loup-Garou ou Sherlock Holmes. C'est un type ordinaire avec de gros ennuis, mais généralement, il en sort vainqueur, même si parfois il meurt.

— Pourquoi vouloir faire partie d'un monde si complexe ?

— En fait, c'est un monde très simple. Vous avez le bon, le méchant, la brave fille, et le paumé. A bien y regarder, l'univers « noir » a plus de sens que notre propre monde. Je ne suis pas surpris qu'un obsédé comme le mari de votre cliente puisse préférer cela à ses affaires confuses. Son épouse qu'il considère comme la brave fille représente les responsabilités écrasantes qui l'ont conduit à se faire soigner une première fois. La maîtresse, dont la situation pourrait provenir de n'importe quel film policier des années quarante, lui offre l'aventure, l'amour sans retenue et un dérivatif à sa routine oppressante. Tout cela aurait pu être conçu spécialement pour un homme ayant ce genre d'obsession.

Je le regardai ranger le film dans une boîte ronde portant l'inscription *La griffe du passé* et fermer hermétiquement le couvercle.

— Qu'est-ce qui pourrait le sortir de cet état ?

— Rien, s'il est trop grièvement atteint. Autrement, le choc de la réalité pourrait suffire. Notre monde offre davantage de coups de théâtre que n'importe quel scénario. Au bout du compte, les méchants se révèlent être simplement des types qui tentent de s'en sortir. Les mauvaises filles sont des braves filles qui ont des ennuis. Les anges se transforment en putes devant vos yeux. Si cela ne suffit pas à le ramener sur terre, les électrodes n'y pourront rien.

***

Plus tard dans mon bureau, alors que j'étais occupé à retranscrire pour mon rapport les notes prises lors de ma discussion avec le professeur Portman, je reçus un coup de fil de mon contact au F.B.I. Nous bavardâmes pendant cinq minutes, après quoi je raccrochai et passai deux coups de téléphone. Le premier était pour Gay Cully qui accepta de me recevoir chez elle le soir-même.

La nuit venait juste de tomber quand Netta, la gouvernante des Cully, vint m'ouvrir la porte et m'annonça que Madame me recevrait dans cinq minutes. Je lui demandai d'envoyer Madame au sous-sol lorsqu'elle serait prête et j'y descendis.

J'introduisis dans le magnétoscope la cassette que j'avais apportée et allumai la télé à écran panoramique. Quand le générique en noir et blanc de *Pitfall* apparut, je coupai le son et éteignis toutes les lumières. Le seul éclairage provenait désormais de l'écran. Dans la pénombre argentée, des ombres rampaient sur les cassettes perchées dans les rayonnages.

— Monsieur Walker, vous êtes là ?

Je ne l'avais pas entendue descendre l'escalier. Elle se tenait sur l'avant-dernière marche, frêle silhouette élégante dans une robe seyante de couleur pâle et rafraîchissante, comme celle qu'elle portait lors de notre première entrevue. Une de ses mains était posée sur sa gorge.

— Ce n'est pas Neil, dis-je. Est-ce cela que vous pensiez, madame Cully ?

— Je... euh, oui, pendant un instant... Il s'asseyait toujours ici dans le noir pour regarder...

— Mais ça ne pouvait pas être lui. Et vous le savez mieux que quiconque.

— Non... Avez-vous appris quelque chose ? Où est-il ?

Je me tenais dans l'ombre à côté du téléviseur. La lumière de l'écran l'éclairait directement, comme je l'avais prévu.

— Joli travail pour une débutante, dis-je. Vous n'avez commis que deux erreurs. La première était naturelle : qui aurait pu se douter que Phil Musuraca me montrerait le mot et que celui-ci finirait entre les mains du F.B.I. ? La seconde, en revanche, est une erreur stupide. Écrire simplement « Vesta sait » était une bonne idée. Aucun graphologue ne pouvait vous identifier à partir d'un échantillon si court. Hélas, sur ce papier grossier, les empreintes marquent comme sur de la cire fondue. Quand j'ai demandé à un ami du F.B.I. de les comparer avec celles figurant sur votre casier à la suite d'une vieille affaire, ça n'a pas été long.

— Que voulez-vous insinuer ?

— Je vous en prie. Vous avez vu suffisamment de films pour savoir que c'est le moment de la scène d'explication obligatoire. Le coup du message anonyme était astucieux, je le reconnais. Il a relancé Musuraca sur la piste de Vesta Mainwaring et fait de lui le suspect numéro un. Ce pauvre imbécile de Neil s'est empêtré une fois de plus dans les ennuis de Vesta et il s'est pris les pieds dans le tapis, pour de bon. Au cas où les flics passeraient à côté, vous m'avez engagé, sachant que je finirais par démasquer Musuraca. La justice ne pouvait le condamner sans cadavre, mais l'intérêt qu'il portait aux quatre-vingt mille dollars dérobés par l'ancien mari de Vesta suffirait à détourner les soupçons qui pouvaient peser sur vous. Vous avez même pris la peine de vous documenter sur le « cinéma noir » afin de rendre plus crédible votre histoire sur la prétendue obsession de Neil. Mais c'est là où vous avez commis une autre erreur, la plus grave.

Je sortis la carte de ma poche et la brandis dans la lumière.

— Qu'est-ce que c'est ?

— Une carte de prêt de la Bibliothèque publique de Detroit avec votre nom et datée d'une semaine avant que vous ne déclariez la disparition de votre mari. Vous n'auriez pas dû emprunter l'ouvrage du professeur Portman. C'était comme si vous signiez un contrat de meurtre. (Je rangeai la carte.) Quelle somme représente la part de Neil dans la société ?

Les ombres et la lumière jouaient sur son visage.

— Cinquante mille dollars. Davantage si je vends la propriété. Mais ce ne sont pas des preuves. Un mot, une carte avec ma signature. Ce n'est pas suffisant pour me faire condamner.

— Non, mais c'est suffisant pour obtenir un mandat autorisant à creuser le bosquet de baies au bout de la rue. Avant de sonner à votre porte ce soir, j'ai examiné les alentours avec une lampe-torche. J'ai découvert pas mal de terre retournée. Avec le cadavre de Neil, le mot et la carte de bibliothèque suffiront à vous faire condamner.

— Vous ne pouvez pas imaginer ce que c'est.

Je ne répondis pas.

— L'écouter radoter sur ces films stupides. Même quand il a eu cette liaison, ce n'était pas avec une femme, mais avec un personnage de film. C'était une raison suffisante pour le tuer ; sa part de la société ne sera qu'un dédommagement pour les deux dernières années que j'ai passées aux côtés d'un zombie.

— Comment l'avez-vous tué ?

— Devinez.

Elle leva le revolver que tenait la main posée sur la rampe. Je ne l'avais pas vu dans l'obscurité.

— Je viens de renvoyer Netta, dit-elle. Appelez ça un pressentiment.

— Laissez tomber, ma jolie.

Je faillis éclater de rire. C'était la réplique qui manquait à la scène. Et on pouvait compter sur Phil Musuraca pour la fournir. Sa silhouette massive emplissait tout le haut de l'escalier. L'automatique Sig-Sauer que je lui avais fait rapporter par coursier après lui avoir téléphoné était dans sa main. Je profitai de la confusion de Gay Cully pour sortir mon Smith & Wesson de ma poche.

— C'est votre troisième erreur, dis-je. Comme Neil, vous gobez toutes les ficelles des « films noirs ». Ce n'est pas parce qu'un privé est assez pourri pour traquer une femme pour quatre-vingt mille dollars que je ne peux pas lui demander son aide. Vous avez déjà vu ça dans les films, madame Cully. Un escalier n'est pas un endroit approprié pour tenter quoi que ce soit.

Son arme tomba, roula sur les deux dernières marches et finit sa course par terre. Au même moment sur l'écran, Dick Powell abattit Byron Barr.

Le Gros Phil dit :

— Je n'ai pas apprécié cette histoire de privé pourri.

***

Je quittai les flics de Lathrup Village vers minuit. En rentrant chez moi, je m'arrêtai au vidéo-club pour louer quelques cassettes, et je regardai des films de Doris Day jusqu'à ce que je m'endorme.

The Man Who Loved Noir.
Traduction de Jean Esch.

SUR DU VENT

par Robert Halsted

— Donne-moi un dollar, dis-je à Joy Sue.

Elle passa la main sous le bureau pour prendre son sac et en tira un billet d'un dollar. Au moment où elle me le tendait, elle suspendit son geste.

— Attends une minute, fit-elle avec l'accent prononcé des Appalaches, qu'elle utilise entre autres pour vendre des chevaux. J'suis pas sûre que j'puisse te faire crédit si facilement. Tu viens de réussir un coup qui t'a rapporté un million de dollars, et t'es déjà obligé d'emprunter à une pauvre fille qui travaille ?

Je m'éclaircis la voix avec brusquerie.

— Tu te rappelles peut-être que la pauvre fille en question a fait capoter tout le projet et nous a laissés pratiquement sans le sou...

— On n'est pas sans le sou. On possède plus de cent mille actions de Minicorp, qu'on pourrait revendre maintenant que l'affaire s'est tassée, ce qui nous ferait récolter plus d'un million.

— Mmm, ma foi, quoi qu'il en soit... Je n'emprunte pas, je te vends quelque chose.

— Faut que j'voie ça d'abord.

Je pris sur le bureau le document à couverture bleue et le lui tendis. Elle l'ouvrit et l'examina page par page.

— Mmm, commenta-t-elle en se levant et faisant le tour du bureau jusqu'à ma chaise. Explique-moi cette partie-là.

J'y jetai un coup d'œil.

— Ça... Eh bien, ça veut seulement dire en fait que je suis l'associé principal et que tu es simple associée. Je possède deux tiers de la valeur réelle ou imaginaire de la société, et toi tu en possèdes le troisième tiers. Et nous pouvons vendre des parts à l'un de nous deux ou à un tiers, d'un commun accord. Tu pourrais me proposer un prix de l'ordre d'un sixième, et nous serions associés à cinquante-cinquante. Tu pourrais me racheter ma part, je pourrais te racheter la tienne.

— Ça me f'rait une belle jambe de te racheter ta part, à moins que j'aie une licence.

— D'accord. L'une des raisons pour lesquelles je suis l'associé principal, c'est que j'ai la licence. Une autre raison, c'est que j'ai créé la société et que je l'ai financée.

— Mais la société pourrait être à moi, et je pourrais engager quelqu'un avec une licence pour faire les commissions, par exemple pour vendre les parts, les titres, tout vérifier...

Je cessai de me sentir coupable d'avoir arraché par la ruse une pauvre campagnarde ignorante à son foyer. Et je me fis un point d'honneur de m'inscrire au prochain séminaire de droit commercial.

— Si tu veux me faire une proposition, je l'examinerai avec toute la considération qu'elle mérite. Pour le moment, j'essaie simplement de t'offrir le tiers du fruit de mes dures affaires pour un prix dérisoire. Ne me demande pas pourquoi.

Joy Sue me tapota le genou jusqu'à ce que je pose les deux pieds par terre, puis s'assit sur mes genoux. Elle était naturellement douée pour le rôle de secrétaire de direction. Ça paraissait presque du gâchis de lui faire endosser celui d'associée.

Elle se trémoussa afin de s'asseoir correctement, puis se reporta à la première page.

— J'me méfie tout particulièrement de ce passage-là. Là où c'est marqué : « pour un dollar et compte tenu d'autres considérations importantes ». Qu'est-ce que c'est que ces « autres considérations importantes » ?

— C'est simplement du jargon juridique. Ça veut dire que je ne déclare qu'un dollar comme revenu du prix d'achat, mais que d'autres facteurs entrent en jeu.

— Tels que ?

— Eh bien, tels que ta loyauté envers la société, ton talent pour les affaires, la, euh, bonne entente entre nous... (Je m'aperçus que j'étais en train de tapoter la partie charnue de sa hanche, et je laissai retomber ma main.)

— Et si nous estimions que, après tout, il règne pas une si bonne entente que ça ?

Pour je ne sais quelle raison je ressentis le picotement d'une aiguille à tricoter émoussée du côté gauche de la poitrine.

— Ma foi, si cela signifiait que nous ne pouvions plus travailler ensemble, l'un de nous deux aurait tout intérêt à racheter la part de l'autre. S'il s'agissait tout bonnement, comme qui dirait, d'une... baisse d'affection, nous pourrions, euh, réduire les contacts personnels tout en continuant d'entretenir de fructueuses relations d'affaires.

— T'es sûr que tout ça c'est pas un complot pour exploiter une pauvre fille innocente ? (Elle me regarda droit dans les yeux, cherchant à y deviner mes véritables motivations.)

— Grands dieux, non. Je n'exploite jamais une victime non consentante.

— Faut que je sois consentante ?

— Mmm...

Joy peut insuffler plus de charme féminin dans un simple baiser de cinq minutes que d'autres femmes de ma connaissance n'y parviennent du cocktail jusqu'au lendemain matin en passant par le dîner. On consacra la sixième minute à reprendre notre souffle. Puis elle me donna le dollar, ôta le rouge à lèvres de mon visage, s'en remit, et on se rendit tous les deux à l'accueil afin que Mlle Cortinho, la réceptionniste en chef, serve de témoin à la signature de l'acte.

***

Joy Sue lisait les premières pages tandis que je feuilletais les pages financières, m'étonnant d'avoir pu être aussi crétin et de l'être autant en ce moment même. Il y avait là quelque chose d'irrésistible qui nous effrayait tous deux, et nous étions obligés de battre en retraite de temps à autre. Même si nous ne cessions de faire des choses pour corser le danger.

— Mais enfin, s'il est épouvantable à ce point-là, s'exclama-t-elle soudain en frappant le journal du bout de ses doigts, pourquoi on se débarrasse pas de lui tout bêtement ?

— De qui ça, chérie ?

Le « chérie » était destiné à mettre une certaine distance entre nous, mais à l'entendre cela ne donnait pas du tout cette impression-là.

— Ce vieux général Padrastro, là-bas, je ne sais où...

Il me fallut un moment pour que le déclic se fasse.

— Oh, là-bas en Colubrie. (Ne cherchez pas dans

votre atlas. J'ai trouvé mon nom de code pour désigner l'endroit dans un livre de zoologie.)

— Ouais, là-bas. Il tue son propre peuple, il torture les gens et tout ça. Il leur enlève leurs fermes et il les flanque à l'armée.

Ça me paraissait être plus ou moins les fonctions normales d'un gouvernement, mais je comprenais son point de vue.

— Ma foi, si tu trouves un moyen pour te débarrasser des dictateurs à la manque, on tiendra là une denrée précieuse. On pourra ouvrir un cabinet de consultants et faire fortune. Légalement, j'entends.

— Bah, il doit bien y avoir un moyen.

Elle regarda un moment le journal d'un œil mauvais, puis attaqua les dernières pages. Je lis toujours la page des jeux une fois qu'elle l'a finie, avant tout pour voir de quelle méthode originale elle se sert, jour après jour, pour les mots croisés.

C'était effrayant : nous agissions en toute légalité depuis un bon moment. J'avais le fâcheux sentiment non pas tant que je perdais mon sang-froid ou la main, mais que j'en arrivais à aimer gagner du fric légalement.

A vrai dire, il y avait de nombreuses raisons pour lesquelles nous ne nous lancions pas dans de nouvelles opérations créatives pour le moment.

Tout d'abord, nous avions acquis du jour au lendemain la réputation d'avoir du génie, un don magique, etc., à la suite de notre coup sur Minicorp. Les gens savaient que nous avions gagné le gros lot en spéculant au moment même où Minicorp atteignait son niveau plancher. Et ils savaient que mon innocente secrétaire de direction venue de sa cambrousse, à présent simple associée, connaissait d'une certaine façon les dessous de l'affaire.

La plupart des pros avaient en partie pigé que notre spéculation avait déclenché la reprise, même s'ils croyaient toujours que nous avions eu des tuyaux d'initiés. Ce qui était vrai en un certain sens, puisque nous avions, pour commencer, financé l'impression des actions qui avaient causé tous les ennuis. Et pourtant les mordus et les journaleux, ces gentils moutons habillés en loups, dont la toison tient bien au chaud les courtiers, se fiant encore au principe fallacieux du *prae hoc, ergo propter hoc* — s'il reste des lettrés parmi vous, lisez ça attentivement —, attribuaient notre investissement à l'imminente montée des prix, et non l'inverse.

Personne, espérions-nous, n'avait compris et ne comprendrait jamais que Joy Sue avait provoqué la reprise par inadvertance, du fait de son initiative donquichottesque. Celle-ci avait consisté à renflouer Minicorp après que nous avions en quelque sorte torpillé la boîte avec les actions bidon utilisées par nous pour escroquer Ulfsen tout en sabordant son rachat.

Dieu sait ce que les gens savaient ou ne savaient pas, mais en tout cas notre mystérieuse réputation les conduisait à frapper à notre porte pour nous proposer toutes les affaires dont nous pouvions nous charger à deux, et nous n'étions pas prêts à engager quelqu'un qui risquât à tort d'en arriver à une conclusion juste quant à certaines de nos autres activités. Du coup nous peinions comme des malheureux, prenant notre pourcentage d'un et demi sur les quelque deux millions par mois que nous brassions.

Mais surtout nous ne voulions vraiment rien faire qui pût attirer l'attention du fisc, de la commission boursière, de plusieurs sociétés ou de ligues d'Ulfsen vengeurs. On se tenait donc à carreau.

Et puis il y avait un autre facteur. Mon désir de risquer la prison ou l'homicide, d'avoir à filer au Brésil ou de changer radicalement d'identité, était très émoussé. Je commençais à éprouver une profonde sympathie pour ceux qui s'installaient dans la routine parce qu'ils étaient lestés d'animaux domestiques, de femmes, d'enfants, etc. Je n'avais certes rien de tout cela, mais Joy Sue me paraissait être un bon substitut polyvalent.

***

Les papiers en règle pour notre association finirent par arriver au compte-gouttes — notre avocat estime qu'il est en droit de toucher des honoraires copieux s'il prend trois semaines pour faire un travail d'une demi-heure, mais évidemment c'est l'un des meilleurs — et l'on entreprit d'agrandir le bureau. Un local s'était libéré juste à côté de nous, et on n'eut qu'à demander au gérant de faire un trou dans le mur et de refaire la décoration tout autour. Joy Sue avait quelques idées de décoration qui, soumises à mon influence civilisatrice, n'étaient pas si mauvaises. Le bureau commença à ressembler moins à une garçonnière et davantage au siège d'une société florissante.

Nous nous préparions à emménager en même temps dans notre nouvel appartement. La situation aurait rendu perplexe un étranger. En tout cas, je ne m'y retrouvais pas moi-même. Je me demandais même par moments si Joy Sue, qui était à l'origine de la chose, n'avait pas de temps à autre des doutes quant à sa propre définition de la situation.

Officiellement c'était son appartement, mais vu que c'était moi qui le payais, j'étais en droit d'y vivre. Puis, quand elle en arriva au stade de faire des croquis sur papier millimétré, elle plaça mon grand lit dans la chambre à coucher, sachant que j'allais avec. Le problème était que nous étions tous les deux d'avis que nous avions besoin d'espace pour nous tenir à l'écart l'un de l'autre, mais que, quand nous eûmes satisfaction, personne n'aurait remarqué que nous mettions la chose à profit.

Ce fut pendant que tout cela se déroulait que le Mystérieux Correspondant choisit de se manifester.

Il téléphona un matin, se présentant sous le nom de Meester Smeeth. Il me dit qu'il appelait de loin, et sollicitait un rendez-vous pour vendredi prochain afin de discuter d'un arrangement confidentiel concernant l'émission de titres. Je le casai en milieu de matinée, lui donnai l'adresse de notre bureau, et griffonnai un mot à l'attention de Joy Sue.

Normalement, je ne me mêlais pas de nouvelles émissions de titres, sauf de celles que je créais officieusement et lançais moi-même, mais j'étais habilité à faire ce travail et en un sens plus expérimenté que certains cadres. Je n'aimais guère la voix huileuse de Meester Smeeth et je résolus d'exiger comptant des honoraires haut-de-gamme pour ma consultation.

***

Joy Sue était toujours obsédée par la Colubrie. Ça devait lui rappeler la politique de Dooleymont ou je ne sais quoi. Ce matin, pendant un temps mort, elle regardait la une du journal avec une satisfaction malveillante.

— Eh ben, au moins nous les payons plus à faire c'qu'ils faisaient. (On devinait à son accent prononcé, subtilement différent de son accent innocent et manipulateur, qu'elle prenait la chose à cœur.)

— Nous ne payons plus qui pour quoi, et « nous », c'est qui ?

— C'vieux Padrastro et sa bande. A faire c'qu'ils font là-bas. Et c'est nous qui casquions, avec nos impôts !

Elle avait pris la question fiscale très au sérieux après m'avoir aidé à remplir la déclaration de revenus. Ses doigts avaient tremblé quand elle avait rédigé le chèque et me l'avait donné à signer, pour que je file à l'Oncle Sam plusieurs milliers de dollars et de la petite monnaie en échange de ce qu'il faisait pour nous... Dieu sait quoi, comme par exemple accorder des subsides au général Padrastro. Et c'était seulement sur nos revenus légaux.

Je pris le journal et lus l'article de tête. La Chambre, après avoir été submergée de protestations émanant de citoyens, avait rejeté un projet d'aide étrangère d'urgence destinée à tirer Padrastro du pétrin dans lequel il s'était fourré en achetant des armes avec l'argent pour ses socs de charrue. La C.I.A. et le Département d'État avaient envoyé des membres d'un groupe de pression pour convaincre les législateurs que le maintien de la dictature dans un pays de cent soixante kilomètres carrés, à trois mille deux cents kilomètres de là, était essentiel à notre survie en tant que nation libre et démocratique. On ne les avait pas laissés parler dans l'hémicycle, bien entendu, mais ils étaient tombés sur le poil d'un tas de députés dans l'antichambre et avaient fait exposer leurs arguments par l'un des leurs, un Texan qui était paranoïaque, sur le chapitre des Communistes et des Latino-américains. A en juger par les citations dans le journal, c'était tombé complètement à plat.

— Pourquoi, si nous devons leur donner de l'argent, on paie pas les gens bien, et non des crapules ?

— Depuis le XIXe siècle, la politique étrangère des États-Unis repose sur l'idée que les régimes répressifs sont les seuls avec lesquels nous puissions traiter sans danger. S'ils étaient libres, ils risqueraient d'être en désaccord avec nous.

— C'est pas américain !

Je dirigeai un regard triste vers Washington, invisible à l'horizon côté sud.

— La Colubrie n'est pas le seul gouvernement peu américain de l'Hémisphère Ouest. Certes, nous ne soutenons que des dictateurs de *droite*, depuis notre petite expérience avec Castro dans les années cinquante... A la vérité, en Amérique Latine, ce n'est pas toujours facile de distinguer les gens bien des crapules.

— Ni à Washington.

Elle eut un petit mouvement d'humeur et reprit le journal.

***

Notre visiteur du vendredi fut une surprise à bien des titres. Nous avions fait disparaître à la hâte les saletés dues aux travaux de décoration, au cas où notre client se serait révélé être quelqu'un qu'il était bon d'impressionner.

Meester Smeeth faisait dans les deux cents kilos de paysage peu engageant. Heureusement nous avions un fauteuil sans accoudoirs assez robuste pour l'accueillir. Il ôta ses lunettes noires. Les yeux fuyants qui se trouvaient derrière se mariaient bien avec ses lourdes et sombres bajoues. Sa façon de parler était un agréable mélange d'expressions périmées de manuel et de mots d'argot américains, assaisonné à la sauce Tiers Monde. J'aurais payé cher pour m'offrir ça si j'avais été directeur de casting à Hollywood.

Je le présentai à mon associée. Le coup d'œil qu'il lui décocha était ambivalent : il avait envie de la reluquer, mais il n'appréciait pas de traiter des affaires avec des femmes. Après l'avoir dévorée du regard pendant une minute — je crois que cela lui fit prendre encore quelques kilos —, il se décida à contrecœur.

— Ah, Meester Brown. Yé ne veux pas être impoli envers une dame charmante. (Son visage bouffi arbora un sourire dégoûtant, condescendant et libidineux.) Il s'agit d'une affaire très, comment dire, confidentielle, et je préférerais en parler, ah, en tête à tête.

— Certainement, monsieur Smith. Est-ce que cela vous dérange, mademoiselle Witt... ? (Je lui fis en partie avaler la pilule en l'exilant avec un clin d'œil de conspirateur du côté où il ne voyait pas.)

— Merci, monsieur Brown. J'ai du travail assez urgent à faire. Si vous voulez bien m'excuser.

Elle sortit, les hanches aussi raides que possible, mais ondulant quand même d'un mouvement dont Meester Smeeth ne perdit rien. Le regard luxurieux qu'il porta sur mon amie fit doubler mes honoraires.

Lorsqu'elle eut refermé la porte derrière elle, il se tourna de nouveau vers moi.

— Il y a des micros dans cette pièce ? s'enquit-il *sotto voce*.

— Nullement. Nous venons de refaire la décoration. Tout a été démonté et remonté. Nous tenons un grand nombre de conversations confidentielles dans cette pièce, et faisons donc très attention à ce genre de chose.

Ce qui était assez vrai, même si nous n'en faisions pas une obsession. Nous disions des choses que nous ne voulions pas laisser entendre aux autorités fédérales, de l'État ou locales. Mais cela me fit penser à appuyer sur le bouton de l'interphone pour que Joy Sue puisse écouter.

— Très bien, alors. Ma carte, monsieur.

C'était une carte avec une profusion d'ornements, où je pus lire :

COLONEL ENRIQUE POZAL DE MANTECA
AIDE PRÉSIDENTIEL
RÉPUBLIQUE DE COLUBRIE

Mes honoraires grimpèrent encore, jusqu'à un point où je jugeai qu'il ne serait plus preneur.

— D'abord, je dois vous dire, colonel, euh, Manteca, que mes honoraires sont assez élevés. Je prends trois cents dollars de l'heure, payables lorsque le travail est terminé.

Il prit un portefeuille quelque part parmi les replis de graisse, en sortit six billets neufs et craquants de cent dollars, dont les numéros de série se suivaient, et les posa sur mon bureau. Je plaçai dessus le presse-papiers et regardai l'heure à ma montre.

— Vous vous tenez peut-être au courant des nouvelles, dit-il. Vous savez peut-être que notre demande de prêt auprès de votre gouvernement n'a pas été... accordée. A un moment très critique de notre développement national.

Je n'ai pas l'habitude de partir en croisade, mais j'ouvrais malgré tout la bouche pour lui dire d'aller se faire voir lorsqu'il leva la main, paume tournée vers moi.

— Je sais ce que vous allez dire, Meester Brown. Que vous désapprouvez la politique de notre gouvernement. Assurément, monsieur, aucune personne sensée ne pourrait approuver ce qui a été rapporté par les médias partisans.

Ni aucune personne pensant à gauche, ajoutai-je mentalement.

— Notre problème, poursuivit-il, c'est que nous sommes entravés dans notre programme de réformes internes, lesquelles sont rendues dramatiquement nécessaires, par des attaques répétées de l'intérieur et de l'extérieur... Des incidents aux frontières, en fait des tentatives d'invasion de la Colubrie, de la part d'états voisins réactionnaires et fascistes. (Ce n'était pas exactement ce que j'avais entendu dire.)

« Et à l'intérieur, une cinquième colonne communiste du type stalino-maoïste le plus pernicieux. Nous avons été obligés de consacrer à notre propre défense des fonds qui étaient destinés à une industrialisation et une réforme agraire dont nous avons grand besoin.

« Les Fascistes de même que les Communistes aimeraient voir échouer notre combat pour la démocratie. Nous voulons instaurer le suffrage universel..., redistribuer les grandes propriétés foncières pour que toutes les familles rurales puissent subvenir à leurs propres besoins..., établir une infrastructure industrielle urbaine — qui soit respectueuse de l'écologie ! — afin de subvenir aux besoins des nécessiteux de nos villes et d'en faire des citoyens fiers, libres et prospères.

La condition de ses compatriotes paraissait le mettre au bord des larmes. Si je n'avais pas vu ses yeux fuyants au même instant, j'aurais bien été capable de lui acheter une série d'encyclopédies de second rayon.

— Alors, qu'attendez-vous de moi, colonel ? Quel est le travail à effectuer, et pourquoi m'avez-vous choisi ?

Il sourit. On lui aurait donné le Bon Dieu sans confession.

— La raison pour laquelle nous vous avons choisi, Meester Brown, c'est la réputation que vous avez d'une... connaissance pénétrante et troublante du marché. (Je remarquai que plus il entrait dans le vif du sujet, plus son anglais s'améliorait. Intéressant. J'estimai que la façade du pauvre étranger ignorant cachait un esprit fort délié.) Et ce que nous avons décidé de faire, c'est d'émettre des titres afin de financer notre démocratisation et notre reprise économique.

J'étais plus sceptique qu'abasourdi, mais un peu les deux à la fois. Je cherchai à gagner du temps en griffonnant quelques notes sur un bloc. Au bout d'un petit moment je déclarai :

— Colonel, je ne ferais pas mon travail correctement si je vous encourageais dans cette voie-là. (Ce qui était vrai, autant que judicieux. Lorsque je suis payé, je travaille durant le laps de temps que couvrent mes honoraires.) D'abord, sans examiner la situation, je peux vous assurer que votre degré de solvabilité doit avoisiner le zéro. D'autre part, le peuple américain n'apprécie guère votre parti au pouvoir, le gouvernement.

— Nous avons des amis dans votre pays, répliqua-t-il, tâchant de ne pas prendre un air froid et hostile, mais sans y réussir tout à fait.

— J'en suis certain. Et ils doivent presque tous être des enquiquineurs de droite qui connaissent la valeur d'un investissement au centime près. Sans parler de quelques extrémistes cinglés qui n'ont pas un sou vaillant.

Il ne se leva pas vraiment dans un mouvement d'indignation vertueuse, mais son tas de graisse adopta une attitude plus verticale.

— Monsieur, essayez-vous d'insulter le peuple de Colubrie ?

— J'essaie de justifier mes honoraires. Vous faites appel à moi pour que je vous donne un conseil, et je vous donne un conseil avisé. Ne gaspillez pas votre argent à essayer de vendre des titres. Cela ne vous rapportera pas suffisamment pour en payer l'impression.

Il baissa quelque peu pavillon.

— Veuillez excuser mon éclat. Nous avons été en butte à un dédain et à un opprobre immérités, dus en majeure partie à votre presse partisane.

Je savais bien qu'il n'y avait pas de presse partisane en Colubrie, vu que le gouvernement avait repris en main *La Prensa* et *El Espejo*, jetant en prison le personnel rédactionnel, pour mettre à sa place des pantins administratifs.

— Il faudrait une campagne de relations publiques fort onéreuse pour inverser cette image. Non, colonel, c'est une opération qui n'est pas viable sur le plan économique. (Je regardai ma montre, pris trois des billets de cent qui étaient sous le presse-papiers, et les fis glisser dans sa direction.) Vous avez payé pour un rapport écrit allant en ce sens. Si vous voulez bien me dire où l'adresser.

Son désagréable teint terreux et basané vira à une espèce de gris crayeux. J'eus soudain l'impression qu'il sentait sur sa nuque la guillotine ou la machette, enfin ce qu'ils utilisent là-bas, et qu'il sentirait ça pour de bon s'il revenait à la maison les mains vides. J'eus aussi l'impression qu'il avait fait le tour de plusieurs cabinets respectables avant de venir me voir.

— D'autres solutions ? maugréa-t-il. Il y a sûrement d'autres solutions ?

Pour je ne sais quelle raison j'eus envie de le tirer du pétrin dans lequel il méritait d'être. Ne me demandez pas pourquoi, sinon qu'il n'y a pas plus jobard que l'escroc lui-même.

— Ce que je peux faire, colonel, c'est envisager et examiner quelques plans possibles. Donnez-moi environ une semaine. Comment puis-je vous joindre ?

Il me communiqua le nom d'un hôtel chic de New York, et se délesta de dix nouveaux billets de cent.

— Une modeste avance.

Il tendit la main et je la lui serrai, heureux que la largeur du bureau empêche un *abrazo* à la latine. Ainsi que je m'en étais douté, il avait la main douce, chaude, moite et huileuse. J'attendis à peine qu'il eût quitté la pièce pour m'essuyer la main sur mon pantalon.

— Le champ est libre, dis-je à l'interphone après qu'il eut refermé la porte.

— Tu crois qu'il parle sérieusement, quand il prétend qu'ils ont envie de faire toutes ces réformes démocratiques ? me demanda Joy Sue dès qu'elle fut rentrée dans le bureau. A l'entendre, on aurait eu l'impression qu'il y croyait vraiment.

— Tu n'observais pas ses yeux.

— Oh. (Elle garda le silence un moment.) J'aime mieux ça. J'ai pas une envie folle d'éprouver de la sympathie pour lui. J'ai pas aimé la façon dont il a regardé mon arrière-train.

— Je pensais que c'était ta poitrine qu'il regardait.

— Oui, mes seins aussi.

***

Elle s'assit sur la chaise placée à l'extrémité de mon bureau, plutôt que d'occuper celle, encore chaude, où il s'était assis. On ne souffla mot ni l'un ni l'autre durant une minute.

— Tu vas rien faire d'*immoral*, hein ? s'enquit-elle au bout d'un moment.

— Tu veux dire exploiter ce pauvre colonel Manteca, par exemple ?

— Tu sais ce que je veux dire. Les aider, quoi, pour qu'ils continuent à tuer les veuves et les orphelins.

Je soupirai.

— Je suis obligé de finir le boulot que j'ai accepté de faire. Un rapport de consultation sur son problème de collecte de fonds. Ça signifie pour nous quelques milliers de dollars en toute légalité.

Elle soupira à son tour.

— Y a des fois où je trouve que gagner de l'argent de manière *illicite*, comme tu le fais, est beaucoup plus *moral*.

Elle fit le tour du bureau et s'assit sur mes genoux, un bras passé autour de mes épaules, et la tête contre ma joue. Si je ne l'avais pas connue si bien, j'aurais pu croire qu'elle se montrait tendre et pensive. Je flattai la partie extérieure de son genou, ce qui était tout ce que je pouvais atteindre vu la façon dont nous étions soudés l'un à l'autre dans le fauteuil directorial.

— Ce que j'essaie de faire, lui expliquai-je, c'est trouver un moyen de leur soutirer le maximum sans véritablement les aider.

— On peut y réfléchir.

Elle m'épousseta le visage de ses cheveux jusqu'à ce que les divers gadgets électroniques dans le bureau nous rappellent que nous avions une journée occupée.

Tandis que nous fermions le bureau ce soir-là, elle alla dans le cabinet de toilette, sortit la bombe de Lysol, et en aspergea les seize cents dollars du colonel Manteca avant de les placer dans le coffre.

***

Il nous fallut en gros le week-end pour emménager dans notre nouvel appartement. Je restai surtout assis à penser, pendant que Joy Sue et les déménageurs se préoccupaient de savoir où allait quoi. On faillit oublier les soixante mille dollars derrière le distributeur de PQ dans l'ancien appartement.

Lors de notre première nuit dans le nouvel appartement, Joy était si fatiguée qu'elle sombra aussitôt dans le sommeil, mais je demeurai éveillé un long moment, essayant d'éviter de me retourner en tout sens, avant de finir par m'endormir.

Puis au milieu de la nuit, je me réveillai brusquement après un rêve étrange dans lequel je me rendais à Washington au volant d'une Coccinelle VW afin de faire de l'obstruction au sénat. Je me dressai sur mon séant et essayai d'interpréter mon rêve. Une fois que j'y fus parvenu, je me mis à rire. Joy marmonna, ouvrit les yeux, tenta de parler, et se rendormit aussitôt.

Je me levai le premier, et quand j'eus réussi à localiser la cafetière électrique — je me pris trois fois les pieds dans des trucs que je n'aurais jamais imaginé pouvoir se trouver là —, je rajoutai une cuillerée supplémentaire pour réveiller des méninges qui en avaient peut-être besoin.

Lorsque Joy Sue entra nonchalamment, les paupières mi-closes, j'avais déjà noirci deux ou trois feuillets de mots de code et de chiffres hypothétiques sur la table de la cuisine. Quand elle donna l'impression de remuer et de réagir, je l'interrogeai sur l'histoire du XIXe et du XXe siècle. Comme quatre-vingt-dix pour cent des Américains, elle ne connaissait pas les réponses. Je lui expliquai donc le sens d'« obstruction parlementaire » et comment je m'étais retrouvé au volant de la VW.

— J'ai toujours cru que l'obstruction, ç'avait un rapport avec les canalisations, gloussa-t-elle.

Je lui exposai brièvement mon plan.

— Ça paraît un peu risqué, observa-t-elle quand j'eus terminé.

— Qu'est-ce que la vie sans risque ? objectai-je spécieusement.

Elle versa une autre tasse de café et s'abstint de tout commentaire.

Mon rapport prit quelques heures à préparer. La note de frais allant avec fut établie plus rapidement, vu qu'on gagna du temps en arrondissant tous les chiffres vers le haut.

J'appelai le Q.G. de Manteca à New York et laissai un message à un assistant, lui donnant rendez-vous à Wilmington pour le mardi suivant.

En attendant, je passai bon nombre de coups de téléphone : à mon avocat et à un ex-employé du Département d'État auquel il m'adressa ; à un membre du Sierra Club que je connaissais ; au président du Fonds pour les Orphelins et Veuves du Monde ; à un membre du conseil d'administration d'Amnesty International ; à la State Corporation Commission ; à un multimillionnaire aux penchants fascistes avérés (j'eus un mal fou à l'avoir en ligne — je crois que ces gars-là doivent être paranos sur les bords) ; à un anarchiste du marché libre ; à un militant de Greenpeace ; aux éditeurs de quelques bulletins d'initiés ; à des exilés latino-américains à New York et à Miami ; et à un tas d'autres personnes.

Je ne me servis pas des mêmes mots auprès de tous, et ne communiquai pas à tous les mêmes faits. Je leur fis jurer à tous un secret absolu, ce qui est une des meilleures façons que je connaisse de diffuser des informations dans les bons secteurs.

***

Le colonel Pozal de Manteca se déversa sur la chaise, en dépassant assez nettement les bords. Joy Sue s'assit prudemment de mon côté du bureau, mais il n'était pas douteux qu'elle aurait pu le semer si les choses étaient devenues sérieuses, et qu'il était trop corpulent pour faire autre chose que l'écraser comme une mouche s'il l'avait attrapée.

— Mlle Witt, mon associée, a toute ma confiance, commençai-je. Elle m'a beaucoup aidé à préparer ce rapport, et si votre mandant... (je ne voulais même pas prononcer son nom à haute voix)... décide de donner suite au plan que j'ai esquissé, elle sera un membre essentiel de l'équipe.

Je ne la soumettais pas à l'épreuve du feu. Elle avait demandé à être là, en partie pour me surveiller et en partie, à mon avis, pour la même raison qui fait que les gens aiment regarder des serpents à travers une baie vitrée.

Il hocha la tête. Il n'appréciait pas que les femmes se mêlent de choses importantes, mais la tenue de travail de Joy Sue aujourd'hui offrait un décolleté affolant, et il laissa ses sens prendre le pas sur sa position philosophique concernant la question.

Je tenais le rapport entre les mains. Un contrat dans ses plus beaux atours, sous une couverture à cinq dollars. Après quelques hésitations, nous avions fait taper la version définitive par une dactylo professionnelle qui avait la réputation d'avoir gardé des secrets à l'abri de la C.I.A., de la C.O.B., du F.B.I., et du fisc. Extérieurement, un spécimen parfait.

— Avant que je ne vous remette le rapport, poursuivis-je, permettez-moi de dire quelques mots en préambule. Vous avez bien sûr entendu parler d'Adolf Hitler.

Un sourire rêveur contamina sa figure déjà impure.

— Ah, *der Führer* ! L'un des héros au panthéon d'El General. Un véritable idéaliste, fort mal compris. Un homme très pratique et décidé au début, mais par la suite égaré par de mauvais conseillers, et finalement trahi par des sous-fifres déloyaux.

Mes honoraires grimpèrent encore de quelques crans. Je m'étais attendu à ça — en fait cela faisait partie de mes arguments de vente —, mais le constater *de visu*, c'était autre chose.

— Ce que beaucoup de gens ne connaissent pas, enchaînai-je, c'est le financement original dont il s'est servi pour, euh, assurer sur le plan pécuniaire la... consolidation de l'Allemagne et l'expansion du Troisième Reich. (Joy Sue n'en savait pas assez sur le sujet pour être révoltée par la façon pateline dont je minimisais cette tache de l'Histoire de l'Humanité.)

« L'une des opérations auxquelles il a eu recours pour se constituer un capital pour son, euh, programme a été d'engager le Dr Ferdinand Porsche afin qu'il conçoive une voiture efficace et économique que les travailleurs pourraient se payer. A cette époque-là, le travailleur allemand moyen prenait le bus, roulait à vélo ou marchait. Il leur a donc donné la possibilité d'acheter des parts d'une industrie qui leur permettrait de rouler en voiture. (Ce qui se produisit, finalement, dix ou quinze ans après qu'ils eurent acheté les actions — dont le prix d'achat avait servi à acquérir du matériel militaire —, alors que ses os moisissaient dans un bunker sous Berlin. Mais cela, je le gardai pour moi.)

— Ah, oui... ingénieux, acquiesça Manteca. Mais notre situation n'est pas tout à fait la même. Pour commencer, nos ouvriers n'ont pas les fonds, ce qui explique pourquoi nous devons chercher hors de notre pays les moyens nécessaires à notre développement.

Joy Sue tripota le jabot sur l'empiècement de son chemisier, lui troublant un peu les idées.

J'assurai à Manteca que je comprenais qu'il dût trouver des capitaux étrangers, puis j'enchaînai en lui exposant l'élément critique :

— Vous pourriez faire quelque chose, par exemple en Suisse ou en Allemagne, dans un État arabe ou encore en Afrique du Sud, mais ce n'est pas dans mon rayon d'action, et je suppose que vous êtes ici parce que vous voulez de l'argent américain.

« Or, comme je vous l'ai dit, le grand public américain est hostile au... régime de Padrastro. Ceux qui seraient prêts à le soutenir insisteraient pour surveiller de très près la façon dont leurs fonds seraient utilisés, et feraient en sorte d'obtenir un bénéfice raisonnable. Si vous voulez recueillir des capitaux américains, la seule façon pour vous de réussir, ce sera de créer une société pour le développement économique, laquelle aura l'aval du gouvernement tout en étant indépendante, et de permettre aux actionnaires de voter.

J'étais perdu dans l'économie à grande échelle, la sociologie, la politique, et je le savais. Mon léger frisson et mon discret serrement de gorge à cette pensée passèrent inaperçus grâce à Joy Sue qui décrocha le téléphone. Elle demanda au client d'attendre, et pria qu'on l'excusât.

— Le projet de base, repris-je, est esquissé dans ce rapport. Si vous êtes prêts à investir autant, lorsque vous aurez étudié cette ébauche, nous pourrons vous établir un projet complet en quelques semaines, pour... (j'observai ses yeux gourmands suivre du regard l'arrière-train de Joy Sue qui s'éloignait, et je révisai mon estimation à la hausse) disons environ trente mille dollars.

Je lui tendis le rapport, couronné d'une facture de deux mille, que je n'avais pas discrètement glissée à l'intérieur comme je le fais d'habitude.

Il le saisit, le feuilleta, étudia quelques passages, et prit un air pensif.

— *Muy bien*. Je vais soumettre ceci à mon mandant et je vous ferai part de sa réponse. Merci, Meester Brown.

J'acceptai les vingt dollars dont il se dessaisit en guise de poignée de main. J'avais rédigé un rapport honnête, pris des honoraires conséquents, et je pensai, pour un certain nombre de raisons, que nous étions débarrassés de lui.

***

Les jours suivants, on mit tout en ordre dans le bureau, sachant que ce ne serait jamais impeccable. Quant à l'appartement, on s'arrangea pour qu'il ne soit pas dangereux de s'y faire un café le matin. Mais, comme Joy y était entrée la première, toutes mes affaires étaient du mauvais côté de l'armoire à pharmacie. Nous ne cessions de nous échanger d'autres petites idées d'arnaques à la va-vite rien que pour garder la main, sans provoquer de véritable enthousiasme. Je tentai de me lancer sur une histoire qui impliquait de faire l'aller et retour entre L.A. et Dallas tout en essayant de continuer nos activités légales à Wilmington, mais ça ne donna rien.

L'apparition d'El Colonel au bureau le jeudi suivant — plus je le voyais, plus il me rappelait Hermann Goering, et moins il m'était sympathique — fut une surprise.

Joy Sue l'avait assez vu et trouva à s'occuper dans la pièce du fond. Je réussis à éviter sa poignée de main en lui avançant une chaise.

— Nous avons décidé de donner suite à la consultation, annonça-t-il dès qu'on eut expédié les politesses. (Je l'avais tellement oublié que, pendant une minute, le déclic ne se fit pas. Du coup je tendis la main vers un bloc-notes et fouillai dans le tiroir à la recherche d'un des trente stylos qui se trouvaient juste sous mon nez. Ah, oui. Les titres de Colubrie, qui devraient être — je le lui avais déjà dit — des actions avec droit de vote.)

— Vous comprenez, commençai-je, un projet complet ne peut qu'énoncer des faits et examiner des probabilités. Ce projet doit être mis sur pied étape par étape, selon les résultats de l'étape précédente. Et, bien sûr, le temps de recherche... (Je ne tenais pas vraiment à ce travail, qu'il y eût à la clef trente mille dollars faciles à gagner ou pas, et je m'en rendais compte en m'écoutant tenter de le dissuader.)

Il balaya de la main mes objections comme autant de paysans colubriens.

— Oui, oui, nous savons tout cela, Meester Brown. Nous sommes des réalistes. (Ben voyons.) Quand serez-vous prêt à venir en Colubrie ?

C'était la troisième fois d'affilée qu'il me prenait au dépourvu. Tu mènes une vie trop molle, Billy John. Cette fois-ci, je ne crois pas que cela se lut sur mon visage avant que je ne fronce les sourcils d'un air pensif.

— Je dois d'abord faire ici des recherches pendant quelques semaines, dis-je judicieusement. Et il faut en plus que je m'occupe de mes affaires courantes...

— *Muy bien*. Je vous enverrai un billet.

Il sortit de l'une de ses nombreuses poches — il était en uniforme aujourd'hui — deux liasses serrées de billets de cent dollars. Des bracelets du Trésor sanglaient toujours leurs charmants petits ventres, tels des corsets sur des pucelles victoriennes. Tout bien considéré, certaines de nos barbouzes de Washington devaient bien leur fournir la chose, et je ressentis la même indignation qu'avait exprimée Joy Sue.

***

Mon rapport était aux trois quarts écrit lorsque arrivèrent les billets, quelques jours plus tard. Vol intérieur jusqu'à Miami, et de là, AeroColubria jusqu'à Ciudad Padrastro, précédemment Ciudad Antigua.

J'avais fait tout ce que j'avais pu à partir des sources disponibles, c'est-à-dire la totalité d'un atlas de 1957, des brochures touristiques, des rapports statistiques et des périodiques récents. Le voyage était absolument nécessaire, et je m'en voulais que Manteca me l'ait fait remarquer avant que je ne m'en avise.

Il avait envoyé deux séries de billets, et cela fit pencher la balance dans ma tête. Je n'avais pas peur pour moi, vu l'utilité que je représentais pour eux. Mais j'hésitais quand même à emmener Joy Sue, même si je ne savais trop pour quelle raison, à supposer qu'il y en eût une. J'en parlai sérieusement avec elle. L'idée l'effrayait un peu, elle aussi, et du coup il n'y eut bien sûr plus moyen de la retenir.

J'appelai mon agence de voyages, fis quelques modifications, pris quelques suppléments. Nous nous arrangeâmes avec Irv Cohen pour qu'il garde les lieux, ou du moins notre téléphone, c'est-à-dire qu'il fasse suivre nos appels durant notre absence d'un peu plus d'une semaine.

Le vol pour aller là-bas fut au-dessus de la moyenne. Nous occupions cinquante pour cent de la flotte aérienne internationale de Colubrie, un vieux 707 patiné qui bringuebalait un peu, mais laissait de la place à mes genoux. Joy Sue exigea des câlineries supplémentaires, en raison de l'âge de l'avion et de la nature de notre destination, cela afin de faire face à sa peur du décollage.

J'avais déjà tâté du Tiers Monde de temps à autre au cours de ma carrière — en partie pour y dénicher des refuges au cas où l'une de mes affaires aurait mal tourné un jour ou l'autre —, et je ne fus donc pas particulièrement surpris, mais l'atterrissage à Ciudad Padrastro désarçonna quelque peu Joy Sue.

Elle s'attendait, je crois, à quelque chose donnant l'image populaire de l'Allemagne de la fin des années trente ou du début des années quarante, avec des militants paranoïaques et des uniformes empesés de tous côtés. Il y avait peu d'uniformes — pas très empesés vu le climat —, mais les paranoïaques faisaient la sieste avec le reste des habitants. Un soldat errait en treillis de camouflage, une mitraillette accrochée en bandoulière, et un autre roupillait contre un mur.

Le soleil tapait environ deux fois plus fort qu'en Floride, et personne ne se déplaçait plus vite que nécessaire.

Traînant les pieds, on passa l'*aduana* et l'*immigración* avec les autres passagers. L'une des poches de ma chemise contenait de multiples photocopies d'une lettre d'introduction que nous avait remise Manteca, ainsi qu'une poignée de billets américains pour en renforcer l'effet. Même si nous ne nous étions pas dépêchés à la dernière minute pour que Joy Sue obtienne un passeport, je crois que nous serions passés sans problème.

J'avais décidé d'avancer notre arrivée de quelques jours, afin que je puisse me faire une idée juste de l'endroit avant le début de la visite guidée. Nous fîmes notre choix entre les deux Chevette proposées par une petite agence de location automobile américaine, avant de descendre dans un hôtel modeste qui avait pour clientèle un mélange de Latinos des classes moyennes, de jeunes Américains enjoués et d'Européens en voyage organisé folklorique. On fit un brin de toilette, et l'on passa le reste de la journée à se balader en voiture dans le pays.

Comme beaucoup de pays de l'Amérique des Caraïbes, la Colubrie a un littoral abrupt : une petite plaine côtière dominée par des collines. En quelques heures, nous avions traversé un pays légèrement onduleux, avec des pâturages disséminés ici et là et de petites clairières dues à la déforestation. Nous étions passés devant des forêts tropicales au bord de la mer et un semi-désert plongé dans l'obscurité des pluies, de grandes haciendas et de petites chaumières d'où émergeaient des douzaines d'enfants indiens.

— Il me paraît y avoir, observa Joy Sue au bout d'un long moment de silence, plein de bonnes terres arables dans le coin. J'vois pas pourquoi ils arrivent pas à nourrir tout le monde. (Elle retomba dans le mutisme, et ajouta au bout d'une minute :) Mais c'est peut-être une vision de la presse américaine partisane ?

Je ne savais trop moi-même.

— C'est une des choses dont nous sommes venus nous assurer ici.

***

Lorsqu'on aperçut une nouvelle chaîne de collines couvertes de pins, la route était devenue une piste improvisée d'argile rouge, agrémentée de pierres de rivière glissantes, et l'on décida de rebrousser chemin. C'était une manœuvre délicate de revenir en marche arrière jusqu'au dernier endroit où l'on pouvait faire demi-tour. On réussit à ne pas quitter le bord de la montagne, et l'on remercia le petit Saint-Christophe en plastique que quelqu'un avait collé à l'extrémité du tableau de bord.

En retournant à Ciudad Padrastro nous nous arrêtâmes dans un village pour prendre un *refresco*. On sirota du Coca-Cola à peine tiède, et je fis connaître à Joy Sue la banane pomme rouge — elle eut envie d'acheter la tige tout entière pour la rapporter avec nous. J'eus également une petite discussion avec le commerçant sous la tonnelle de chaume qui formait sa *tienda*. Oui, c'était beau pays. Oui, beaucoup de choses poussaient ici. Lorsque, l'air de rien, j'en arrivai au domaine de la sociologie et de la politique, ses silences en dirent long.

Par chance le prêtre du village sortit de la petite église de stuc alors que nous étions là, et, deuxième coup de chance, il se trouvait être américain. S'il ne s'était pas approché de nous, je me serais approché de lui. Quoi qu'il en soit, nous eûmes une conversation très enrichissante devant une bière que je lui offris. Joy Sue, en dame comme il faut, fit de son mieux pour ne pas le détourner de son vœu de célibat, mais je crois qu'elle lui donna une ou deux idées intéressantes à méditer lors d'une prochaine confession.

En nous séparant nous échangeâmes une poignée de main amicale et je fis un don, lequel n'était pas de trop, pour les travaux de la paroisse.

A mi-chemin de la ville, Joy finit par ouvrir la bouche. Il lui avait fallu tout ce temps pour digérer ma conversation avec le prêtre. Le détonateur, ce fut l'un de ces barrages routiers soudains et arbitraires, avec camion rempli de soldats en armes, que l'on voit dans des pays comme la Colubrie.

Après avoir sacrifié à la paperasserie administrative, exhibé nos passeports et la lettre d'introduction, elle prit la parole :

— Ça tient pas debout. Ils auraient à peu près tout ce qu'il leur faut ici, s'ils s'y prenaient *correctement*. Ils ont pas besoin de beaucoup de soldats, mais seulement de davantage d'agriculteurs.

Je ne tentai pas de lui faire un long topo sur l'esprit totalitaire. Je lui dis que, à mon avis, on ne pouvait pas aggraver la situation, mais peut-être même l'améliorer. Je ne fus pas certain que cela la rassurât.

Comme nous atteignions la limite des hauteurs qui surplombent Ciudad Padrastro, le soleil, bas à l'horizon derrière nous, dorait la ville et couronnait d'or des millions de vagues des Caraïbes. Je me rangeai sur le côté rien que pour contempler le spectacle et partager l'instant avec Joy Sue.

Nous regardâmes en silence pendant quelques minutes, en nous tenant par la main. Craignant de devenir sentimental, je pris un ton professionnel.

— Tu vois le port, là-bas ? lui dis-je. Ce n'est qu'un chenal de six mètres, s'il n'est pas ensablé. Ils peuvent le draguer, utiliser les déblais pour construire une digue, agrandir la zone des docks, faire entrer et sortir des cargos. Faire affluer des dollars grâce aux exportations, importer pour faire monter le niveau de vie. Un club nautique et une marina dans cette petite crique, là, après l'extrémité de la ville. Une station de luxe, un terrain de golf. Peut-être un casino sur cette petite pointe là-bas. Inscrire l'endroit sur le circuit des bateaux de croisière, faire venir ici par avion de riches Américains chaque semaine, pour qu'ils laissent des devises étrangères aux tables de roulette.

Lorsque j'eus fini, j'avais échafaudé suffisamment de projets de construction, dont petites industries off shore et pièges à touristes, pour garantir la prospérité à la Colubrie pendant au moins un demi-siècle. Joy Sue avait écouté, mais sa bouche indiquait qu'elle ne prenait pas tout ça pour argent comptant.

Nous dînâmes à notre hôtel, de bonne heure, ce qui n'est pas dans les us et coutumes locales — nous n'avions pas envie d'attendre jusqu'à l'heure du coucher, selon la tradition hispanique —, mais il y avait suffisamment de gens du cru et il régnait un petit air de fête dans la salle à manger.

— Peut-être que c'est pas aussi terrible que je le pensais, déclara Joy Sue devant un flan au caramel appétissant et un café local féroce.

— Généralement, ça ne l'est pas.

Je ne savais pas trop ce que j'entendais par là, et si même cela avait un sens. Elle voyait l'air de fête, qui était assez gai d'après des critères américains. Mais selon les critères latins, l'atmosphère était un peu trop calme. Pas assez bruyante, trop de regards dissimulés, pour des Hispano-américains mangeant et buvant en groupe. Tout d'un coup je *sentis* le pays, et mon impression collait bien avec toutes les données que j'avais glanées ici et là : Big Brother ne persécutait pas tout le monde à la fois, mais ils ne savaient pas où il allait porter son prochain coup : contre les Indiens ? les petits commerçants ? les classes moyennes ? Je ne soufflai mot à Joy Sue de tout ce que je sentais.

Après le dîner on se conforma à la bonne vieille coutume locale consistant à se baguenauder sur la plaza, et j'eus la même impression en voyant la foule qui était là. Joy Sue était fascinée par tout : le comportement des gens, les antiques et grandioses bâtisses en ruine à côté de taudis tombant en poussière, les costumes, le mélange de pauvreté et de prospérité, la couleur partout.

On revint à pied à l'hôtel par une rue transversale partant de la plaza, et l'on avisa, accroupie contre un mur, les pieds nus à même le trottoir répugnant, une gamine vendant des billets de la *Loteria Nacional*. J'avais appris lors de mes voyages précédents à ne pas faire en principe attention aux mendiants et aux marchands ambulants, mais tout cela était nouveau pour Joy Sue.

Emportés par notre élan, nous l'avions dépassée de quelques pas lorsqu'elle m'arrêta.

— Cette pauvre *enfant* ! souffla-t-elle. Elle est dégoûtante, sa petite robe est toute en loques, et elle a même pas de *sous-vêtements* ! (Je n'avais pas remarqué le sexe de l'enfant, mais grâce aux observations de Joy Sue, je vis qu'il s'agissait d'une petite fille d'environ cinq ans, au regard terne et à l'air mal nourri, habillée comme elle me l'avait dit, sale et en haillons.) Qu'est-ce qu'on va faire pour elle ?

— Pareil que pour les quelque trois autres millions, je suppose. Prier beaucoup et...

Je laissai ma phrase inachevée. Ce que je disais paraissait horriblement insensible et désinvolte par rapport à ce que Joy Sue avait sous les yeux. Dooleymont ne voyait jamais de situation aussi critique sur le plan culturel et économique.

Bref, Joy Sue finit par se retrouver avec tout le stock de l'enfant, plusieurs feuilles de billets de loterie valant environ cinq dollars, s'ils n'étaient pas faux, et la gosse récolta tout notre argent local, quelque vingt billets d'un dollar, et reçut la consigne de porter ça à sa *mamá, prontissimo*. Joy Sue voulait lui donner cent dollars, mais je réussis à la convaincre que non seulement cela dépassait leur capacité de comprendre et leur aptitude à les utiliser, mais que ça pouvait aussi les conduire en prison, où on les torturerait pour leur arracher une confession sans qu'ils sachent même pourquoi.

***

A demi consciemment j'avais compté sur l'effet stimulant que les voyages ont sur Joy Sue, mais cette nuit-là, lorsqu'elle se serra contre moi, il n'y avait aucun désir dans son geste — rien que le besoin primaire d'être réconfortée et rassurée. La dernière chose qu'elle dit avant de sombrer dans un sommeil agité, ce fut : « Billy, faut qu'on fasse quelque chose pour ce pays. »

Génial, me dis-je. Ce n'est pas assez de sauver une boîte que nous avons sabordée par accident. Maintenant il faut que nous sauvions toute une république bananière dont nous ne sommes même pas responsables.

Le lendemain je la laissai dormir, donnai un pourboire à une femme de chambre pour qu'elle lui porte son petit déjeuner au lit à dix heures, et sortis régler quelques affaires qui requéraient mes soins.

Lorsque je revins, assez tard, pour le déjeuner, Joy faisait la tête.

— C'est la meilleure, dit-elle avec une certaine acrimonie. Me laisser toute seule ici dans un pays inconnu ! (Je crus déceler un peu de peur derrière l'irritation.)

— Et moi ? répliquai-je. J'étais dehors tout seul en ville pendant que tu étais en sécurité à l'hôtel... A vrai dire, tu étais plus heureuse, et en sécurité ici, que tu ne l'aurais été si tu m'avais accompagné.

Elle fit la moue un moment — sa lèvre inférieure est extrêmement sexy — puis répondit à contrecœur :

— Je te pardonnerai peut-être si tu m'offres un bon déjeuner.

— Qu'est-ce que tu dirais de fruits de mer frais sur le front de mer ?

En réalité c'était la première fois qu'elle voyait un littoral et qu'elle regardait la mer, si je laisse de côté notre traversée de Chesapeake Bay au cours de laquelle elle avait serré les dents et fermé les yeux. Ayant grandi en montagne, elle était fascinée par le spectacle, dans la mesure où elle se trouvait sur le plancher des vaches. Et je ne parle pas du sort qu'elle fit à la pêche du jour.

On boucla nos valises le lendemain matin, on quitta l'hôtel et retourna à l'aéroport pour attendre l'arrivée de notre comité d'accueil officiel. Par chance, celui-ci fut suffisamment en retard pour que nous puissions nous mêler à la foule des passagers du vol sur lequel nous étions censés être, et des mensonges embrouillés s'avérèrent inutiles.

Grâce à d'habiles manœuvres je réussis à protéger Joy Sue de Manteca, notre hôte officiel. Il m'en coûta de rester assis à côté de lui dans la Cadillac d'époque, élastique, qui nous véhicula. Nous fîmes un circuit touristique qui nous mena à un hôtel à la splendeur arrogante et semblant réservé aux occasions officielles. Avant d'y arriver, nous suivîmes de larges boulevards bordés de palmiers, en passant devant des boutiques prospères.

Je parvins à parler seul un moment à Joy Sue pour l'avertir qu'il y aurait sans doute des micros dans la suite. Elle n'eut pas besoin que je lui donne beaucoup la réplique : nos conversations à tous les deux, sauf sous la douche, comportaient suffisamment de mots dubitatifs et négatifs pour que cela ait l'air réaliste. Ce fut assez grisant — et pas trop irréaliste — de jouer aux espions subversifs. Il fut également fort intéressant, le lendemain, de les entendre répondre à des questions que nous nous étions posées la veille au soir.

Le dîner au Palacio Presidencial ce soir-là fut un

peu éprouvant. Heureusement il y eut un bout de conversation en anglais. El Presidente, Jesús Maria Padrastro y Cabrón, bien qu'il me dégoutât autant en chair et en os que dans les médias, avait une présence formidable. J'eus le sentiment que Joy Sue avait moins à craindre de sa part que moi. Ce qui ne me le rendit pas plus sympathique.

Le personnel d'encadrement, Dieu merci, dut s'excuser en raison d'une importante *conferencia*, et nous laissa en compagnie d'un ramassis de parasites sociaux : ce qui ressemblait aux restes dépenaillés d'une vieille aristocratie, quelques nouveaux riches patentés, un petit acolyte au sourire narquois, qui devait être, me sembla-t-il, l'actuel favori du général.

Dès que cela fut décemment possible — il devait être près d'une heure du matin, et nous ne faisions rien pour cacher nos bâillements —, on allégua le décalage horaire et on se fit excuser. Une espèce de majordome nous raccompagna jusqu'à une limousine officielle, et nous nous effondrâmes dès le retour à l'hôtel. On s'étreignit de nouveau pour se rassurer, sans rien d'autre.

***

Notre visite guidée du lendemain fut fort instructive à la lumière de notre voyage précédent, mais sans cela elle eût été assurément trompeuse : une grande route à quatre voies qui suivait une côte magnifique, puis s'arrêtait brusquement cinq kilomètres après la sortie de la ville ; un amas de béton gris — des logements pour les nécessiteux, jamais achevés —, en comparaison duquel un projet fédéral dans les quartiers pauvres de Chicago aurait eu l'air riant ; un village de fermes modèles, financé par le gouvernement, qui paraissait peuplé par une équipe de figurants de Hollywood tout sourire embauchés pour l'occasion ; un large « parc industriel » passé au bulldozer, comprenant une seule usine qui produisait, semblait-il, des sombreros en plastique. Peut-être les voyais-je à l'envers, et s'agissait-il en fait de pots de chambre.

Des vitrines. Tout cela était abandonné depuis des années et ne revivait que pour le spectacle.

— Vous voyez ce que nous avons entrepris. Mais nons sommes dans l'incapacité de poursuivre sans fonds supplémentaires. De là notre besoin urgent de trouver des capitaux.

Joy Sue avait soudain changé d'optique et faisait du plat à Manteca, suspendue à ses lèvres. Cela ne m'inquiétait pas, mais il me fallut la taquiner en lui frottant le dos ce soir-là.

— As-tu soudain succombé au charme du colonel ? lui demandai-je.

— J'viens de décider que j'avais pas peur d'un type qui a besoin d'être roulé tellement il est gros. (Elle me mordit doucement la poitrine.) D'autre part, on a un boulot à faire. De bonnes relations publiques. (Tout en m'essuyant avec une serviette, elle ajouta :) Mais ça me fait penser que j'aimerais un vrai homme pour changer.

L'espace d'un instant, je fus décontenancé, avant de voir l'expression sur son visage.

— A défaut, ferais-je l'affaire ?

— C'est ce que j'avais dans l'idée.

Durant un long moment, l'atmosphère de notre suite climatisée fut aussi torride que la nuit tropicale à l'extérieur. J'espérais que les auditeurs appréciaient l'enregistrement.

***

Nous eûmes ensuite droit à un jour et demi de conférences. Les gros bonnets, pour la plupart, n'étaient pas vraiment prêts à accepter Joy Sue comme interlocutrice sérieuse en affaires, mais elle prenait de copieuses notes dans son inimitable sténo, et ils parvinrent à la tolérer, voyant en elle ma secrétaire.

Il était incontestable qu'ils voulaient environ un million de dollars pour s'offrir d'autres vitrines et beaucoup de millions supplémentaires pour une machine de guerre davantage tournée vers l'intérieur que vers l'extérieur. Joy Sue avait le don de poser des questions innocentes, grâce auxquelles la vérité se laissait deviner. Le pays tout entier avait l'air d'un endroit si rêvé pour y faire la sieste — et de temps à autre tendre la main afin de cueillir une mangue mûre sur un arbre — que je me demandai pourquoi ils prenaient la peine de mettre en place une telle structure politique, mais il y a des gens bizarres de par le monde.

Joy Sue résuma la situation lorsque nous fûmes dans l'avion de retour vers Miami : « Charmant pays. Faudrait seulement qu'ils soient pas là. »

J'acquiesçai.

***

Établir le contrat définitif fut sans doute le boulot le plus dur et le plus complexe que j'eusse fait jusque-là. J'y travaillai jour et nuit, et Joy Sue se chargea presque entièrement du courtage de routine, entre autres choses qu'elle n'était pas particulièrement habilitée à faire. On s'en tira quand même.

Passons sur nombre d'explications et de détails techniques : le projet global de Société pour l'Aménagement de la Colubrie, assorti de clauses raisonnables pour parer à toute éventualité, était prêt à être remis lorsque Manteca se présenta à notre entrevue suivante quelques semaines plus tard.

Cette fois-là, il était accompagné du ministre de

l'Économie, petit bonhomme d'une cinquantaine d'années, à l'air soucieux, et qui s'appelait Plata y Oro.

Mon montage proposait deux séries de statuts et d'arrêtés, une pour le Delaware et l'autre pour la Colubrie, cauchemar pour mon avocat et qui me passait complètement au-dessus de la tête ; des avant-projets d'actes, rêve d'imprimeur, bourrés d'images allégoriques en quatre couleurs avec estampille en or ; l'ordre du jour de la première assemblée des actionnaires ; une esquisse des procédures envisagées..., bref, vous voyez le genre. J'estimai qu'il faudrait des semaines au personnel présidentiel au complet pour en venir à bout et comprendre qu'il s'agissait de sables mouvants politiques. Heureusement j'avais pas mal d'exemplaires, aussi en remis-je un à Manteca et un à Plata y Oro.

Ils feuilletèrent tous deux les documents, se rendirent compte de la complexité de la chose, et décidèrent d'emporter ça chez eux pour une lecture approfondie.

— Nous allons devoir étudier de près ces documents, déclara Manteca. Est-ce que vos honoraires couvrent d'autres consultations pour en expliciter le contenu ?

— Naturellement. (Je lui tendis une facture de trente mille. Je marnais sur ce boulot depuis si longtemps que je commençais à trouver que ça les valait vraiment.) Il y a beaucoup de choses làdedans qui nécessiteront des explications. (Cela était suffisamment vrai pour que j'en éprouve un certain malaise.)

Il examina la facture et sortit six nouvelles liasses du Trésor. Je lui établis un joli reçu. On se sourit mutuellement et on échangea tous force poignées de main. Cela ne me dérangea même pas, vu les trente mille sur mon bureau. Puis ils s'en furent.

⁂

Une nouvelle fois je crus que nous étions débarrassés d'eux. J'espérais seulement que nous n'étions pas maintenant sur leur liste noire pour avoir fait ce que j'avais promis de faire.

Mais quelques semaines plus tard Manteca et Plata y Oro étaient de retour.

Ils appelèrent de l'aéroport juste avant l'heure du déjeuner. Je ne tenais pas spécialement à voir Manteca en train de manger, mais il est vrai que nous leur devions un repas. On se retrouva donc dans une petite salle privée du Bears Club. Il y eut des regards étonnés de la part des membres ainsi qu'un murmure de curiosité.

— El General, commença Manteca devant son brandy, se demande avec une certaine, euh, appréhension, dans quelle mesure le... contrôle des opérations échapperait aux instances officielles...

Je me tamponnai les lèvres à l'aide d'une fine serviette.

— Cela ne me surprend pas. Mais c'est la seule façon dont vous puissiez vendre le produit aux États-Unis. Vous pouvez, bien entendu, utiliser mon projet comme modèle de proposition autre part, réécrire ce qui ne vous convient pas et voir si ça se vend dans l'un ou l'autre des pays que je vous ai suggérés.

Il secoua la tête.

— Nous avons..., non sans hésitation, examiné d'autres possibilités. Et nous avons finalement décidé de demander à votre cabinet de mener à bien le projet que vous avez mis sur pied.

Les yeux de Joy Sue se dilatèrent quelque peu. J'étais d'un côté surpris, de l'autre pas du tout.

Avant que je ne puisse répondre, il se mit à extraire de l'argent de sous son uniforme. Je me demandai s'il était vraiment gros, ou s'il n'était pas tout simplement rembourré de billets par la C.I.A. ou Dieu sait qui.

— Voici une modeste avance afin d'entamer les opérations, dit-il en me tendant deux liasses de cinq mille chacune. Nous ouvrirons un... comment dites-vous ? compte courant pour les dépenses en cours. Nous voudrions avancer le plus rapidement possible, maintenant que le projet est ferme et définitif.

Nous allâmes au bureau, et y passâmes l'après-midi ainsi qu'une partie de la soirée à prendre des dispositions.

— Il y a quelque chose qui me préoccupe, observa Manteca. La valeur nominale des actions à vingt-cinq *cents*. Il va falloir que vous en vendiez des millions et des millions pour réunir le capital nécessaire.

— La valeur nominale n'est pas la valeur du marché, lui assurai-je sans mentir. Beaucoup de sociétés font ça. Cela limite notre *responsabilité* à vingt-cinq *cents* par action, mais nous les vendrons en moyenne autour de cinq dollars. (Je ne pris pas la peine de lui dire que différents acquéreurs paieraient des prix différents. Par exemple vingt dollars minimum pour notre ami pétrolier du Texas. Il parut satisfait.)

Dès que nous les eûmes expédiés à leur hôtel en taxi, je décrochai le téléphone et commençai à prévendre. Entre autres choses.

Si je pense aux décisions prises, au travail accompli, et aux diverses chicanes, ce fut un long boulot, mais en fait il ne fallut que trois mois pour que la première assemblée des actionnaires se tienne à Ciudad Padrastro.

Il y avait là environ cinquante *norteamericanos*, et pas mal de mandataires. Il y avait également beaucoup plus d'actionnaires du cru que quiconque, moi inclus, ne s'y était attendu. J'avais dit de « diffuser » l'information, et, pour être « diffusée », elle avait été diffusée. A un dollar l'action, les Colubriens des classes moyennes pouvaient s'offrir le risque.

Je passerai sous silence bon nombre de menées clandestines pour dire que, dès la fin du troisième jour de séances bilingues, les membres de notre conseil d'administration triés sur le volet avaient été élus, le programme présenté avait été approuvé, et que quelqu'un — pas moi — avait organisé une fiesta dans les rues, assortie d'une large médiatisation à l'extérieur, félicitant Padrastro sur ce qu'il n'avait jamais eu la moindre intention de faire. Il ne pouvait plus reculer à présent sans que cela entraîne aussitôt pour lui une très mauvaise image sur le plan international. Chose — nous en prenions le pari — qu'il jugerait ne pas pouvoir se permettre.

La figure de Padrastro devenait de plus en plus violacée depuis trois jours, et celle de Manteca, dans les mêmes proportions, de plus en plus grise. Je ressentis presque de la compassion pour le gros lard.

Un dîner d'apparat était prévu au Palais Présidentiel pour la dernière soirée. Je ne dis pas que je craignais sérieusement d'être emprisonné et exécuté, mais je prévoyais éventuellement une scène désagréable, aussi décidai-je, malgré ses protestations, que Joy Sue aurait mal à la tête ou souffrirait d'un syndrome prémenstruel ou de Dieu sait quoi. Je l'expédiai en banlieue dans une famille locale qui était de notre côté. Elle me fit la grimace par la vitre au moment où la voiture s'éloignait.

L'heure de mon départ prévu pour le palais était passée de quarante-cinq minutes et j'attendais toujours, me demandant si j'avais mal compris le rendez-vous, lorsque l'une des limousines présidentielles, parmi les moins luxueuses, s'arrêta dans un hurlement de pneus devant la marquise de l'hôtel où je faisais le pied de grue. Manteca ouvrit une portière arrière et émergea avec une vitesse surprenante, plus gris que jamais.

Désespéré, il me saisit la main.

— *Desgracia* ! souffla-t-il. *El Presidente ha desaparecido* !

Il m'entraîna dans la voiture, laquelle repartit à vive allure, éparpillant les citoyens comme des poulets.

Je fis appel à ses facultés de raisonnement et tentai de le calmer tandis que nous roulions vers le palais.

— A-t-il disparu... *de son plein gré* ?

Manteca fronça les sourcils, et je jurerais avoir vu une larme couler sur sa joue dans l'obscurité.

— Le *tesoro nacional* est *vacio*. Il ne reste plus un sou. Les numéros des comptes en banque suisses dans le coffre de sa chambre à coucher ont également disparu... *Posiblemente*, je suppose, il a été kidnappé et contraint sous la menace d'une arme d'ouvrir la chambre forte et le coffre.

— Il est plus probable qu'il a été capturé par des Martiens dans une soucoupe volante. (Un espoir fugitif illumina ses yeux avant qu'il ne voie mon expression cynique.) J'espère qu'à cause d'un petit incident pareil, le dîner ne va pas être annulé. Je meurs de faim.

— Non, non. Le dîner aura lieu. Je n'y assisterai qu'un moment et à titre officiel. J'ai du travail à faire, et je n'ai pas faim, précisa-t-il sans mentir.

Nous parlâmes en chemin, puis en attendant que le dîner soit annoncé. La moitié de la flotte aérienne d'AeroColubria avait disparu de l'aéroport, destination inconnue, et avec elle presque tout le cabinet ainsi que le personnel de haut rang du palais. Les seuls personnages importants qui restaient — par mesure disciplinaire, supposai-je — étaient Manteca et Plata y Oro.

Ils étaient complètement déboussolés, et couraient en tous sens comme les poulets pris de panique. Ma facture pour une consultation attendrait, mais pour le moment des mesures immédiates s'imposaient afin d'éviter le chaos. Je m'instituai donc dictateur temporaire de la Colubrie — premier véritable trublion américain depuis les années trente au moins, peut-être de tout le siècle.

Je fis prévenir Joy Sue pour qu'elle ne m'attende pas avant quelques jours. L'Assemblée Nationale fut renouvelée et les rédactions des journaux furent reconstituées par le *juzgado*, on nomma au poste de président en exercice le vainqueur de la dernière élection — péripétie unique dans les annales de la politique de l'Amérique latine — et on inventa tout un tas d'histoires bidon plutôt transparentes. Par exemple, Padrastro aurait été obligé d'aller dans un *sanatorio*, surmené ces temps derniers par la reconstruction économique.

Nous voulions que personne n'apprenne qu'il avait quitté le pays, même si ça devait forcément se savoir bientôt ; nous voulions faire croire qu'il était notre prisonnier et qu'il restait quelque chose dans les caisses. Des rumeurs de banqueroute totale auraient provoqué ce que les Français appellent de façon romantique la *chienlit*.

Plata y Oro nous ouvrit une autre série de chambres fortes, où l'on trouva de l'argent local en quantité suffisante pour maintenir à flot les services gouvernementaux jusqu'à ce que l'économie reprenne. Cet argent valait en fait plus qu'il n'avait jamais valu. Il n'avait jamais été fortement soutenu, mais maintenant du moins il était porté par une petite vague d'espoir et d'optimisme.

La Société pour l'Aménagement de la Colubrie possédait plusieurs millions d'espèces en dépôt fiduciaire dont la bande à Padrastro ne pourrait pas s'emparer, et cela suffit à lancer quelques projets rapides sur le budget de trésorerie, comme par exemple le complexe station balnéaire/casino, avant que la confiance ne vienne à faire défaut.

La Colubrie avait toujours beaucoup de problèmes, mais le plus gros d'entre eux avait disparu. J'étais prêt à distribuer des poignées de main et à démissionner de mon poste de consultant, mais les nouveaux P.-D.G. du pays et de la société d'aménagement usèrent de subtiles pressions — un peu de bâton et beaucoup de carotte —, si bien que, dans un moment de faiblesse, je m'engageai à me colleter avec ce casse-tête continu. Il restait un sacré boulot à accomplir. Même diriger le système économique d'une petite république bananière, c'est un gros travail.

De toute façon, il n'y avait pas une place d'avion disponible avant quelques jours. Nous ne fûmes donc pas vraiment retardés.

***

Nous étions à l'avant en classe affaires. On commençait à se câliner sérieusement — nous venions de traverser une période stressante, et Joy Sue avait besoin d'être tout particulièrement rassurée —, quand l'hôtesse-chef fit précipitamment monter à bord un passager en retard et le fit asseoir de l'autre côté de la travée à notre hauteur.

Ce qui mit fin aux câlineries, le passager s'avérant être le colonel Manteca, en civil. Il était encore plus gris, il avait les bajoues pendantes, et le costume dont il était affublé ressemblait à une housse abandonnée.

Il tenta d'arborer un sourire las.

— J'ai estimé que le climat de Miami serait peut-être plus bénéfique, dit-il. Certains de mes compatriotes sont enclins à m'associer, ah, aux événements malencontreux survenus durant le règne du, ah, *presidente* qui vient de se retirer.

Avant qu'il ne descende de l'avion à Miami, il me prit à part et me murmura à l'oreille, l'haleine moite :

— Je voudrais vous demander un grand service... Il ne me reste plus d'argent pour survivre. Si vous vouliez bien me faire un modeste prêt, je veillerais à vous rembourser le plus vite possible, une fois que je serai installé à Miami.

De mauvaise grâce, je sortis quelques billets de cent dont nous n'aurions pas besoin. Puis, culpabilisant sans nécessité, je me laissai toucher et lui fis un chèque sur la Barclay's de deux mille dollars. A vrai dire, c'était une prime d'intermédiaire assez modeste, pensai-je.

— Vous aurez peut-être besoin d'un capital de démarrage, lui expliquai-je.

On rattrapa l'arriéré de câlineries de Miami à Wilmington. Et durant plusieurs jours après notre retour.

***

— Ma foi, la tâche a été rude, confiai-je à Joy Sue quelque temps plus tard, tandis que nous nous préparions à attaquer une montagne de paperasserie avant l'époque de la déclaration de revenus. Seulement, nous avons ramassé, en comptant les honoraires, les frais de commission, et tout le reste, près d'un demi-million de dollars en toute légalité.

Elle s'éclaircit la voix.

— J'ai une petite chose à avouer... En fait, la nouvelle est encore meilleure. On va pas payer d'impôts sur tout ça.

Je restai planté là, la bouche ouverte, accablé, attendant qu'elle poursuive.

— J'ai fait du réinvestissement, vois-tu. On possède cinquante mille actions de la Société d'Aménagement de la Colubrie... T'en avais fait un tableau tellement alléchant que j'ai pas pu laisser passer ça.

Je soupirai avec une patience feinte.

— Est-ce que tu te rends compte de l'énormité du risque qu'on a couru ? Ç'aurait pu se casser la figure à n'importe quel moment !

De larges yeux bleus, au regard innocent et adorateur, se fixèrent sur moi, et mon cœur fondit. Ou du moins mon cerveau.

— Quand j't'ai entendu vendre ça au téléphone à tous ces gens, j'ai eu l'impression qu'il pouvait pas y avoir de problèmes. Tu voulais quand même pas que je néglige le tuyau increvable d'un fameux génie du placement, non ?

L'accent des Appalaches était totalement affecté ce coup-là, avec pour seule intention de me manipuler. Ce qui réussit.

***

Des mois plus tard, un Latino-américain pimpant, portant une veste à carreaux voyante et une cravate vert fluo, déboula dans le bureau, accompagné d'une fille séduisante de vingt ans à peine, qui avait l'air d'une Cubaine.

— *Amigo* ! lança le type avec une vague voix de disc-jockey. Je suis venu vous rembourser les deux mille deux cent soixante-cinq dollars que vous avez eu l'obligeance de me prêter pour me sauver la vie !

Avec un moulinet du bras il brandit la somme en vieux billets de valeurs diverses. Il faisait environ quatre-vingt-dix kilos de moins, et ce fut seulement quand je le vis manier l'argent que je le reconnus.

— Manteca ! Ça alors !

Il inclina la tête et claqua les talons.

— *Lo mismo*. Et permettez-moi de vous présenter mon *amiguita*, Fidelia.

Elle lui enfonça ses doigts pointus dans les côtes.

— *Tu afianzada, cabrón.*

— Plus exactement, ma fiancée.

Nous bavardâmes un moment. Même Joy Sue, quand elle vit qu'elle était protégée par la présence de Fidelia, se montra sympathique avec lui.

Au moment où ils prenaient congé, il exhiba une carte professionnelle avec un panache tout latin.

— Je suis à présent un homme d'affaires respectable à Miami. J'ai un visa permanent comme *refugido political.* Venez me voir si besoin est.

Après leur départ, nous regardâmes la carte. En espagnol d'un côté, en anglais de l'autre. Adresse sur la West Tamiani Trail. Légende :

Chez Enrique
Voitures d'occasion de premier choix
Les meilleures affaires de la
Biscayne Bay
ÉCONOMIE - RESPECTABILITÉ - FACILITÉS DE CRÉDIT

The Colubrian Bonds.
Traduction de Jean-Bernard Piat.

QUELQU'UN A QUI PARLER

par JEREMIAH HEALY

« Votre attention, s'il vous plaît. Embarquement immédiat porte 15 pour le vol express 3557 de Delta Connection, classe affaires, sans escale jusqu'à Nantucket, avec continuation jusqu'à Martha's Vineyard. Tous les passagers peuvent prendre place à bord dès maintenant. »

Je soulevai mon sac de marin et rejoignis la queue des personnes qui tendaient de petits laissez-passer à un uniforme tout sourire. Une heure plus tôt, j'avais fermé à clef la porte de « John Francis Cuddy, Enquêtes Confidentielles », et j'avais pris un taxi bostonien pour l'aéroport Logan. Cela coûte moins cher d'aller en voiture à Cape Cod et de prendre le ferry jusqu'à Nantucket, mais mes frais étaient payés, et la cliente au téléphone m'avait dit que le plus tôt serait le mieux. Elle avait ajouté que je n'aurais pas besoin d'une arme à feu ni d'une tenue de soirée, qu'il me fallait seulement un appareil-photo et beaucoup de pellicules.

Nous descendîmes un escalier avant de monter dans un petit bus équipé de sièges profonds en similicuir. Il y avait beaucoup de circulation sur le macadam : des camions-citernes, des fourgonnettes de restauration, et des navettes pour les bagages. Le chauffeur du bus stoppa à côté de notre avion, un Shorts 360 à deux hélices, lequel ressemblait fort à notre bus, avec des ailes. Je fourrai mon sac dans la soute à bagages ouverte vers l'arrière. La trentaine de passagers occupaient la plupart des fauteuils de la cabine. Le décollage me donna l'impression de traverser un atelier d'usinage à toute berzingue. Lorsque le pilote atteignit l'altitude de croisière, l'hôtesse commença à servir des boissons non alcoolisées.

Les gobelets étaient à peine sur les plateaux que nous amorcions notre descente sur Nantucket, l'« Ile Lointaine » des pêcheurs de baleine. De douces collines et landes, riches d'une douzaine de nuances de jaune, de brun et d'orange dans l'air limpide d'octobre. Ma femme Beth et moi, nous parlions autrefois de nous offrir un week-end d'évasion sur l'île, avant que le cancer ne l'emporte.

Au sol, un type arborant des protège-oreilles déchargea la soute à bagages, en chargea le contenu sur un chariot, qu'il convoya jusqu'à une fenêtre sans vitre, par laquelle il passa les bagages. Obéissant à la suggestion de ma cliente, je louai une Jeep Cherokee à l'un des comptoirs de location, sortis une carte et suivis du doigt le chemin menant au 76, Main Street, le *bed and breakfast* indiqué par ma cliente.

Je ne vis qu'un seul style architectural le long du trajet depuis l'aéroport. Même les stations-service avaient des revêtements extérieurs constitués de bardeaux de cèdre argentés. La couleur prédominante était le blanc, quelques anticonformistes osant le bleu pastel, voire un rouge terne. Une fois en ville, cependant, tout prit un petit air fédéral, avec entre autres un certain nombre d'hôtels particuliers et de cottages construits en brique ou faits de planches à clin.

L'auberge se révéla être l'une des bâtisses blanches en planches. Une femme sympathique du nom de Shirley m'inscrivit sur son registre et me demanda ce que je comptais faire sur l'île. Quand je lui répondis que je ne savais trop, elle me débita une liste de dix ou douze coins à visiter, en me donnant des brochures sur ce qu'il fallait tenter de voir une fois sur place. Après que j'eus été conduit à ma chambre et que j'eus reçu les consignes pour le petit déjeuner et la matinée du lendemain, Shirley me souhaita bon appétit pour le dîner ainsi qu'une bonne nuit.

Déballer mes affaires ne me prit que jusqu'à quatre heures. Vu que le ciel était dégagé et que je ne savais pas ce que ma cliente comptait me donner à faire, je décidai de parcourir la ville et le port. Main Street descendait à l'oblique, bordée de boutiques pittoresques, et s'évasait pour finir à la hauteur de quais qui logeaient de minuscules cahutes voulant passer pour des galeries d'art ou d'artisanat. Il n'y avait pas pléthore de bateaux de plaisance si tard dans la saison, mais encore beaucoup de bateaux-taxis et de bateaux de pêche aux pétoncles.

Au son d'un coup de corne, des gens qui se prélassaient sur des bancs ou au bord des trottoirs se rassemblèrent soudain et se précipitèrent vers un ferry qui arrivait à quai. Un couple convoyait un kayak sur sa remorque à deux roues, lui à la proue, elle à la poupe, adressant des sourires tolérants à ceux qui les regardaient de temps à autre en les prenant en photo.

Je quittai le port et sillonnai les rues. Je ne remarquai le poste de police à South Water qu'en voyant l'unique voiture de police garée devant, une Ford noir et blanc. Au coucher du soleil je me mêlai au reste des touristes et me livrai à ce qui semblait être la principale occupation : lire les menus affichés à l'extérieur des restaurants et secouer la tête devant les prix élevés. Je finis par me décider pour un établissement raisonnable dans India Street, qui s'appelait *Obadiah's*, une salle à manger vieillotte en sous-sol. Les bancs de pin aux larges planches étaient laqués, la soupe de palourdes et l'espadon magnifiques. J'alourdis l'addition d'une bouteille de sauvignon.

En haut, les trottoirs grouillaient. Je fis une promenade digestive pendant une vingtaine de minutes, appréciant le charme de la ville dans la douce euphorie du vin. En remontant Main Street, je faillis deux fois me casser la cheville sur les pavés ronds qui formaient de petits mamelons par-dessus l'ancien ciment.

Une fois à l'auberge, un homme tout aussi sympathique du nom de Mitch m'offrit de nouveau l'hospitalité. Au bout de quelques minutes de menus propos, je montai à ma chambre. Me conformant aux usages de l'île, je m'endormis les fenêtres ouvertes et sans fermer à clef la porte donnant sur le couloir.

***

— J'aurais préféré devenir sourde, voyez-vous.

Eleanor Ware était assise en face de moi, sirotant une tisane dans une délicate tasse de porcelaine. C'était à peu près la seule chose qu'elle avait de délicate. Front en hauteur, large nez, fortes mâchoires. Une ombre de maquillage autour des yeux, et des cheveux noirs généreusement striés de gris. Ceux-ci étaient tirés en arrière et réunis en une queue de cheval, comme si elle les nouait une seule fois par jour et les défaisait une seule fois le soir. Le genre de vêtements que l'on voit dans une vitrine de chez Talbot, rien que des couleurs terreuses. La cinquantaine bien sonnée, et nullement gênée de l'afficher.

Ware me reçut sur un canapé en osier dans le solarium d'une maison traditionnelle du Cap Cod. Une plate-forme en bois entourée d'une balustrade s'apercevait derrière elle à travers les portes coulissantes. Elle m'avait déjà demandé si je me plaisais à l'auberge, et je lui avais déjà dit que le petit déjeuner dans le patio avait été merveilleux, malgré les robes jaunes. Apparemment le beau temps les faisait sortir, les guêpes étant « un petit prix à payer pour avoir le soleil en octobre ». Je venais de parvenir à orienter la conversation sur la raison pour laquelle elle voulait faire appel à mes services, mais j'avais du mal à comprendre.

— Parlons clairement, madame Ware. Vous désirez que je suive votre mari ?

— Oui, oui, non que j'aie une arrière-pensée, comme vous dites, vous autres enquêteurs.

— Détectives.

— Pardon ?

— Je suis détective privé. Les enquêteurs sont des policiers.

— Oui, oui. Dites-moi, monsieur Cuddy, êtes-vous marié ?

— Veuf.

— Oh. Oh, je suis désolée. (Ses yeux se voilèrent tandis qu'elle reposait la tasse sur une soucoupe assortie.) Pardonnez-moi, monsieur Cuddy. Et veuillez également pardonner ma plaisanterie quand j'ai parlé de devenir sourde. Mon mari, Mycah, voyez-vous, est dans l'immobilier depuis qu'il habite l'île. Son bureau est tout près de Main Street. Il aura cinquante-cinq ans en février prochain, et il a toujours promis de prendre sa retraite à cet âge-là. Mycah la mérite amplement, car cela fait des dizaines d'années qu'il travaille nuit et jour, et nous fait vivre dans l'aisance. Mais avec la flambée de l'immobilier de ces dernières années, il n'a presque pas passé un moment avec moi. Et je crains, franchement, comme j'ai moi-même entretenu et agrandi mon cercle d'amis, que... Je crains que Mycah et moi ne nous soyons éloignés, et n'ayons pas grand-chose en commun lorsqu'il prendra sa retraite.

— Vous voulez donc que je le suive dans ses déplacements ?

— Oui. Pour voir ce qu'il fait, ce à quoi il passe ses journées. Et puis vous me ferez un rapport afin que je puisse en savoir plus sur ses centres d'intérêt et avoir au moins des sujets de conversation quand nous commencerons à passer plus de temps ensemble dans quelques mois.

Je remuai sur ma chaise en osier.

— Vous ne pourriez pas simplement l'interroger là-dessus ?

Ware rougit.

— Interroger Mycah sur ce qu'il fait, vous voulez dire ?

— Oui.

— Oh, non. Non, ce serait... maladroit. Il aurait l'impression que je ne l'ai pas assez aimé pour être restée proche de lui.

Je songeai à Beth, à tout le temps que j'avais passé loin d'elle avant de savoir qu'elle était malade. Le sentiment d'Eleanor Ware était un peu convenu, mais je le comprenais.

— Vous voulez des clichés ?

— Des clichés ?

— Des photos de lui. Vu tout le matériel que j'ai apporté...

— Oh. Oh, je comprends. Non, l'île attire beaucoup de naturalistes, vous savez. Quand j'ai parlé de matériel photo au téléphone, j'avais dans l'idée de vous fournir ce que vous autres enquê..., pardon, détectives privés, appelez une « couverture », c'est ça ?

— Oui, c'est à peu près ça. Je le suis dans ses déplacements en faisant semblant de prendre en photo les oiseaux et les arbustes ?

— Exactement.

— Vous ne pensez pas qu'il s'apercevra de quelque chose ?

— Mycah ? Non. Non, tous ceux qui visitent Nantucket et louent une jeep font du tourisme. Et c'est une petite île, avec un nombre restreint de routes. Même s'il vous voyait plus d'une fois, il n'y attacherait pas la moindre importance.

— Vous voulez que je prenne en photo les gens qu'il rencontre ?

— Non. Merci, mais non. Mycah passe le plus clair de son temps à faire visiter des propriétés à des clients potentiels qui viennent de loin. C'est-à-dire, qui ne sont pas de l'île. Je n'ai nul besoin de faire leur connaissance ni de leur parler. Je veux simplement que vous le filiez pendant, oh, disons, trois jours. Est-ce que cela vous conviendrait ?

— Trois journées à quatre cents par jour, plus le temps du trajet aller et retour, plus mes frais.

— Je vous assure que j'en ai les moyens.

Je regardai autour de moi les meubles ouvragés, jouxtant une salle de séjour avec un piano demi-queue, mais sans téléviseur. Les gens qui n'ont pas de télévision dans leur salon peuvent d'ordinaire s'offrir ce luxe.

— Ce que je voulais dire, madame Ware, c'est que vous pourriez fort bien ne pas en avoir pour votre argent.

— C'est à moi d'en être juge, monsieur Cuddy. Et d'autre part, même s'il s'agit seulement d'une fantaisie, j'aimerais savoir. Cela m'aidera à être une meilleure compagne pour Mycah lorsqu'il passera de la vie active à l'état de mari retraité.

— Vous avez une photo récente de lui ?

Elle fronça les sourcils.

— Vous ne pouvez pas simplement — comment dire ? — le prendre en chasse ici, devant la maison ?

Je fis un geste vers la porte d'entrée.

— Votre maison est située sur un petit monticule avec une prairie devant. Il n'y a pas de place pour que je puisse dissimuler la jeep, et même votre mari serait étonné qu'une voiture le prenne en chasse juste au débouché de son allée.

— Oui. Oui, je comprends ce que vous voulez dire.

— Il serait beaucoup plus facile pour moi de le prendre en filature à son agence immobilière. Comme ça je pourrais commencer cet après-midi.

— Un instant, je vous prie.

Ware se leva et se dirigea d'un pas décidé vers le piano. Elle revint avec une grande photo, tenant le cadre par deux angles en diagonale, telle l'assistante d'un commissaire-priseur.

— Voici un portrait que nous avons fait faire chez Bachrach à Boston. (La femme avait du mal à cacher sa fierté.) J'ai appris qu'ils l'avaient même exposé dans leur vitrine à Boylston Street.

La photo représentait Mme Ware assise et un homme assuré, effronté, aux cheveux auburn, debout un peu en retrait derrière elle. Sa main droite était posée sur l'épaule de Mme Ware, la main gauche de celle-ci renversée en arrière pour toucher la sienne.

— Vous formez un couple éblouissant.

Elle rougit de nouveau et replaça le cadre sur le piano. Elle séduisait par son mélange de sentimentalité et de force, et je me surpris à envier quelque peu son mari.

Eleanor reprit sa place et me demanda s'il y avait autre chose.

— Quelle est la marque de la voiture de votre mari ?

— Cadillac.

— Modèle et couleur ?

— Coupé de ville, tirant sur le bordeaux. Vu le nombre de chemins de terre sur l'île, une jeep serait plus pratique, mais Mycah a toujours aimé les Cadillac.

— Vous connaissez quelqu'un à la police ?

Ma question parut la décontenancer.

— La police ?

— Oui.

— Quel est le rapport avec nos dispositions ?

— Aucun, je l'espère. Je suis simplement tenu de me présenter à eux quand j'entame un travail dans une nouvelle ville.

— Est-ce... — comment dire ? — une loi, une réglementation ?

— Non. C'est simplement faire preuve de correction d'un point de vue professionnel.

— Je vois. Ma foi, là j'ai un problème.

— Comment ça ?

— Au téléphone, lorsque j'ai appelé, vous m'avez dit qu'officiellement votre licence vous autorisait à garder pour vous les dispositions prises entre nous.

— C'est exact.

— Vous êtes même autorisé à ne rien dire à la police ?

— Je ne relis pas ma licence chaque semaine, mais il est seulement précisé que je peux être amené à déposer auprès d'un tribunal, pas chez les flics. Pourquoi ?

— Ma foi, voyez-vous, je suis une îlienne. J'ai été élevée ici, avec le chef de la police, entre autres. Je... Cela me gênerait qu'ils apprennent que je vous ai engagé pour suivre Mycah.

— Je comprends. Écoutez, je vais simplement dire à la police que je suis ici pour raisons professionnelles, sans préciser de quoi il s'agit ni pour qui je travaille. Est-ce que cela irait comme ça ?

Ware parut réfléchir.

— Oui. Oui, cela ira. (Elle tendit la main vers le pied de son siège et saisit un sac à main d'où elle fit glisser une grosse enveloppe.) J'aimerais vous verser une avance.

Alors qu'elle sortait de l'enveloppe des billets de cinquante en les comptant, je lui dis :

— Un chèque ferait parfaitement l'affaire.

Ware cessa de compter un instant, soupesant les billets dans sa paume comme s'il se fût agi d'une espèce de contrôle de qualité de l'opération.

— Non. Non, j'ai suffisamment d'argent liquide, et honnêtement, c'est mieux ainsi.

— Mieux ?

— L'île est petite, monsieur Cuddy. Il est difficile d'avoir des secrets, et encore plus difficile de les partager. Voilà pourquoi je voulais quelqu'un qui ne soit pas d'ici — quelqu'un comme vous — pour m'aider. Le fait de vous payer en espèces me garantit qu'il n'y aura pas un caissier de banque pour fourrer le nez dans mes petites affaires.

Eleanor Ware finit de compter et me tendit les billets, veillant, me sembla-t-il, à ce que nos doigts ne se touchent pas.

***

— Kate Hearn.

— John Cuddy, sergent.

— Kate, je vous prie.

Je lui lâchai la main. Elle se rassit derrière un bureau encombré, et moi, je pris l'une des chaises en fer qui se trouvaient devant. Le brigadier plutôt corpulent qui m'avait introduit dans son bureau referma la porte en sortant.

— Le chef est en vacances. Pas sur l'île.

Mme Ware serait contente.

Hearn inclina la tête vers la porte.

— Ben m'a dit que vous étiez détective privé.

— Oui.
— De Boston ?
— Mon accent me trahit ?
Hearn se mit à braire d'un rire éclatant.
— Non, c'est seulement qu'il n'y en a pas beaucoup au Cap, et je pense connaître la plupart des détectives de New Bedford et de Fall River.
Ses cheveux sur les côtés et dans le dos touchaient le col de sa chemise. La frange sur le devant dépassait tout juste son front. Un peu plus et elle aurait eu à souffler pour l'écarter de ses yeux, bleus et au regard soutenu.
— Alors comme ça, qu'est-ce qui vous amène à Nantucket ?
— Je vais faire pas mal de voiture armé d'un appareil-photo, et je me suis dit qu'il fallait que je me présente d'abord à vous.
— Mmmm. (Les yeux fixes ne me quittaient pas un instant du regard.) Vous allez faire beaucoup de voiture.
— C'est ça.
— Marque, modèle, et immatriculation ?
Je la renseignai. Elle écrivit.
— Où êtes-vous descendu ?
— 76, Main Street.
— Bon choix.
— Je suis comme un coq en pâte.
Hearn attendit que je continue, puis dit :
— Est-ce que je vais avoir une vraie réponse à ma question ? Qu'est-ce qui vous amène ici ?
— Confidentiel.
— Confidentiel. (Hearn souffla, faisant voleter la frange.) O.K. Je prends note de votre visite. Mais n'escomptez pas de services si vous n'en rendez pas vous-même.
Je me levai, et l'on se serra la main malgré tout.

***

Plein midi, mais guère d'activité dans le centre de Nantucket. Trois femmes entre deux âges faisaient du lèche-vitrine, pointant le doigt poliment et hochant la tête à tout ce que disait chacune d'elles. Un type au visage dur, vêtu d'un jogging bleu, fainéantait sur le capot de sa voiture, bras et chevilles croisés. Il avait l'air de celui qui a fait fortune dans sa jeunesse. Des étudiants campaient sur le bord du trottoir, leurs sacs à dos servant de dossiers, et mangeaient des glaces.

J'apercevais l'entrée du Cabinet Immobilier Ware dans le rétroviseur extérieur côté conducteur. J'examinai une carte de l'île et je tripotai mon appareil-photo comme un touriste qui s'apprête à partir en balade pour l'après-midi. Un coupé de ville bordeaux était garé à trois voitures de la mienne. Un couple BCBG d'un certain âge était entré dans l'agence immobilière environ un quart d'heure plus tôt, l'homme paraissant moins enthousiaste que la femme.

J'en étais à compter le nombre d'étangs sur ma carte quand Mycah Ware surgit, sa main droite tenant une planchette porte-papiers. Il traînait dans son sillage le couple d'un certain âge et une rousse éblouissante portant une robe vert bouteille qui s'harmonisait avec ses yeux, je l'aurais parié. Le quatuor traversa la rue jusqu'à la Cadillac, les hommes montant à l'avant, les femmes à l'arrière, la rousse dévoilant ses jambes en montant. Même le type en jogging parut se redresser. J'attendis que Ware me dépasse, puis je démarrai et les suivis.

J'aurais mieux fait de manger une glace avec les étudiants appuyés contre leurs sacs à dos.

Ware fit visiter à ses clients trois maisons, toutes identiques à mes yeux avec leurs bardeaux patinés et leurs belvédères à piquets blancs. A chaque visite,

Ware accompagnait avec ostentation la femme du couple d'un bout à l'autre de la propriété, tapant puis posant un stylo contre la planchette qu'il tenait à la main. La blonde traînait derrière en compagnie de l'homme, apparemment faisant les mêmes gestes avec son stylo et sa planchette. Là-dessus tout le monde disparaissait dans la maison pendant à peu près une demi-heure.

La seule chose qui variait dans ce programme, c'était la partie de l'île que nous visitions. D'abord à l'ouest du côté de Dionis Beach, puis au sud à Cisco Beach, enfin à l'est après l'aéroport vers Low Beach.

Tandis que Ware et la rousse bonimentaient, que le couple écoutait bouche bée, moi je prenais des photos. De tout. De mômes vêtus de combinaisons rayées faisant de la planche à voile, d'une femme coiffée d'un chapeau de paille en train de peindre une marine sur un chevalet, de touffes d'herbe au pied de dunes, de clôtures grises à doubles barreaux fendus, de boîtes aux lettres campagnardes ornées de petits drapeaux rouges, de champs kaléidoscopiques de fleurs sauvages. D'estuaires où voguaient de légers voiliers, de landes de bruyère couleur de potiron. De petits arbres courbés sous le vent qui soufflait, de massifs de ronces à faire fuir un lapin. Bref, je pris absolument tout en photo, et j'en avais les yeux qui larmoyaient, le dos qui craquait.

A la troisième maison, une Thunderbird bleue, dont l'autoradio diffusait de la musique classique, s'arrêta à ma hauteur. Penché sur ma énième fleur sauvage, je levai les yeux vers le conducteur. Visage bien propret, cheveux blonds coupés court, le genre de type qui ne ferait pas encore trente ans tant qu'il n'aurait pas largement dépassé la cinquantaine.

— Vous n'avez pas de problème ?

— Ça va, merci.

— J'ai aperçu votre voiture lorsque je rentrais en

ville, et puis j'ai vu que vous étiez toujours ici. Je me suis dit que vous étiez peut-être en panne.

— Non. Je prends simplement des photos. Merci quand même.

— Je vous en prie.

Il fit un signe de la main et s'éloigna en accélérant lentement.

Je me demandai si je venais de rencontrer l'un des agents en civil de Kate Hearn.

La Thunderbird avait à peine disparu que Ware et les autres sortaient de la maison et s'engouffraient dans la Cadillac. Nous revînmes vers la ville. On fit halte dans un club privé de luxe situé à trente mètres de son allée d'accès. Je dérobai l'âme d'autres spécimens de flore, tâchant de ne pas remarquer le lapin tapi près de l'entrée ni les corbeaux se léchant les babines sur les lignes à haute tension. Une heure plus tard, le coupé de ville reprit la route et revint à Nantucket. Le fabuleux quatuor disparut dans l'agence immobilière pendant une demi-heure, puis réapparut. Tous se distribuèrent d'énergiques poignées de main et des baisers polis. La femme serrait une grande enveloppe kraft et rayonnait d'un air extatique ; le mari ratait sa poche de poitrine en tentant de ranger son stylo et paraissait avoir été victime d'un accident de chemin de fer.

Une fois que le couple eut disparu, Ware et la rousse se sourirent, puis se dirigèrent vers la Cadillac. Et nous partîmes vers l'est en suivant Milestone Road. Je regardai plusieurs fois si j'apercevais la Thunderbird, mais ne la vis pas.

Lorsque nous arrivâmes au village de Siasconset, Ware et la rousse recommencèrent à se balader de maison en maison. Ils faisaient le tour d'une baraque, planchette en main, Ware donnant apparemment des indications à la fille tout en pointant le doigt vers des particularités de l'architecture extérieure, puis vers un formulaire sur la planchette de la rousse. A chaque maison ils restaient à l'intérieur environ une demi-heure, puis ils ressortaient. J'en profitai pour photographier un phare imposant orné d'une bande rouge, des poules grises et boulottes qui avaient l'air sauvage, et des demeures plus importantes aux bardeaux argentés, entourées de haies et de jardins à l'anglaise.

Après la troisième maison, nous retournâmes de nouveau en ville. C'était le crépuscule et un peu de brouillard était tombé sur les landes le long de la route. A un pâté de maisons de l'agence immobilière, Ware s'arrêta. La rousse et lui se donnèrent une poignée de main théâtrale, se livrant à une pantomime du genre « on a gagné », puis se mirent à rire. Elle descendit de la Cadillac et monta dans une Mercedes décapotable, la seule que j'aie vue sur l'île jusqu'alors. Ware attendit qu'elle ait démarré avant d'embrayer.

Je suivis Ware à son domicile avant de poursuivre mon chemin tandis qu'il virait brusquement dans l'allée de sa maison. Il rangea la Cadillac dans le garage après avoir fait jouer un gadget électronique pour ouvrir la porte. Estimant qu'il avait terminé pour la soirée, je revins à l'auberge. Au dîner je me dis que ce vieux Mycah avait dû probablement ramasser pour plus de quatre cents dollars au cours de sa journée de travail en compagnie du couple d'un certain âge.

***

Je faisais des progrès pour chasser les guêpes de mes céréales.

Dans le patio derrière le 76, Main Street, je lisais le journal local et envoyais des morceaux de sucre aux moineaux. Par-delà les branches au-dessus de ma tête, il n'y avait pas un nuage dans le ciel, et la température à huit heures du matin avoisinait les quinze degrés. Un temps de chandail. Mycah Ware menait peut-être une vie fastidieuse, mais je comprenais pourquoi les gens voulaient vivre à Nantucket.

Je repliai le journal à contrecœur et repassai sur le devant de l'auberge pour gagner la Cherokee.

***

Il y avait deux séries différentes de dames du troisième âge en train de faire du lèche-vitrine, trois porteurs de sacs à dos qui se parlaient allemand ou hollandais tout en mangeant des croissants et buvant bruyamment du café, ainsi que le même type à mine patibulaire, vêtu d'un autre jogging. La Mercedes de la rousse était déjà dans la rue. Je ne vis pas la Cadillac de Ware, mais cela ne m'inquiéta point.

Juste après neuf heures, la rousse sortit de l'agence immobilière. Elle portait aujourd'hui un tailleur classique gris. Elle parlait, avec force hochements de tête, à une femme courtaude, plus âgée, qui semblait mener le jeu en présence d'une femme plus grande, plus jeune, trimbalant le même patrimoine héréditaire.

Toutes trois se dirigèrent vers ma voiture, le type en jogging pivotant et suivant des yeux la rousse. Je m'avisai que c'était peut-être pour lui un rituel quotidien, reluquer la plus belle femme de l'île. Comme la rousse arrivait à la hauteur de ma voiture, elle réussit à me décocher un sourire entre les hochements de tête dont elle ponctuait tout ce que disait la bonne femme courtaude. De près, le visage de la rousse paraissait soigneusement entretenu, et je fis grimper l'estimation de son âge vers la quarantaine. La femme courte sur pattes avait une voix grinçante et autoritaire, et je n'enviai pas à la rousse ses prochaines heures.

Entendant claquer une portière de voiture, je regardai en arrière dans la rue. Mycah Ware, en pantalon rose et chandail bleu foncé, traversait en direction de son agence. Il entra, resta à l'intérieur peut-être un quart d'heure avant d'en ressortir. Puis il alla à sa Cadillac et partit. Je démarrai et le suivis vers l'est jusqu'au *Santakay Head Golf Club*, près du phare de la veille. Il s'engagea dans l'allée. Je ne rangeai au bord de la route et mis pied à terre. Je marchai jusqu'à ce que j'aperçoive Ware devant le coffre de sa voiture, en extirpant un sac de clubs de golf et faisant signe à un gosse qui se précipita pour venir l'aider.

Je passai les six heures et demie suivantes à compter les véhicules 4/4 (cinquante et un, mais certains étaient doubles), les espèces ornithologiques (sept, bien que seule l'identité des moineaux, des mouettes et des étourneaux fût sûre), et finalement les espèces florales (j'abandonnai à trente). Je fis même preuve de cruauté et pris en photo à la dérobée des touristes grassouillets juchés sur des mobylettes. Ils portaient des casques de travers et avaient la bouche ouverte en dévalant la colline.

La Cadillac finit par réapparaître à la sortie de l'allée. Sur le chemin de la ville, Ware s'arrêta pour prendre un ou deux remontants au même club privé, puis repartit vers chez lui, et recoucha sa voiture au garage.

En revenant en ville, je me dis qu'il allait apparemment passer trente longues années en face de sa femme Eleanor.

***

La nuit venait de tomber quand je me garai à un demi-pâté de maisons du 76, Main Street. Avant que je puisse descendre, un grand type coiffé d'une casquette de base-ball Mets et portant des lunettes de soleil s'approcha de ma portière en boitant, une carte à la main.

— Est-ce que vous pourriez m'aider ?

La main sur la poignée de la porte, je répondis :

— Désolé. Je ne connais pas très bien l'île.

La portière côté passager s'ouvrit violemment, et le type en jogging monta, un Smith & Wesson Bodyguard quasiment enfoui dans son poing.

— Pas grave. Nous, on connaît.

Le type portant la casquette Mets abaissa ses lunettes noires. Le blondinet propret à la Thunderbird. Son sourire ne m'enchanta guère.

***

— OK, maintenant range-toi contre ce rondin là-bas.

Nous étions sur l'aire de stationnement de Dionis Beach. Il y avait une grande maison avec deux pignons pointus et quelques maisons plus petites sur le promontoire, mais toutes semblaient fermées pour la saison.

— Coupe le moteur, dit le type au jogging.

J'obtempérai.

— Mets les clefs sur le tableau de bord.

Pareil.

— Maintenant bouge plus pendant une minute.

Le type au jogging resta où il était tandis que BCBG descendait de voiture derrière moi. Il braqua vers mon visage un petit automatique alors que Jogging ouvrait la portière côté passager et faisait le tour de la voiture. Tous deux me visaient à trois mètres de distance sous des angles différents lorsque je mis pied à terre. Très professionnels. Pas bon signe.

— Appuie-toi contre le capot.

J'obéis. Ils ne s'occupèrent pas de mon portefeuille. Encore un mauvais signe.

— Nous allons faire un tour sur la plage. Tu passes en premier. Tourne quand on te le dira. Pas de bêtises.

Nous gravîmes le chemin ensablé, moi en tête, franchîmes la colline et redescendîmes à l'oblique vers la plage en dessous.

Pas un chat aux environs.

— Tourne à droite. Direction est, en remontant la plage.

Je partis vers l'est. Ils marchaient à pas lourds dans le sable derrière moi. Il faisait beaucoup plus froid au bord de l'eau. Le clair de lune dansait sur les vagues. La plage s'étendait au loin, mais n'était large que d'une vingtaine de mètres avant de venir buter contre la falaise. Aucun endroit où fuir.

Nous avions traîné les pieds sur environ quatre cents mètres, le long des bandes ondulées de détritus rejetés par la mer, lorsque je demandai :

— C'est encore loin ?

— Continue, répondit la voix de Jogging.

Peu après, j'entendis le cliquetis de roues sur ce qui avait dû être une promenade en planches. Je perçus aussi un bruit strident mais étouffé qu'il me fallut une minute pour identifier.

Un homme dans un fauteuil roulant électrique apparut sur la plage. Chose surprenante, les pneus adhéraient au sable sans difficulté. Il portait une casquette Kangol juste au-dessus des yeux, un cache-col lui couvrant la gorge, sous une lourde veste de velours côtelé. Le cache-col était de la même couleur sombre que son chandail. Il portait aux deux mains ce qui ressemblait à des gants de conduite en veau. Au creux de l'une d'elles était nichée une bouteille d'alcool.

Kangol resta muet durant une bonne minute après son arrivée auprès de nous, sans doute afin de me donner l'occasion de plaider ma cause pour me sortir du pétrin dans lequel je m'étais fourré. Je gardai le silence.

— Vous me connaissez ? finit-il par demander.

— Je ne vous vois même pas.

Quelqu'un me décocha un coup de pied derrière le genou droit. Pris d'une crampe, je m'écroulai.

— La visibilité est meilleure de là, Cuddy ?

Je levai les yeux et regardai sous la casquette. Beau visage, assez jeune, mais fatigué par le fauteuil roulant. Quelque chose de familier.

— J'ai vu votre photo.

— Je m'appelle Branca. Victor Branca.

Branca. Un petit fortiche qui avait le vent en poupe dans le circuit Boston-Providence. Puis un accident de ski. Le gros, gros accident, à en croire les journaux : il avait quitté la pente paralysé de la taille aux pieds. Six ou sept ans plus tôt.

— Maintenant que tu connais mon nom, tu sais que tu dois répondre à mes questions dès que je les pose.

— Comment se fait-il que vous connaissiez mon nom ?

Coup de pied au rein droit. Je m'affaissai de ce côté-là et ravalai ce qui me montait à la gorge.

— Je pose les questions, tu réponds. Pigé ?

Je tentai de hocher la tête cette fois-ci.

Paraissant satisfait, Branca reprit :

— On te voit planté devant l'agence immobilière là-bas. On s'est dit, peut-être qu'il file ma femme. Alors on vérifie au bureau de location de voitures à l'aéroport et on se renseigne sur toi grâce à des gars qu'on connaît à Boston. On apprend que t'es un privé. On apprend aussi qu'apparemment c'est Mycah Ware que tu files, pas ma femme. Comment ça se fait ?

Il n'y avait pas moyen de répondre de façon satisfaisante :

— Désolé. Confidentiel.

Coup de pied dans l'autre rein. J'eus l'impression d'une chaussure différente.

— Ces gars, ils peuvent faire ce genre de truc jusqu'à ce que tu sois plus que de la gelée à l'intérieur. Comment ça se fait que tu files Ware ?

Je secouai la tête et reçus un coup d'orteil pointu juste en dessous de la clavicule gauche. Je me retrouvai à me tordre dans le sable à côté d'un applicateur de tampon rose.

— Ce Ware, enchaîna Branca, il est réglo. On s'est rencardés sur lui discrètement mais sérieusement avant que je laisse ma femme aller travailler pour lui. Il trafique pas la comptabilité, il a même pas d'associé qu'il pourrait filouter sur les recettes. Alors, comment ça se fait que tu sois sur son dos ?

Cette fois-ci, je ne pris pas la peine de secouer la tête. L'un des gars m'agrippa par les cheveux et me mit à genoux.

Branca fit un geste vers la mer.

— Tu sais, même quand il fait aussi froid, les crabes aiment bien bouffer. (Il agita un doigt dans ma direction.) Pourquoi tu files Ware ?

— Non.

Quelqu'un se rappela qu'ils ne m'avaient pas donné de coup de pied derrière le genou gauche, et ils m'en décochèrent un.

— Y a qu'une possibilité, dit Branca. Sa propre femme le fait filer. Et y a qu'une raison à ça. Elle croit qu'il la trompe.

— Non, répondis-je entre les dents.

— Qu'il la trompe avec ma femme.

J'oubliai la crampe.

— Ce n'est pas ça.

— Non ?

— Non. Sa femme voulait seulement savoir ce qu'il fait.

— Pourquoi ?

Je tentai de lui servir la théorie de la retraite

avancée par Mme Ware. Même à moi elle parut faiblarde, et Ware n'avala pas la couleuvre. Là-dessus tout le monde garda le silence durant un moment.

Je réentendis la voix de Branca. Le ton était différent.

— Lorsque j'ai eu mon accident, il y a une chose qui est restée en bon état, tu vois ? Je croyais que Cynthia était toujours heureuse avec moi. Je voulais vivre le plus loin possible des montagnes, et cet endroit-ci m'a convenu parfaitement. Mais sans elle, ça ne serait pas pareil.

Si Branca essayait de donner dans le mélo, il lui fallait encore un peu d'entraînement.

— Nos amis de Boston m'ont dit que t'étais un type réglo, Cuddy. J'ai eu la même impression. (Branca tapota la bouteille d'alcool.) Les gars ?

Je sentis une bouffée de chloroforme avant que l'un d'entre eux ne me colle le chiffon sur la bouche et le nez, mais je ne pus faire grand-chose.

***

— Hé, Cuddy ? Réveillez-vous. Allons. Debout, debout.

Un bras vigoureux me tirait du côté gauche. Si j'avais pu me mettre debout, l'odeur du scotch m'aurait fait retomber. Je cherchai à échapper à la voix de l'homme empestant le scotch. J'entrouvris les yeux. La lumière du soleil me fit mal, mais je m'aperçus que l'homme était en uniforme. C'était l'agent du nom de Ben appartenant à la police de la ville. Et c'était moi qui empestais le scotch.

Ben m'aida à me relever, s'emparant de la bouteille de Johnny Walker Black à côté de laquelle j'étais resté étendu dans le sable. Ben adressa un signe à quelqu'un sur la falaise, qui fit un signe à son tour. La dame au chapeau de paille devant son chevalet.

— Quelle heure est-il ? demandai-je.

— Onze heures quinze.

J'avais des élancements dans la tête lorsque Ben commença à me faire péniblement remonter la plage.

Kate Hearn souffla sur sa frange et déclara :

— Alors comme ça vous allez en voiture à Dionis Beach hier soir, vous prenez une cuite, et vous cuvez au bord de l'eau.

— Comme je vous ai dit, je ne me rappelle pas grand-chose.

— On a l'impression que vous avez heurté le sol sans parachute.

— Ça fait un bout de temps que je n'ai pas dormi sur la plage. Le sable froid, ça vous met dans un triste état.

— Tout comme un litre de scotch. Vous voulez encore de l'eau ?

— Oui, merci.

On me tendit un autre gobelet en carton.

— La matinée a été passionnante pour nous, John Cuddy.

— Je voudrais pouvoir en dire autant.

— Nous avons perdu l'un de nos citoyens de marque, victime d'un accident mortel.

Comme je terminais de boire, cela m'évita d'avoir un haut-le-cœur.

— Désolé d'apprendre ça.

— Oui. Mycah Ware, agent immobilier. Vous le connaissiez ?

— Je ne l'ai jamais rencontré.

— Son agence n'est pas très loin de l'endroit où vous séjournez. Ou plutôt, où vous séjourniez avant de décider de coucher sur la plage à la place. Ben n'a pas pu vous trouver au 76, Main Street. Shirley et Mitch étaient un peu inquiets à votre sujet. L'une de nos voitures de patrouille a remarqué votre jeep à Dionis et nous l'a signalée par routine. C'est alors que nous sommes partis à votre recherche.

— J'apprécie.

— Revenons à ce Ware, voulez-vous ? Terrible affaire. Il a dégringolé un escalier ce matin dans une maison dont il prenait les mesures. Un témoin, une certaine Cynthia Branca, l'a vu faire le plongeon. Elle a failli en mourir de peur. Il s'est brisé le cou.

— Quel drame !

— Eh oui. Mais vu que le témoin est la femme de quelqu'un qui n'est pas étranger aux violences, et que vous vous êtes présenté à moi juste deux jours avant l'accident, je me disais que vous aviez peut-être quelque chose à nous dire.

J'écrasai le gobelet dans ma main.

— Non.

— Rien du tout ?

— Désolé.

— Vous m'en voyez également désolée. Oui, vraiment. (Hearn détourna la tête et reprit :) Vous êtes libre de partir, Cuddy. Mais pas de revenir.

***

De retour à l'auberge je remerciai Shirley de sa sollicitude. Une fois débarbouillé et changé, je préparai mon sac, montai dans la Cherokee et partis.

Il y avait deux autres voitures dans l'allée de la maison Ware. Je garai donc doucement la jeep dans les buissons sur l'accotement, puis gagnai la porte d'entrée. Une femme solennelle d'une cinquantaine d'années me fit entrer. Au salon, je trouvai trois autres femmes semblables avec des mines pleines de compassion, ainsi que deux hommes plus âgés, l'air désœuvré et donnant des signes d'agitation. Eleanor Ware était assise sur le canapé, élément central du tableau.

Elle se leva quand elle me vit, un mouchoir sur le nez et la bouche.

— Merci d'être venu.

— Je sais que c'est pour vous un moment difficile, madame Ware, mais pourrais-je vous voir seulement quelques minutes ?

— Certainement. (Se tournant vers les autres, elle regarda chacun d'eux dans les yeux.) Nous allons sur la terrasse. Servez-vous dans le réfrigérateur, je vous en prie, et merci encore d'être venus.

Une fois dehors, elle refit glisser sur son rail la porte coulissante en verre pour la refermer et me rejoignit à la balustrade surplombant la lande au pied du monticule.

— J'ai quelque chose à vous dire au sujet de la mort de votre mari, et que vous devez savoir.

— Allez-y.

Je lui parlai de Branca et de ses acolytes, je lui expliquai qu'à mon avis ils avaient tué son mari devant Cynthia pour la faire rentrer dans le droit chemin.

Eleanor Ware attendit que j'achève avant d'arquer le sourcil et de laisser son œil pétiller.

— Astucieux, faire comme ça d'une pierre deux coups.

Je craignis qu'elle ne perdît la tête.

— Madame Ware, je ne crois pas que vous compreniez. Branca pensait...

— Que je croyais que mon mari s'envoyait en l'air avec sa femme lorsqu'ils « visitaient » ces maisons. J'ai peut-être fait les frais d'un — comment dit-on ? — « adultère », monsieur Cuddy, mais je ne suis pas stupide. C'est exactement ce que faisait Mycah.

Il fallut que je me tienne à la balustrade.

— Il avait une aventure avec Cynthia Branca, et vous le saviez ?

— Bien sûr. Oh, Mycah faisait preuve d'une

discrétion absolue. Pas de rouge à lèvres sur son col. Je suppose qu'il se déshabillait chaque fois avant même de la toucher. Mais il était devenu si... peu attentionné. Une épouse sent vraiment ces choses-là.

— Alors pourquoi m'avez-vous demandé de le suivre ?

— A votre avis ?

— Nom de Dieu.

Sourire empreint d'une ironie désabusée.

— Voyez-vous, monsieur Cuddy, Mycah n'était pas seulement infidèle. Il n'était pas seulement peu attentionné. Il était ennuyeux. Seigneur, je ne peux pas vous dire à quel point il est insupportable de se trouver sur une île que l'on aime en compagnie d'un homme qui vous ennuie comme la pluie. Je redoutais sa retraite. Quelques heures par jour avec Mycah, c'était une chose. Mais le reste de mes heures de veille jusqu'à la fin de mes jours ? Impensable.

— Vous lui avez tendu un piège.

— Nullement. Et vous non plus. De toute façon, je suis sûre que la réputation de Branca vous est connue. Je sais que ce n'était pas le cas de Mycah, ni le mien, honnêtement, avant que je ne prenne quelques sérieux renseignements. Mais ces renseignements m'ont convaincue que M. Branca s'occuperait de Mycah en raison de ce que Mycah lui avait fait, non en raison de ce que Mycah m'avait fait. Et vous et moi n'avons pratiquement eu aucun rôle dans l'histoire.

— Attendez une minute. Vous m'avez fait venir ici à seule fin de mettre la puce à l'oreille de Branca ?

Ware me regarda.

— J'ai pris également des renseignements sur vous, monsieur Cuddy. Vous aviez perdu votre femme jeune. Je me suis dit que vous trouveriez mon désir d'être plus proche de Mycah pendant sa retraite... admirable. J'ai pensé que ça marcherait. Et ça a marché.

— Pourquoi ne pas lui avoir parlé vous-même ?

— Parler à Branca ? Parler à un mafioso et dénoncer Mycah ? Mais pour quel genre de femme me prenez-vous, monsieur Cuddy ?

— Pour le genre de femme qui préfère faire tomber son mari dans un traquenard plutôt que de simplement divorcer.

— Divorcer aurait été trop... public. D'autre part, Mycah a creusé sa propre tombe et bientôt il reposera dedans. Je suis désolée que vous ayez été — comment dit-on ? — « passé à tabac » ?

— Oui. Mais je ne vois toujours pas en quoi vous aviez besoin de moi. Vous ne vouliez pas parler à Branca, d'accord. Vous n'aviez qu'à lui envoyer un mot, une révélation anonyme.

Son regard parcourut la lande. La brise faisait onduler la bruyère comme un océan de thé glacé.

— Non. Non, vous ne voyez pas du tout. C'est ce que je vous ai dit lors de notre première rencontre. C'est une petite île, et par conséquent les secrets y sont très chers. Si j'avais tout fait moi-même, je n'oserais le partager avec quiconque ici. (Elle fit un geste vers la salle de séjour.) Avec aucun de ceux qui se trouvent là. (Elle se tourna vers moi.) J'avais besoin de quelqu'un qui soit lié par le secret professionnel, mais je ne pouvais guère engager d'avocat pour suivre Mycah dans ses déplacements. Voyez-vous, monsieur Cuddy, c'est de vous que j'avais besoin. Sinon, je n'aurais eu personne à qui parler.

A Soul to Tell.
Traduction de Jean-Bernard Piat.

PARTIR EN BEAUTÉ

par GEORGE GROVER KIPP

C'est en passant devant la porte ouverte de la salle de réunion, alors qu'il s'apprêtait à sortir du commissariat, que l'inspecteur Doug Temple eut vent pour la première fois de l'affaire. En temps normal, il aurait poursuivi son chemin, mais le nombre inhabituel de ses collègues assis autour de la table piqua sa curiosité. En fait, il n'aurait même pas dû être dans la « maison », mais l'un des gratte-papier du service des pensions avait égaré plusieurs pièces importantes de son dossier de retraite et il avait été obligé de se déplacer pour apporter des duplicata dûment signés et paraphés. Pris d'une inspiration soudaine, il entra et s'assit sur une chaise, juste à côté de la porte. A l'autre bout de la salle, le commissaire Muldoon et Hal Tobin, le représentant du F.B.I., en étaient à la conclusion.

— Eh bien, messieurs, cela résout notre problème, déclara Muldoon en se levant. Les cinq kilos d'héroïne n'étaient pas à bord du « Courrier de Singapour ». L'affaire est donc maintenant du ressort de San Francisco ou de Seattle. Nous pouvons retourner à notre train-train quotidien.

Les yeux fermés, Doug se pencha en arrière et réfléchit. Cinq kilos d'héroïne, c'était un gros coup... Un très gros coup !

— Alors, Doug, nous avons réussi à t'endormir avec nos fariboles ? questionna une voix gentiment moqueuse.

Doug Temple rouvrit les yeux, un sourire ironique aux lèvres.

— Tiens, ce cher Henderson... Je ne dormais pas. Si j'avais les yeux fermés, c'est parce que je n'arrive pas à me faire à l'idée qu'il va falloir que je rende mon uniforme et mon arme de service. Quand je vois entre les mains de qui la sécurité de cette ville va désormais reposer, je préfère me retrancher dans mon petit monde intérieur. C'est plus rassurant.

Henderson appartenait à cette nouvelle génération de policiers qui est passée par l'université et croit plus dans l'informatique que dans le flair et les méthodes traditionnelles. Agé d'une trentaine d'années, il était blond, les cheveux coupés ras, et avait plus l'air d'un officier fraîchement promu de West Point que d'un inspecteur de police. Il ne répondit rien et rejoignit ses collègues qui étaient en train de quitter la pièce.

Lorsqu'il n'y eut plus que le commissaire Muldoon, assis à l'autre bout de la salle, Doug se leva et s'approcha de la grande table ovale qui occupait le milieu de la pièce. Il feuilleta les rapports éparpillés au hasard et se gratta le menton pensivement.

— Vous attendiez une livraison d'héroïne sur le « Courrier de Singapour » ? Comment se fait-il que personne n'ait songé à m'en informer ?

Muldoon rassembla les documents épars et entreprit de les ranger dans sa serviette.

— Nous avons été avertis à la dernière minute, expliqua-t-il. Le télex est arrivé alors que le bateau était déjà sur le point d'accoster. Vous étiez sur cette affaire de voiture volée à l'autre bout des docks et il vous était matériellement impossible de revenir ici à temps pour participer à l'opération. Henderson a investi le quai nº 1 avec deux escouades complètes et a fouillé le cargo de la cale jusqu'au gréement, mais n'a rien trouvé. Un camion avait été chargé avant leur arrivée, mais ils ont pu le rattraper au carrefour de la 2e rue et de l'avenue Holcomb. Sa visite n'a rien donné non plus.

Le commissaire se pencha en arrière et regarda Doug en secouant la tête.

— Vous ne croyez pas qu'il serait temps de décrocher un peu ? suggéra-t-il d'une voix amicale. Si mes calculs sont bons, dans soixante-douze heures à peine, vous aurez trente-trois ans de bons et loyaux services. Assez pour faire valoir vos droits à la retraite et à un repos bien mérité. A ce moment-là, il faudra bien que vous cédiez votre secteur à quelqu'un d'autre. Place aux jeunes, que diable !

Doug grimaça un vague sourire. A la seule idée qu'il n'allait bientôt plus faire partie de la maison, il sentait son estomac se nouer.

— Peut-être, concéda-t-il, mais j'ai encore trois jours devant moi et, pour l'instant, je suis toujours responsable du quartier chinois, du port et du front de mer. J'aimerais donc que vous me parliez un petit peu de cette histoire d'héroïne.

Muldoon soupira.

— Comme vous voudrez... L'affaire n'est guère compliquée. Un agent d'Interpol a suivi cette livraison depuis la frontière du Népal, aux Indes, jusque dans le sud de la France. Là, le malheureux a failli trouver la mort dans un accident de voiture. Il est resté dans le coma pendant plusieurs semaines et, quand il en est sorti, il a appris par l'un de ses indicateurs locaux que la marchandise avait été raffinée dans un laboratoire clandestin et embarquée un mois plus tôt environ sur un cargo à destination de la côte ouest des États-Unis. L'indicateur n'avait pas réussi à découvrir son nom, mais quatre bateaux seulement remplissaient les conditions requises de date d'appareillage et de destination. Le « Courrier de Singapour » a été le premier à arriver ici. Les trois autres sont attendus la semaine prochaine, l'un à Seattle et les deux derniers à Frisco. D'après l'agent d'Interpol, la livraison consisterait en cinq kilos d'héroïne extra pure.

Doug fronça les sourcils.

— Cinq kilos... Cela signifie que ce sont des gros bonnets qui tirent les ficelles. Tout à l'heure, vous m'avez suggéré de décrocher un peu... Je pourrais peut-être laisser tomber les affaires courantes et me consacrer à celle-ci...

Le commissaire leva les yeux au ciel. Visiblement, il ne comprenait pas que son subordonné pût aspirer à autre chose qu'un repos cent fois mérité.

— Qu'est-ce qui vous fascine donc tant dans les quartiers du port, Doug ?

L'inspecteur tourna son chapeau entre ses doigts et sourit.

— Je ne sais pas... La nostalgie du passé, sans doute. C'est là-bas que j'ai fait mes débuts. La toute première mission que l'on m'a confiée a eu pour cadre les entrepôts de l'avenue Holcomb. Il s'agissait de surveiller un petit trafiquant de drogue, un comparse, qui travaillait comme manutentionnaire dans une entreprise de transport. J'ai passé des journées et des nuits entières à le filer. C'était en 1937... Peu à peu, mes collègues et moi, nous avons réussi à remonter la filière et cela s'est terminé par l'un des plus beaux coups de filet de l'histoire de la police de cette ville. Deux kilos de drogue saisis et pas moins de sept voyous sous les verrous. A propos, qu'y avait-il dans le camion que les hommes de Henderson ont arrêté au carrefour de la 2e rue et de l'avenue Holcomb ?

Muldoon feuilleta ses papiers.

— Du fil. Des rouleaux de fil d'acier en provenance de Kobe, Japon. Une commande pour Weston Aluminium qui utilise ces fils pour confectionner l'âme de ses câbles électriques. Et, avant que vous ne me fassiez remarquer que ce camion ne suivait pas l'itinéraire qu'il aurait dû emprunter, je vous précise que Henderson s'en est déjà inquiété. Le chauffeur lui a dit qu'il faisait un détour pour aller prendre son petit déjeuner au café où il a ses habitudes. Son véhicule était en règle et, comme ils n'ont rien trouvé de suspect dans son chargement, ils n'avaient aucune raison de mettre sa parole en doute.

Doug prit le rapport de Henderson et le parcourut.

— Il y a juste un petit détail qui me chagrine, murmura-t-il au bout de quelques instants. Un petit détail qui saute aux yeux lorsqu'on connaît un peu ce quartier. En quittant les quais, ce camion a tourné à droite dans l'avenue Lander, puis à gauche dans la 2ᵉ rue. Ce qui signifie qu'il a été hors de vue de nos hommes pendant une trentaine de secondes environ...

Le commissaire le regarda d'un air ébahi.

— Allons, Doug, vous plaisantez, n'est-ce pas ? Cela fait plus de vingt ans que je vous connais et c'est la première fois que je vous vois couper les cheveux en quatre de pareille façon ! Trente secondes ! Non, vraiment, vous cherchez la petite bête.

Doug referma le dossier et alla regarder par la fenêtre. Des gros nuages noirs commençaient à s'amonceler à l'ouest, au-dessus de la mer.

— Peut-être, concéda-t-il, mais s'il y avait quelqu'un à l'arrière de ce camion, il n'a pas pu ne pas voir les voitures de police investir le quai nº 1 et il aura tout de suite deviné le but d'une telle descente en force. Ensuite, et, compte tenu de la circulation qu'il y a à pareille heure dans ce quartier, il a sans doute fallu une bonne trentaine de secondes avant que nos hommes se mettent en chasse et rattrapent ce camion dans la 2e rue. Imaginons maintenant que la drogue ait été à son bord. Le truand qui la convoyait aurait pu, par exemple, se dissimuler à l'arrière, au milieu des rouleaux de câbles... Vous n'imaginez pas la distance qu'un voyou est capable de parcourir en trente secondes, quand il a les flics aux fesses et cinq kilos d'héroïne sous le bras.

Muldoon poussa un soupir qui en disait long sur ce qu'il pensait d'une hypothèse aussi tirée par les cheveux.

— Je vois où vous voulez en venir... Ayant passé la plus grande partie de votre carrière dans ce quartier du port et des Chinois, vous avez envie d'un dernier baroud. Parfait, allez-y. Je vous donne carte blanche pour les trois prochains jours. Après tout, vous avez bien gagné ces soixante-douze heures de liberté. Je ne parierais pas un cent sur vos chances de succès, mais je vous souhaite bonne chance quand même.

Doug remit son chapeau et se dirigea vers la porte, tout en réfléchissant aux différents aspects de ce qui était maintenant « son » affaire. Un agent d'Interpol qui a un accident de voiture alors qu'il est sur la piste d'un réseau de trafiquants de drogue ? Ce n'était pas impossible, certes, mais un attentat était beaucoup plus plausible

— Évitez d'aller traîner dans les ruelles mal famées, lui recommanda Muldoon, alors qu'il était déjà sur le pas de la porte. Cela m'ennuierait de devoir annoncer à votre charmante petite-fille que, au terme de trente-trois années de lutte victorieuse contre le crime, vous avez succombé bêtement sous les coups d'un petit loubard en état de manque.

L'évocation de Jenny fit naître un sourire sur les lèvres de Doug. Quand son fils et sa belle-fille avaient péri dans un accident d'avion, ils lui avaient laissé la charge d'une fillette de onze ans, maigre et dégingandée avec de grands yeux bleus et des nattes blondes. Pendant cinq ans, il l'avait élevée et chérie avec Emma, sa compagne depuis trente-cinq ans. Puis un cancer avait emporté Emma elle aussi et, maintenant, ils n'étaient plus que tous les deux.

— Ne vous inquiétez pas pour Jenny, répondit-il à Muldoon. Elle est à l'université et j'ai fait en sorte qu'elle puisse terminer ses études de droit dans de bonnes conditions, même si, par malheur, je venais à disparaître. Pour la suite, j'ai toute confiance en elle. C'est une fille équilibrée et qui a les deux pieds bien sur terre.

En sortant du commissariat, Doug se rendit directement au port et suivit la route que le camion avait prise en quittant le quai n° 1 où le « Courrier de Singapour » était toujours amarré. Ensuite, il revint à son point de départ et refit une deuxième fois le même itinéraire. A la troisième fois, il gara sa voiture au carrefour entre l'avenue Holcomb et la 2e rue, à l'endroit où le camion avait été rejoint et contraint à faire demi-tour. Là, il descendit sur le trottoir et refit à pied le chemin qu'il venait de parcourir en voiture. Le vent s'était levé et chaque rafale soulevait des nuages de poussière grise qui lui fouettait les jambes et s'insinuait dans les plis de ses vêtements. Au-dessus de la mer, l'horizon était de plus en plus noir et quelques éclairs commençaient à zébrer le ciel. L'orage n'allait pas tarder à éclater. Au coin de la 2e rue et de l'avenue Lander, il s'arrêta et regarda les façades aveugles des immenses entrepôts qu'il venait de longer. Trente secondes... C'était bien court pour trouver un endroit où se cacher dans un pareil environnement.

Et si...

Pris d'une brusque inspiration il pivota sur ses talons et revint à grandes enjambées jusqu'à un étroit passage entre deux bâtiments. La venelle n'avait même pas cinquante centimètres de large et était aussi sombre qu'une cave. Il y jeta un rapide coup d'œil et décida qu'il lui valait mieux aller chercher une lampe de poche dans sa voiture avant de continuer son exploration.

C'était si étroit qu'on ne pouvait y pénétrer de face. Le dos appuyé contre un bâtiment et la poitrine frôlant l'autre, il se faufila dans le boyau en inspectant chaque centimètre carré des parois avec sa lampe de poche. Deux fois il s'arrêta pour prélever quelques fibres qui étaient restées accrochées au mortier rugueux entre les briques et, à un moment, il se pencha, non sans peine, pour ramasser un morceau de papier goudronné. Il alla jusqu'au bout du passage, mais ne trouva aucun autre indice intéressant et, finalement, il se résigna à regagner sa voiture. Quand il sortit de la venelle, les premières gouttes de pluie commençaient à tomber.

De retour au commissariat, il confia ses trouvailles au laboratoire et alla prendre un café au distributeur automatique de la salle de réunion. Il venait de jeter son gobelet vide dans la poubelle, lorsque Smithson, le technicien du labo, lui apporta ses conclusions.

— De la fibre d'alpaga, Doug, annonça-t-il d'une voix tout excitée. (Il était nouveau dans la maison et il n'avait pas encore perdu le feu sacré des néophytes.) Pour la couleur, il s'agit d'un jaune paille assez soutenu, mais il n'y avait pas assez de fibres pour en déterminer la nuance exacte. A vue de nez, je dirais qu'elles provenaient d'un pullover qui a coûté au moins cinquante dollars. Le genre de vêtement que l'on ne trouve que dans les boutiques de luxe.

Doug le remercia de sa diligence et retourna à sa voiture. Il lui restait le papier goudronné. Il examina pendant quelques instants l'empreinte qu'il portait et décida de faire le tour des chausseurs à la mode. Au sixième essai, le vendeur ne jeta qu'un bref coup d'œil au morceau de papier et disparut dans la réserve, pour en ressortir quelques instants plus tard, une paire de souliers en cuir à la main.

— Voici la chaussure qui a laissé cette empreinte, affirma-t-il sans la moindre hésitation. L'un de nos meilleurs articles. Pointure quarante-deux.

Doug compara la semelle et l'empreinte sur le papier goudronné. Effectivement, la similitude était frappante.

— Combien vaut une telle paire de chaussures ? questionna-t-il.

— Quatre-vingt-cinq dollars, répondit le vendeur avec indifférence.

Le policier le remercia et sortit du magasin. Un pullover en alpaga, des chaussures de quatre-vingt-cinq dollars... Un type qui s'habillait de façon aussi dispendieuse n'avait guère de raison d'aller fouiner dans une venelle sombre et humide entre deux entrepôts. Cela apportait de l'eau à son moulin, mais, pour l'instant, il n'avait pas encore l'ombre d'une piste sérieuse.

Tout en réfléchissant, il regagna sa voiture et retourna au commissariat. Là, il alla s'asseoir dans son bureau et ferma les yeux pour mieux se concentrer.

C'est dans cette posture que Muldoon le découvrit quelques minutes plus tard.

— Je ne comprends vraiment pas pourquoi vous tenez tant à prendre votre retraite, déclara-t-il d'une voix moqueuse en s'asseyant sur le coin de sa table. Vous n'avez jamais eu la vie aussi belle !

Doug ouvrit les yeux et se redressa lentement.

— Henderson a-t-il fait une enquête sur le type qui conduisait le camion de ce matin ? questionna-t-il sans prendre la peine de répondre à la boutade.

Le commissire secoua la tête.

— Il n'y avait aucune raison d'ennuyer un peu plus ce brave citoyen. Son camion ne contenait aucune marchandise prohibée et il n'avait commis aucun délit. Pourquoi ne laissez-vous donc pas tomber cette affaire ?

Doug se leva et s'étira paresseusement.

— Je ne sais pas... Si j'étais raisonnable, je suivrais votre conseil et j'irais cultiver mon jardin, mais ce qui a pu se passer pendant ces trente secondes continue de m'intriguer. Et puis il y a trop longtemps que je fais ce métier, pour ne pas avoir envie d'aller jusqu'au bout. C'est ma dernière enquête, après tout. Quel est le nom de ce chauffeur de camion ?

— Orchard, répondit Muldoon à contrecœur. Harry Orchard.

Doug trouva Harry Orchard sur le quai de chargement d'une entreprise fabriquant des poutres en béton armé. Une grue était en train de charger la benne de son camion.

Quand il eut entendu la question de Doug, il secoua la tête avec lassitude.

— C'est un passager que vous cherchez, maintenant ? Que voulez-vous que je vous dise de plus ? S'il y avait eu quelqu'un dans mon camion ce matin, vos collègues l'auraient trouvé, non ? Franchement, je commence à me poser des questions à votre sujet... J'ai une femme que j'aime, deux fillettes adorables et une maison confortable. Que voulez-vous que je demande de plus ? Certes, j'ai parfois de la peine à joindre les deux bouts, comme tout le monde, mais jusqu'à présent, j'y suis toujours arrivé et avec de l'argent honnêtement gagné, croyez-moi !

Doug avait effectué une petite enquête sur Harry Orchard avant de venir le voir et il était passé en voiture devant le coquet pavillon de banlieue qu'il habitait avec sa famille. Rien de ce qu'il avait appris ne laissait supposer qu'il était un voyou ou menait une double existence.

— En fait, poursuivit le policier sans se formaliser, je suis à la recherche d'un type qui n'est pas forcément monté dans votre camion, mais que vous avez peut-être croisé ou aperçu ce matin aux alentours du quai n° 1. Un homme d'un mètre soixante-quinze environ, plutôt jeune et svelte et habillé avec recherche, si ce n'est avec ostentation. Il devait porter un pullover en alpaga et des chaussures en cuir.

— Un pullover en alpaga ? répéta Orchard en fronçant les sourcils. Je le lui laisse bien volontiers. Mon beau-frère en a une pleine armoire — c'est sa façon de paraître, de se mettre en valeur. Il vend des voitures d'occasion et, plusieurs fois, il m'a proposé de m'associer avec lui, mais je préfère être indépendant, même si je gagne moins d'argent. D'ailleurs à quoi cela me servirait-il de m'habiller ainsi ? Je pensais à lui ce matin, sur le quai, quand le photographe est arrivé. Il portait un pullover en alpaga.

— Un photographe ? questionna Doug avec curiosité.

Orchard leva les yeux vers la grue qui continuait de charger son camion. La benne était déjà à moitié pleine.

— Oui, acquiesça-t-il. Il est passé le long du quai, ce matin, pendant que les dockers chargeaient mon camion. Il avait un gros appareil de photo autour du cou et tenait à la main l'un de ces sacs dans lesquels les photographes professionnels rangent leurs objectifs de rechange avec leurs accessoires. Ce qui a le plus attiré mon attention, cependant, c'est son pullover en alpaga. A cause de mon beau-frère.

— Pourriez-vous me le décrire ? questionna Doug sans rien laisser transparaître de son excitation.

Orchard fronça les sourcils et réfléchit pendant quelques instants.

— C'est amusant... Il ressemblait au type que vous cherchez. Un mètre soixante-quinze, à peu près, et plutôt mince. Les cheveux très noirs et le teint basané. Trente ou trente-cinq ans, tout au plus.

— De quelle couleur était son pullover ?

— Une sorte de jaune pâle, tirant sur le beige.

— Le reconnaîtriez-vous si vous le voyiez à nouveau ?

— Sans le moindre doute, affirma le camionneur en hochant la tête. Un visage aussi fermé et renfrogné, cela ne s'oublie pas ! Il est resté un bon moment adossé à l'un des piliers d'une grue et avait l'air de surveiller deux flics qui se trouvaient à l'autre bout du parking. En passant à côté de lui, je lui ai suggéré de ne pas donner son vrai nom, mais il n'a pas eu du tout l'air d'apprécier la plaisanterie. Voilà quelques années, j'ai travaillé avec un ancien bagnard qui disait ça chaque fois qu'il apercevait une voiture de police ou entendait une sirène.

— Il y avait deux policiers au quai n° 1 avant que vous ne vous en alliez ? s'étonna Doug.

— Oui, acquiesça Orchard en levant les yeux pour contrôler à nouveau le chargement de son camion. Leur voiture était garée dans le parking à côté de la Pontiac vert foncé du photographe. Ils étaient arrivés quelques minutes seulement après lui. Ils se tenaient debout à côté de leur voiture et j'ai eu l'impression qu'ils attendaient quelque chose ou quelqu'un.

— Vous n'auriez pas noté, par hasard, le numéro de la Pontiac ?

Ils s'étaient garés pour laisser passer un transpalette et le camionneur attendit pour répondre que l'engin se fût un peu éloigné.

— Non, mais je me souviens des trois premières lettres « MEE ». Il y a des combinaisons de lettres, comme celle-ci, qui sautent aux yeux et restent gravées dans la mémoire — MEE... JUG... PIP... PAP. J'ai remarqué aussi qu'il y avait l'un de ces gros serpents empaillés sur la plage arrière. Veuillez m'excuser, mais mon camion est chargé et il faut que je m'en aille.

— Vous pouvez y aller. Merci de votre coopération.

De retour au commissariat, Doug appela tous les quotidiens et hebdomadaires locaux, mais aucun d'entre eux n'avait envoyé un photographe accueillir le « Courrier de Singapour ». « Probablement un indépendant », lui suggéra l'un des rédacteurs en chef.

En sortant de son bureau, l'inspecteur s'arrêta à la salle de contrôle radio des voitures de patrouille.

— L'une de nos voitures était ce matin au terminal n° 1 avant l'opération sur le « Courrier de Singapour ». Cherchez-moi le nom du type qui la conduisait et celui de son acolyte. Dès que vous les aurez trouvés, envoyez-les-moi.

De là, il se rendit aux sommiers et entreprit de feuilleter les dossiers. Une heure plus tard, alors qu'il cherchait toujours un trafiquant de drogue amateur de vêtements de luxe, deux policiers entrèrent dans la pièce. Le plus jeune était mince et fluet et avait l'air d'être sorti la veille de l'école de police, alors que son collègue avait largement dépassé la cinquantaine et arborait une avantageuse bedaine.

— Vous avez demandé à nous voir, Inspecteur ? questionna ce dernier.

— Oui, Larsen, acquiesça Doug en refermant d'un geste brusque le fichier qu'il compulsait. Vous étiez tous les deux au quai n° 1, ce matin. Avant que ne soit déclenchée l'opération du « Courrier de Singapour ». Pourquoi ?

D'un geste du pouce, Larsen indiqua son collègue.

— C'est à cause de Jonesy. Il a un ticket formidable avec une petite blonde qui travaille à la cantine des dockers. Chaque fois que nous sommes en mission du côté du port, nous allons donc faire un petit tour au quai n° 1, histoire de lui dire bonjour. Y a-t-il eu une plainte des gens qui travaillent avec elle ou de quelqu'un d'autre ?

Doug sourit malgré lui.

— Ne vous inquiétez pas, personne ne s'est plaint. J'aurais dû me douter qu'il y avait une femme là-dessous... Je dois commencer à devenir vieux. Si je voulais vous voir, c'était pour vous demander si vous aviez prêté attention à la voiture qui était garée à côté de la vôtre. Une Pontiac vert foncé. Cela vous dit quelque chose ?

Larsen se gratta la tête.

— Oui, bien sûr... Il y avait l'un de ces gros serpents empaillés sur la plage arrière et tout un tas de matériel de photo en évidence sur les banquettes. J'ai trouvé que ce n'était pas très prudent et j'ai vérifié que les portières étaient bien fermées. Elles l'étaient. C'est à ce moment-là que nous avons reçu l'appel ordonnant à toutes les voitures de patrouille de converger vers le quai n° 1. Comme nous étions sur place, nous n'avons pas bougé et nous avons attendu l'arrivée des autres.

— Vous n'auriez pas remarqué, par hasard, un type de taille moyenne, très brun, la trentaine, qui portait un pullover jaune clair et avait un appareil de photo autour du cou ?

Les deux hommes secouèrent la tête, ce qui ne surprit guère Doug. Le scénario qu'il avait imaginé commençait à prendre forme. Le trafiquant avait récupéré son « colis » et, alors qu'il retournait vers le parking, voyant la voiture de patrouille, il avait pris peur. Pendant quelques instants, il s'était dissimulé derrière l'un des piliers d'une grue, puis, voyant que les policiers ne faisaient pas mine de s'éloigner, il avait profité d'un instant d'inattention de Harry Orchard pour monter à l'arrière de son camion et se dissimuler derrière les rouleaux de câble. Le camion avait démarré et, depuis la benne, l'homme avait vu la police envahir le quai et une voiture les prendre en chasse. A ce moment-là, il avait dû éprouver la frayeur de sa vie, car, sur l'avenue Lander, il lui était impossible de sauter en marche sans se faire tout de suite repérer par les policiers — un acte, qui, en plus, aurait été terriblement périlleux sur cette avenue où la circulation est très intense. Puis, la chance s'était mise de son côté : Harry Orchard avait quitté l'artère principale pour aller prendre un café. Il avait ralenti et, juste après le coin de la 2e rue, le voyou avait sauté à terre. La suite était facile à deviner. Dissimulé à la vue de ses poursuivants par les murs des entrepôts, il avait pris ses jambes à son cou et s'était faufilé dans le premier trou qui s'était présenté à lui. Juste à temps, car quelques secondes plus tard, la voiture de police tournait également dans la 2e rue et rattrapait le camion de Orchard au carrefour avec l'avenue Holcomb.

Larsen regarda Doug d'un air perplexe.

— Vous êtes sur une piste intéressante, Chef ? Une piste qui a un lien avec l'opération de ce matin sur le « Courrier de Singapour » ?

— Ce n'est pas impossible, acquiesça Doug d'une voix mesurée. Mais, pour le moment, je ne dispose d'aucun élément tangible.

En quelques phrases, il leur décrivit l'homme que Orchard avait vu sur le quai pendant qu'on chargeait son camion.

— Il s'habille dans les boutiques de luxe et tout me laisse à penser que pour satisfaire ses goûts dispendieux, il rend de menus services à un puissant réseau de trafiquants de drogue. Un réseau qui est capable d'écouler cinq kilos d'héroïne pure...

Sur ces mots, il jeta un coup d'œil à sa montre.

— Six heures, constata-t-il. Il est grand temps que je rentre à la maison. J'en ai assez fait pour aujourd'hui et, demain, j'aurai tout loisir de chercher ce type dans les fichiers.

Il regardait les nouvelles à la télévision, pendant que Jenny étudiait ses cours, assise à la table de la salle à manger, lorsque le téléphone sonna. C'était Larsen.

— Je suis chez l'inspecteur Temple ?

— Oui.

— Ici, Larsen. En rentrant chez moi, j'ai pensé à un petit truand qui pourrait être l'homme que vous recherchez. Sur le moment, je n'avais même pas imaginé que vous ayez pu ne pas songer tout de suite à lui, puis je me suis rappelé que vous ne le connaissiez pas. Il y a cinq ans, au mois de mai, il a braqué une petite banque dans le quartier du port. Par malheur pour lui, j'étais en patrouille avec Harcourt dans les parages. Nous l'avons cueilli avant même qu'il ait réussi à atteindre le bout de la rue. Une arrestation sans bavure. Si c'était lui sur le quai, ce matin, je comprends pourquoi il a tout fait pour nous éviter. Je suis la dernière personne qu'il ait envie de rencontrer.

Cinq ans plus tôt, au mois de mai... Doug avait été alors absent du service pendant quinze jours. Le calvaire de sa femme s'était achevé le 5 mai et ensuite il y avait eu l'enterrement et tous les tracas qu'entraîne un décès dans une famille. Puis, il lui avait fallu encore chercher une gardienne pour s'occuper de Jenny quand il n'était pas là.

— Quel est le nom de ce type ?

— Rinaldi. Joey Rinaldi.

— Merci de m'avoir appelé, Larsen.

Dès huit heures, le lendemain matin, Doug était à son bureau. Poussée par un vent du nord qui soufflait en rafales, la pluie battait les carreaux de la fenêtre. L'orage de la veille avait sonné le glas d'un été particulièrement chaud et sec.

Assis dans son fauteuil, l'inspecteur lisait la fiche de Joseph Albert Rinaldi, qu'un planton venait de lui apporter.

Rinaldi était déjà passé quatre fois devant les juges. Vols de voitures, cambriolages et attaques à main armée. Aucun crime de sang, cependant. D'après sa fiche, il avait bénéficié d'une libération conditionnelle et sa période probatoire était terminée depuis six mois.

Le dossier contenait plusieurs photos du truand. Doug en choisit une et prit cinq autres photographies de personnes ayant eu maille à partir avec la justice, avant de partir à la recherche de Harry Orchard.

Il trouva le camionneur au port où il venait de réceptionner un chargement de sacs de ciment. Il jeta un rapide coup d'œil aux photos et, sans la moindre hésitation, posa le doigt sur celle de Rinaldi.

— C'est lui. J'en suis sûr. Je l'aurais reconnu entre mille, avec son visage aussi long qu'un jour sans pain !

L'inspecteur rendit ensuite visite au lieutenant White, un policier qui était entré presque en même temps que lui dans la maison et qui, maintenant, s'occupait exclusivement du reclassement des anciens délinquants. Quand il poussa la porte de son bureau, White était en train de se faire du café.

— Je viens te demander quelques renseignements au sujet de Rinaldi, Joey Rinaldi, déclara d'emblée Doug en s'asseyant. C'est bien toi qui t'es occupé de lui à sa sortie de prison, n'est-ce pas ?

White prit deux tasses sur une étagère et se retourna vers lui en fronçant les sourcils.

— Joey ? J'avais un pressentiment à son sujet. Je me doutais qu'il finirait par replonger... Je te sers un café ?

Doug accepta son offre d'un bref hochement de tête.

— Je ne t'ai pas dit qu'il avait enfreint la loi en quoi que ce soit, fit-il observer.

White haussa les épaules.

— Bien sûr, acquiesça-t-il avec un sourire ironique. Je suppose que tu le recherches pour lui remettre une médaille de bonne conduite.

Il remplit les deux tasses de café et lui en tendit une.

— Dommage, poursuivit-il. J'avais réussi à lui obtenir un bon job à l'hôtel Savoy-West. Le salaire n'était pas extraordinaire, mais il se faisait une petite fortune avec les pourboires. En plus, il sortait avec une fille splendide, avait une garde-robe incroyable et roulait dans une voiture toute neuve. Le jour où sa période probatoire s'est terminée, il a laissé tomber son boulot et a déménagé. Depuis lors, plus aucune nouvelle de lui. Comme vis-à-vis de la juste il était en règle, nous n'avions aucune raison de chercher à savoir ce qu'il était devenu.

Doug mit un morceau de sucre dans sa tasse et réfléchit pendant quelques instants.

— Quel genre de voiture avait-il ? questionna-t-il après avoir bu une gorgée de café.

— Une décapotable de marque italienne. Rouge avec des chromes partout. Une petite bombe qui aurait laissé sur place nos voitures de service si jamais nous avions eu besoin de la prendre en chasse.

— Et la fille ? s'enquit Doug.

— Margaret Eleanor Ellis, une blonde avec des jambes superbes. Elle est secrétaire-photographe dans une grosse agence immobilière, Foss et Stuart. Leurs bureaux occupent tout un étage de la tour Hawthorne. Ils font beaucoup de publicité dans les journaux du dimanche.

Doug hocha la tête.

Une fille dont les initiales étaient MEE, qui sortait avec Joey Rinaldi et qui était photographe. Tout concordait.

Il finit son café, remercia White et retourna à sa voiture. Dehors, le vent avait forci et la pluie tombait maintenant à l'horizontale pour ainsi dire.

Il était presque midi, lorsqu'il arriva au bureau d'immatriculation des véhicules automobiles. Margaret Eleanor Ellis était l'heureuse propriétaire d'une Pontiac dont le numéro était MEE-2114. La voiture de Rinaldi, elle, était immatriculée JAR-7262.

La raison pour laquelle Rinaldi avait emprunté la voiture et le matériel de photographe de son amie était évidente. Un port est un endroit très surveillé et un photographe dans une Pontiac vert foncé a plus de chances de passer inaperçu qu'un petit truand dans une décapotable rouge.

Il rentra au commissariat et donna le signalement des deux voitures au sergent de faction à la radio.

— Bien entendu, précisa-t-il, il n'est pas question de les intercepter. Que l'on me prévienne simplement dès qu'elles auront été localisées. Il y a des chances pour que la Pontiac se trouve dans un parking à proximité de la tour Hawthorne. Envoyez une voiture de patrouille prospecter de ce côté-là.

A cinq heures moins le quart, comme il n'avait encore aucune nouvelle des deux voitures, Doug enfila son imperméable et sortit de son bureau. Dans le commissariat, presque tous les autres inspecteurs étaient déjà rentrés chez eux et il ne restait plus guère que les hommes de garde, mais Muldoon, lui, était toujours là, assis derrière une véritable montagne de paperasse administrative.

— Vous avez des nouvelles des trois autres bateaux ? s'enquit Doug en passant la tête par l'entrebâillement de la porte.

Muldoon leva la tête et écrasa le mégot de son cigare dans un cendrier.

— Les deux qui étaient attendus à Frisco sont arrivés et rien de suspect n'a été trouvé à leur bord. La balle est maintenant dans le camp de nos collègues de Seattle. Où en êtes-vous de votre petite enquête personnelle ? Elle avance ?

— Oui, acquiesça Doug. Mais, pour le moment, je n'ai encore que des éléments disparates. Pas assez pour commencer à lancer des mandats d'arrêt, suffisamment néanmoins pour poursuivre mon travail de fourmi.

Muldoon alluma un autre cigare et le considéra pendant quelques secondes d'un air amusé.

— Jenny vous a appelé tout à l'heure. Elle m'a fait promettre de bien vous recommander de vous couvrir et de vous dire que le dîner serait prêt pour sept heures. Elle vous a fait votre plat favori, de la paella, et un dessert surprise.

Doug sourit.

— Une perle, murmura-t-il. Même ma femme ne m'a jamais autant gâté... Je crois que je vais être terriblement jaloux le jour où elle viendra m'annoncer qu'elle a trouvé l'homme de sa vie !

Le lendemain matin, son premier arrêt fut pour la salle de contrôle-radio des voitures de patrouille. La Pontiac vert foncé avait été retrouvée une demi-heure plus tôt dans le parking de la tour Hawthorne. Toujours aucune nouvelle de la petite voiture italienne de Rinaldi.

Il dit au radio de continuer les recherches et se rendit à son bureau, où il essaya de tuer le temps en mettant de l'ordre dans ses dossiers. A dix heures, comme il n'y avait toujours rien, il mit son chapeau, son imperméable, et sortit. Dehors, il ne pleuvait plus, mais le fond de l'air avait fraîchi, le ciel était gris et bas. Au début, il roula un peu au hasard, se laissant guider par le flot de la circulation.

Il traversa ainsi une bonne partie de la ville, puis, à un moment, il se rendit compte qu'il était parvenu aux abords du quartier chinois. Cédant à une brusque impulsion, il se gara sur le parking d'une tour occupée par des bureaux, prit l'ascenseur et monta jusqu'à la terrasse du toit qui avait été aménagée en belvédère. De là-haut, on avait une vue imprenable sur le quartier chinois et sur le port, avec ses bassins et ses immenses entrepôts. En dépit du vent glacial, le spectacle était magnifique. En trente ans de carrière, Doug avait appris à aimer tous ces bateaux à quai sur lesquels s'affairaient une armée de grues aux allures de sauterelles ou d'araignées géantes, et il avait toujours éprouvé une attirance irraisonnée pour les ruelles secrètes du quartier chinois qui avait l'air d'un faubourg de Hongkong ou de Shanghai qu'un magicien distrait aurait transporté là d'un coup de baguette magique, au milieu des gratte-ciel et des immeubles froids et fonctionnels de l'Amérique moderne et triomphante. Pendant un long moment, il contempla ce merveilleux panorama, puis, à regret, s'en retourna vers l'ascenseur.

Il s'était à peine réinstallé au volant de sa Chevrolet, lorsque la radio se mit à grésiller. La voiture de Rinaldi venait d'être repérée. Elle roulait vers le nord, sur la 3e avenue et un véhicule banalisé l'avait prise en chasse. Doug saisit le micro et donna son numéro d'identification.

— Ici, Temple. Je suis au coin de la 3e avenue et de la rue Dixon. Je prends le relai de la filature dès qu'ils passent devant moi.

Trois minutes plus tard, il s'inséra dans le flot de la circulation, à vingt mètres seulement derrière la décapotable rouge. Au passage, il avait eu tout le loisir de jeter un coup d'œil aux occupants du véhicule. C'était Rinaldi qui conduisait, mais il n'avait jamais vu le type assis à côté de lui.

Au milieu de l'avenue, Rinaldi s'arrêta devant l'entrée d'un hôtel de luxe et laissa descendre son passager. Doug eut juste le temps de trouver une place et de se précipiter dans le hall. L'homme venait de quitter le comptoir de la réception et se dirigeait vers l'ascenseur, une clef à la main.

Dès qu'il eut disparu derrière la porte coulissante, Doug s'approcha de la réception et montra brièvement sa carte à l'employé.

— C'est au sujet de ce grand type en costume gris à qui vous venez de donner une clef. Comment s'appelle-t-il et quel est le numéro de sa chambre ?

— Chambre 918, répondit l'employé après avoir consulté son registre. Sa réservation est au nom de Samuel Greene, Chicago.

Un faux nom, sans doute, se dit l'inspecteur en notant l'information sur son calepin.

Il remercia l'employé et se dirigea vers les bureaux de la direction. Le directeur l'écouta attentivement et accepta volontiers de satisfaire à sa requête. Une heure plus tard, lorsque Samuel Greene descendit au restaurant, le directeur ouvrit à Doug avec son passe la porte de la chambre 918. L'inspecteur savait exactement ce qu'il cherchait. Il se rendit tout droit à la salle de bains, prit le verre à dents et l'enveloppa avec précaution dans un mouchoir en papier tandis que le directeur mettait un autre verre sur l'étagère. Par acquit de conscience, il fit ensuite une fouille rapide de la chambre, mais ne trouva rien d'intéressant. Les trafiquants de drogue sont gens prudents et n'ont pas l'habitude de laisser traîner des objets compromettants dans une chambre d'hôtel.

Vingt minutes plus tard, Doug tendait la pièce à conviction à l'un des spécialistes du labo.

— Relevez-moi les empreintes digitales qui se trouvent sur ce verre et tâchez de me trouver à qui elles appartiennent. Cherchez en priorité dans le fichier des trafiquants de drogue, en commençant par les gros bonnets.

Il jeta un coup d'œil à sa montre. Midi... Il lui restait cinq heures de service. Ce soir, il ne serait plus qu'un citoyen ordinaire, un retraité.

Il avait presque toutes les pièces du puzzle, mais « presque », ce n'était pas assez. La pièce la plus importante, l'endroit où se trouvait l'héroïne, manquait encore et, sans elle, le reste du puzzle n'avait aucun sens.

Tout en réfléchissant, Doug retourna lentement à sa voiture. La pluie s'était remise à tomber. Un petit crachin froid et triste annonçant un automne précoce. Que pouvait-il faire, maintenant ? Une idée soudaine lui traversa l'esprit et il retourna à l'hôtel. Le directeur était déjà assis à table, mais il accepta de le recevoir et l'écouta avec toute la patience d'un homme sachant qu'il a besoin de la bienveillance de la police. Dès qu'il eut terminé, le directeur demanda qu'on lui apporte le registre des réservations.

— Voyons un peu... Mr. Greene... murmura-t-il en feuilletant le grand livre. Ah, nous y voilà ! Mr. Greene a réservé par câble, depuis Chicago, hier soir à six heures dix et il s'est présenté à l'hôtel, ce matin, à sept heures et quart. Nous enregistrons toutes les entrées et sorties de façon précise afin d'éviter les contestations éventuelles.

Doug hocha la tête.

— Bien sûr... Cela signifie qu'il est arrivé à l'aéroport entre six heures et demie et sept heures moins le quart.

— Sans doute, acquiesça le directeur en refermant son registre et le tendant à la secrétaire qui le lui avait apporté.

L'inspecteur le laissa déjeuner et se rendit à la cabine téléphonique du hall.

Trois voix féminines différentes le guidèrent à

travers les dédales de l'aéroport avant de le mettre enfin en communication avec la personne qu'il cherchait, Wesley Farmer, le directeur de la Sécurité.

— Wes ? Ici, Doug Temple. Pourrais-tu jeter un coup d'œil à la liste des passagers des avions qui ont atterri ce matin en provenance de Chicago, entre six heures et demie et sept heures moins le quart ? J'aimerais savoir par quel vol est arrivé un certain Samuel Greene et, surtout, s'il a fait une réservation pour son retour.

— C'est urgent ? s'enquit Wesley.

— Oui.

— Bien, je m'en occupe tout de suite. Où puis-je te rappeler ?

Doug lui donna le numéro de l'hôtel et sortit de la cabine.

Vingt minutes plus tard, il achevait de manger un sandwich à la cafétéria lorsqu'on l'appela au téléphone.

— Doug ? Ici Wes. J'ai les renseignements que tu voulais. Greene est arrivé par le vol 606, à six heures trente-sept, ce matin, et il a réservé en première classe sur le vol 620, de la « Northwest Orient », qui doit décoller pour Chicago à quatre heures et demie, cet après-midi.

Doug le remercia, et, dès qu'il eut raccroché, composa le numéro du poste de police de l'aéroport. L'officier de service était un lieutenant avec qui il avait déjà plusieurs fois travaillé et, en quelques phrases, il lui expliqua l'affaire et ce qu'il attendait de lui et de ses hommes, puis il retourna à la cafétéria. Samuel Greene finissait de déjeuner dans la salle du restaurant séparée de la cafétéria par des plantes vertes et un treillis en bois ouvragé. L'inspecteur commanda un café et affecta de lire le journal, tout en surveillant du coin de l'œil l'« ami » de Rinaldi. Au bout de quelques minutes, Greene paya son addition, se leva et sortit du restaurant pour se diriger vers l'ascenseur. Doug le suivit des yeux, par-dessus son journal, mais ne bougea pas et continua de boire tranquillement son café. Tant que Greene était dans l'hôtel, il ne risquait pas de le perdre, car il n'y avait pas d'autre issue que la grande porte donnant sur la 3e avenue.

Vers trois heures, Greene sortit de l'ascenseur, une valise à la main et se dirigea vers la réception. Tandis qu'il rendait sa clef et payait sa note, Doug plia son journal puis, sans se presser, traversa le hall et sortit sur le trottoir. Rinaldi attendait Greene, assis au volant de sa voiture...

A la hâte, l'inspecteur rejoignit la sienne et effectua un rapide demi-tour, juste à temps pour pouvoir s'insérer dans la circulation à deux voitures derrière Rinaldi et Greene.

Le compte à rebours avait commencé.

« Et si je m'étais trompé ? se demanda Doug tout en roulant. Si Rinaldi et Greene n'étaient pour rien dans ce trafic d'héroïne ? » Il n'avait aucune certitude absolue et, depuis le début, il se faisait des cheveux blancs chaque fois qu'il pensait à une telle éventualité. Il n'y aurait rien de pire que de devoir quitter le service sur un coup fourré...

A un carrefour, Rinaldi quitta la route de l'aéroport et s'engagea dans une avenue bordée de villas de luxe et d'immeubles de grand standing. Doug le suivit à bonne distance jusqu'à une vaste résidence sur les hauteurs dominant la mer. Là, Rinaldi s'arrêta et les deux hommes entrèrent dans l'immeuble. Greene avait sa valise à la main. Quelques minutes plus tard, ils réapparurent, remontèrent en voiture et firent demi-tour. Doug avait prévu la manœuvre et il reprit sans hâte sa filature discrète.

Jusqu'ici, tout va bien, se dit-il avec un soupir de soulagement.

Il décrocha le micro et donna une description

détaillée de la petite voiture rouge à ses collègues de l'aéroport en ajoutant qu'il serait juste derrière les suspects et qu'ils ne devraient pas agir avant qu'il leur en ait donné le signal.

Dix minutes plus tard, ils étaient à l'aéroport. Dès que Rinaldi eut garé sa voiture dans le parking en face de l'aérogare, Doug déclencha sa sirène et se mit à courir, son pistolet à la main. Derrière lui, des hommes en uniforme étaient sortis du poste de police et couraient également, mais ce fut lui qui arriva le premier à la voiture.

— Haut les mains ! Vous êtes en état d'arrestation ! cria-t-il en ouvrant brutalement la portière côté conducteur.

le visage blême, Joey Rinaldi leva les bras.

Greene fit un geste vers la poche intérieure de sa veste, mais avant qu'il ait eu le temps de sortir son arme, l'un des policiers de l'aéroport appuya le canon de son revolver sur sa tempe et il ne put que se rendre, non sans avoir déversé un torrent d'injures à l'adresse de la police et de la justice.

En quelques instants, les deux hommes furent délestés de leur arme, dûment menottés et embarqués à l'arrière de la voiture de Doug, tandis que celui-ci faisait l'inventaire de la valise de Greene. La drogue était bien là, dissimulée au milieu des chemises et des chaussettes.

Une demi-heure plus tard, tandis qu'une escouade de policiers en uniforme se chargeait de mettre les deux trafiquants sous les verrous, Doug, la valise de Greene à la main, faisait une entrée remarquée dans la salle du commissariat où tous les inspecteurs étaient réunis pour le rapport quotidien, sous la houlette du commissaire Muldoon et de Tobin, l'agent du F.B.I.

— Où diable étiez-vous donc parti ? s'exclama Muldoon au milieu du brusque silence qui s'était instauré dans la pièce.

Doug le regarda d'un air surpris.

— Pourquoi me demandez-vous cela ? Il s'est passé quelque chose ?

Muldoon prit une feuille de papier et l'agita avec véhémence dans sa direction.

— Ceci est le rapport concernant les empreintes digitales qui se trouvaient sur le verre que vous avez apporté au labo, expliqua-t-il. Elles appartiennent à un dangereux mafieux, un trafiquant de drogue dont la réputation de tueur n'est plus à faire. Le F.B.I. le surveille depuis des années mais n'a pas encore réussi à le prendre en défaut. Nous avions peur que vous ayez essayé de l'arrêter tout seul.

— Un type qui n'hésite pas à sortir son arme à la moindre menace, renchérit Tobin, l'agent du F.B.I.

Doug accepta la tasse de café que lui tendait l'un de ses collègues et but une gorgée avant de répondre.

— Je commence peut-être à devenir vieux, Chef, mais je ne suis pas stupide pour autant, déclara-t-il en souriant. Je suppose que la brusque apparition de ce gros bonnet de la drogue a un rapport avec les cinq kilos d'héroïne que l'on n'a pas trouvés à bord du bateau qui vient d'accoster à Seattle.

La grimace que fit Muldoon était déjà en soi une réponse.

— Sa fouille n'a rien donné non plus, concéda-t-il à contrecœur. Mais, de votre côté, je suppose que votre flair vous a mis sur une piste intéressante, car ce n'est sûrement pas au cours d'une rafle dans un presbytère que vous avez trouvé une aussi belle collection d'empreintes.

Doug commença son histoire par le début et leur rapporta en détail ses activités des trois derniers jours. Pendant toute la durée de son récit, personne ne songea même à l'interrompre, tellement ils étaient tous captivés par ce qu'il disait.

Quand il eut terminé, Henderson se gratta la tête et le regarda avec incrédulité.

— Et, au départ, vous n'aviez rien d'autre que ces trente secondes pendant lesquelles ce camion a été hors de vue ?

— Rien d'autre, affirma Doug en finissant sa tasse de café. Je n'étais pas du tout sûr qu'il s'était passé quelque chose, mais je savais que ce n'était pas impossible. Pour le reste, j'ai mené une enquête classique. La routine, en somme.

— Mais, vous n'avez travaillé que sur des hypothèses, des suppositions...

— Voulez-vous dire par là que j'ai eu de la chance ? l'interrompit Doug. C'est possible. Dans toute enquête, il y a toujours une part de chance. Mais dès que mon hypothèse a été confirmée par les premiers indices, j'ai su que je tenais quelque chose de solide et lorsque Harry Orchard a identifié Joey Rinaldi, je n'ai plus eu aucun doute. Un homme comme Joey Rinaldi ne traîne pas sur les quais sans raison valable et la photographie était une bien piètre excuse.

Muldoon hocha la tête et un large sourire éclaira son visage.

— Bravo, Doug ! applaudit-il. Vous avez mené cette affaire d'une main de maître. Deux truands et cinq kilos d'héroïne... C'est le plus beau coup de filet de toute cette année ! Un magnifique cadeau de départ pour le service... Maintenant, messieurs, ajouta-t-il en se tournant vers les autres, vous pouvez regagner votre poste ou rentrer chez vous, pour ceux qui ont terminé leur journée. A demain, même heure, pour le rapport.

Dans le brouhaha habituel, les hommes se levèrent et sortirent, les uns pour rentrer dans la douceur de leur foyer et les autres pour aller retrouver la jungle de béton qui était leur univers familier.

Dès qu'ils furent tous partis, Doug s'approcha de Muldoon et lui tendit en silence son arme de service et son badge.

Quelques minutes plus tard, quand il franchit la porte du commissariat, le jeune retraité qu'il était désormais avait le cœur léger et c'est sans un regard derrière lui qu'il rejoignit sa voiture. La boucle était bouclée. Il était parti en beauté et il allait pouvoir maintenant se consacrer tout entier à son jardin, à Jenny et, qui sait, bientôt peut-être à ses arrière-petits-enfants...

A cette idée, un sourire erra sur ses lèvres. Dans le ciel, un peu de bleu perçait au milieu des nuages.

Farewell Gesture.
Traduction de Louis de Pierrefeu.

A VUE DE NEZ

par ALLEN LANG

Le sergent Read Fowler est un homme d'expérience et, souvent, je l'ai entendu dire qu'un flic qui est capable de tenir sa place dans la « tournée des boîtes de nuit » possède toutes les qualités requises pour faire un grand arbitre de football. Que ce soit au Parc des Princes, un soir de finale, ou à l'heure de la fermeture dans le quartier « chaud » de n'importe quelle ville, il faut savoir faire preuve à la fois d'une autorité sans faille et d'un tact hors du commun pour contenir dans des limites raisonnables les débordements de tous les braves citoyens qui, dans les feux de l'alcool et de la passion, seraient capables de commettre des bêtises irréparables, telles que mettre le feu aux voitures en stationnement, briser les vitrines des magasins, se livrer à des batailles rangées à coups de couteaux ou de bouteilles brisées, ou faire subir les pires sévices aux malheureux — sans parler des malheureuses — qui viendraient à croiser leur chemin. Il suffit souvent d'une étincelle pour embraser un stade ou la clientèle d'un bar à une heure du matin et le policier, tout comme l'arbitre d'un match, doit être aussi fin diplomate que bon manœuvrier, s'il ne veut pas courir le risque d'être lynché.

Je ne veux pas dire par là que Trois Rivières est une ville sans foi ni loi. En fait, je dirai même que les représentants qui y viennent en tournée depuis Indianapolis et les chauffeurs de camions qui la traversent pour aller à Chicago trouvent que c'est un bled totalement mort. Y faire régner la paix civile n'a donc rien d'une tâche insurmontable. En comptant le sergent Fowler et le planton qui reste de garde au poste, huit hommes suffisent amplement pour régler la circulation sur la Grande Rue et empêcher toute manifestation de violence pendant la période critique qui commence vers huit heures du soir et se termine aux alentours de deux heures du matin. Plus grande qu'une cité qu'un shérif et un adjoint à mi-temps peuvent administrer, Trois Rivières n'en est pas encore au stade de ces métropoles tentaculaires où, de peur d'une embuscade, les policiers ne circulent que par deux et signalent leur position au Central toutes les demi-heures. En somme, c'est une petite ville tranquille, où il fait bon vivre.

Tous les jours, à huit heures du soir, lorsque Fowler et ses hommes prennent leur service, la fête commence dans les bars du centre ville. Sauf, bien entendu, lorsqu'ils sont fermés, c'est-à-dire les dimanches et jours fériés. La tâche des policiers n'est pas de gâcher cette fête, mais plutôt de veiller à ce qu'elle n'engendre pas des drames inutiles. Le genre de drame que peut provoquer un inconscient qui, après avoir bu une douzaine de verres, avale à la hâte un café noir — pour la route — et se dirige en titubant vers sa voiture. A Trois Rivières, un tel inconscient, s'il tombe sur une patrouille, se fait confisquer ses clefs de contact et reconduire à son domicile avec tous les ménagements dus à son état. Un peu plus tard, la même patrouille peut rencontrer un adolescent qui s'amuse à tester son cyclomoteur en échappement libre dans les rues paisibles et désertes de la cité. Là, le scénario est un peu différent : s'il n'habite pas trop loin, le jeune trublion rentre à pied chez lui et, le lendemain, lorsque ses parents viennent récupérer le cyclomoteur, on leur conseille fortement de le laisser au garage pendant quelques semaines. Au printemps, lorsque le blé commence à verdir dans les champs autour de Trois Rivières, le policier de la « tournée des boîtes de nuit » se voit confier parfois une mission d'un genre un peu plus scabreux. La lampe-torche à la main, il contrôle les voitures stationnées dans les endroits sombres et, de temps à autre, il dérange les ébats de deux tourtereaux. En général, il se contente de leur signifier qu'il y a des limites que la décence interdit de dépasser sur la voie publique et leur communique l'adresse d'un petit hôtel — propre et pas cher — où ils pourront continuer de roucouler tout à leur aise. Bien entendu, si la partenaire paraît un peu jeune, il précise au Roméo que, même si sa Juliette est consentante, il risque cinq ans de plus que pour l'attaque d'une banque, au cas où il prendrait fantaisie à ses parents de porter plainte. Un avertissement qui, souvent, suffit à calmer les ardeurs de Roméo. A seize ans, les jeunes filles ont des réactions assez imprévisibles et il y a des risques qu'un homme raisonnable hésite à prendre.

A première vue, le travail du sergent Fowler et de ses hommes peut sembler routinier, voire un peu mesquin. La plupart du temps, c'est le cas, tout simplement parce que Trois Rivières est une petite ville paisible et sans histoires. D'habitude, le compte rendu de la nuit tient en quelques lignes. Pourtant, le dimanche matin où la cité perdit son seul et unique pharmacien, le sergent Fowler noircit plus de trois pages.

***

La veille au soir, il était près de neuf heures et demie lorsque Fowler poussa la porte de l'*Oasis*, le bar d'Ollie. L'*Oasis* est l'un des établissements les plus animés du centre ville et l'un des points de passage obligatoires de la « tournée des boîtes de nuit ». La salle était enfumée et empestait la bière. Derrière le comptoir, la radio diffusait les dernières minutes d'un match de basket-ball pour un groupe de fans aussi envoûtés par l'événement que les membres d'un club de milliardaires à l'annonce de la suppression de l'impôt sur le revenu. Le son était à fond, bien entendu, et essayait en vain de couvrir le flot de décibels qui s'échappait de la télévision à l'autre bout de la salle. Un chanteur à la mode s'amusait à imiter, non sans un certain brio, un air d'opéra. A côté de la télé, trois ou quatre jeunes malmenaient un flipper et un baby-foot, tandis que dans l'une des stalles voisines, un ennemi de la musique classique venait de glisser son obole dans le juke-box et avait sélectionné trois minutes d'un rock and roll endiablé.

Fowler s'assit au bar et posa une pièce sur le comptoir.

— Tout est calme ici ? cria-t-il pour être entendu d'Ollie en dépit du tintamarre ambiant.

Insensible à l'ironie du sergent, le patron du bar posa le chiffon avec lequel il était en train d'essuyer ostensiblement l'autre bout du comptoir et s'approcha de lui à regret.

— Alors, quoi de neuf sur le front du crime à Trois Rivières ? questionna-t-il en posant une boîte de Coca-Cola et un verre à demi plein de glace pilée devant le policier.

Fowler sourit et secoua la tête.

— Rien. Le calme plat.

Soudain, un client attablé tout au fond de la salle

avec un groupe d'amis se leva et cria d'une voix déjà chargée d'alcool :

— Hé, Sue ! Où sont les huit bières que je t'ai demandées il y a deux heures ? Nous sommes complètement à sec ici ! Un vrai désert !

— J'arrive, j'arrive, répondit la serveuse en posant son plateau sur le bar, entre les deux arceaux chromés qui délimitaient l'emplacement réservé au service.

Ollie quitta Fowler pour aller prendre les bières dans le réfrigérateur. Il les décapsula avec la dextérité d'un professionnel et posa un verre à l'envers sur le goulot de chaque canette, avant d'encaisser le prix des consommations. En emportant son plateau vers la table des assoiffés, la jeune femme passa à côté du policier et, sous son épais maquillage, il devina une ombre bleutée autour de son œil droit.

Le sergent se retourna et jeta un coup d'œil en direction de Chet Johnson, le mari de Sue. Chet avait une bière à la main, mais, à l'évidence, il était surtout là pour surveiller sa femme. D'un caractère irascible et jaloux, il ne tolérait pas que l'on se permette la moindre privauté avec elle et encore moins qu'elle réponde aux plaisanteries souvent grivoises de ses clients éméchés. Fût-ce par un sourire.

Il aurait eu mieux fait de rester chez lui, songea Fowler. D'abord parce que sa seule présence était une véritable bombe à retardement. Si jamais un type non prévenu s'aventurait à prendre la jeune femme par la taille, la soirée se terminerait en bagarre générale et il faudrait des centaines de points de suture pour réparer les dégâts. Et puis, s'il buvait moins de bière dans les bars, Chet pourrait mettre un peu plus d'argent de côté pour acheter ce camion auquel il rêvait depuis si longtemps. Qu'avait-il besoin de venir espionner sa femme alors qu'elle travaillait pour l'aider à réaliser son rêve ? Ce n'était vraiment pas juste !

Fowler secoua la tête. Il n'avait guère le droit de le juger. Quand soi-même on est parfaitement heureux dans sa famille et son métier, on est mal placé pour faire la morale aux autres.

Chet tourna la tête vers lui, croisa son regard et détourna tout de suite les yeux. Il ne connaissait que trop l'opinion du policier à l'égard des « accidents » qui arrivaient régulièrement à Sue. D'un geste nerveux, il fit signe à Ollie qu'il voulait une autre bière et reprit sa surveillance de tous les mouvements de sa femme.

A cet instant, un gros type, dont la chemise empestait la transpiration et la bière, se laissa tomber bruyamment sur le tabouret voisin de celui sur lequel était assis Fowler.

— Je n'ai pas la berlue, c'est notre jeune et déjà célèbre psychologue ! s'exclama-t-il en posant la main sur le bras du policier. Pensez-vous, sergent Fowler, qu'à votre contact, je pourrai acquérir un peu de votre merveilleuse érudition ?

Fowler dégagea son bras d'un geste brusque et regarda sa montre-bracelet.

— Vous êtes à l'heure, Vanbuskirk, constata-t-il avec froideur. Comme d'habitude.

Roger Vanbuskirk était le propriétaire de la pharmacie un peu plus bas dans la même rue. Chaque soir, il quittait sa blouse blanche et partait exercer son deuxième métier dans les bars de la ville : Ivrogne professionnel.

Avec une lenteur délibérée, Fowler but une gorgée de Coca-Cola. En général, il encaissait assez bien les vannes, mais celui-ci commençait vraiment à lui porter sur les nerfs. Que ses collègues se moquent de lui parce qu'il prenait des cours du soir en psychologie à l'université, passe encore. Après tout, cela n'avait rien de méchant. Mais de la part de Vanbuskirk, ce n'était pas du tout la même chose. Pour lui, le seul fait qu'un policier envisage d'étudier la psychologie était une sorte d'incongruité. C'était à peu près aussi ridicule que de vouloir mettre des claquettes à un éléphant.

— Alors, on boit en service, Docteur Pavlov ? poursuivit le pharmacien sur le même ton en posant un doigt accusateur sur la boîte de Coca-Cola de Fowler. Qui s'occupe de votre divan, pendant que vous vous débauchez en ville ?

— Puis-je vous offrir la même chose ? proposa le policier.

— Merci, mais franchement non, refusa Vanbuskirk avec un éclat de rire amusé. Mon estomac est très délicat et les seuls extraits de plantes qu'il supporte sont ceux qui ont été longuement concoctés dans les fûts de chêne de la lointaine Calédonie. Douze ans d'âge, de préférence.

Fowler regarda les mains de Vanbuskirk et secoua la tête. Le pharmacien ne pouvait maîtriser leur tremblement que lorsqu'il agrippait la barre du comptoir. C'était un véritable crime que de laisser cet homme préparer et vendre des médicaments, songea-t-il. L'hiver précédent, lorsque le médecin avait prescrit un sirop pour la toux à ses jumeaux, Vanburskirk, sans doute encore mal remis de sa beuverie de la veille, lui avait composé une potion tellement forte en codéine qu'il avait suffi d'une cuillère à soupe du médicament pour assommer les malheureux enfants pendant seize heures d'affilée. Un remède de cheval qui les avait guéris totalement, d'un seul coup, mais qui aurait pu ne pas être sans danger. Grâce à Dieu, la plupart des médecins de Trois Rivières fournissaient désormais eux-mêmes les médicaments qu'ils prescrivaient.

Sans attendre la commande du pharmacien, Ollie avait versé un double scotch dans un verre, avec, en prime, la larme supplémentaire qu'il réservait à ses meilleurs clients.

— De l'eau gazeuse ? proposa-t-il en posant le verre devant lui avec toute la révérence due à un aussi coûteux nectar.

— Félicitations, Ollie ! apprécia Vanbuskirk en souriant. J'aime que l'on me serve avec diligence et sans lésiner. Une goutte de Perrier, s'il vous plaît.

Avec un geste théâtral, il prit dans la poche de sa veste un gros rouleau de billets, tenus ensemble par un large élastique et en tira une coupure de cent dollars.

— Lorsque mon crédit sera épuisé, vous me le ferez savoir, tenancier, déclara-t-il en brandissant le rouleau à la façon d'un roi exhibant devant son peuple le symbole de sa royauté. Il y en a d'autres derrière.

Les yeux fixés sur le rouleau, comme s'il essayait de compter le nombre de billets qu'il contenait, Ollie hocha la tête.

— Vous avez fait de bonnes affaires aujourd'hui à votre pharmacie, M. Vanbuskirk ? questionna-t-il.

Le pharmacien haussa les épaules.

— Mon cher Ollie, si je n'avais que mes bénéfices d'aujourd'hui pour payer mes consommations, je boirais de l'eau avec deux cachets d'aspirine et non du whisky millésimé. Or, je préfère, et de loin, ce délicieux alcool.

Levant son verre, il le porta à ses lèvres et but très lentement, en fermant les yeux, pour savourer tout à loisir son narcotique favori.

La salle était devenue presque silencieuse pendant les quelques instants où Vanbuskirk avait brandi son célèbre rouleau de billets. Cela aussi faisait partie du rituel de la soirée.

Les conversations reprirent, mais le regard de Chet Johnson était toujours braqué sur la liasse qui dépassait ostensiblement de la veste du pharmacien.

Un regard dans lequel il y avait une telle lueur d'envie que Fowler en éprouva un vague sentiment d'inquiétude.

— Un jour, déclara-t-il en se retournant vers Vanbuskirk, quelqu'un cédera à la tentation et vous tendra une embuscade pour vous dérober ce fric. Vous pourriez bien ne pas sortir indemne de la bagarre.

— Tant que vous êtes dans les parages, Sergent, je suis tranquille, répliqua Vanbuskirk. Je suis en sécurité et mon argent ne risque rien. Vous et vos hommes faites un travail magnifique à Trois Rivières. Je vous proposerais bien de trinquer à la santé de notre chère police, mais il faudrait pour cela que vous acceptiez de boire autre chose que cette boisson infecte dont vous vous délectez et qui n'est guère bonne que pour abreuver des adolescents dont le goût n'est pas encore formé.

Sur ces mots, il finit son verre jusqu'à la dernière goutte et fit signe à Ollie de lui remettre ça.

En revenant vers le comptoir avec son plateau, Sue Johnson fit un détour pour ne pas passer à proximité des grandes mains du pharmacien. Elle le connaissait depuis assez longtemps pour savoir que, lorsqu'il avait bu, il ne manquait pas une seule occasion de la pincer ou de lui faire des propositions d'un goût douteux. Au passage, elle lui jeta à peu près le même regard qu'elle devait jeter à un reste de ragoût oublié depuis plusieurs semaines dans un coin de sa cuisine.

Ollie servit avec empressement un autre double scotch.

— Personne ne devrait se promener avec un paquet de billets assez gros pour acheter même la conscience du plus saint des anachorètes, déclara-t-il sur un ton sentencieux.

— Comme je ne fréquente aucun anachorète, vous n'avez pas à vous inquiéter, mon cher Ollie, rétorqua Vanbuskirk. D'ailleurs, plutôt que de vous occuper de mes finances, vous feriez mieux de vaquer à votre commerce. Je suis assez grand pour savoir ce que je fais.

Le tenancier s'empourpra et, d'un geste brusque, reposa la bouteille de whisky sur l'étagère derrière lui.

Le pharmacien commençait à être bien parti. Pour connaître les différentes phases d'excitation et d'abattement par lesquelles il allait passer, il suffisait d'ouvrir un livre de médecine au chapitre « alcool », songea Fowler en se levant.

— Je vous remercie de votre confiance en la police de Trois Rivières, Van, dit-il avec un sourire réprobateur, mais néanmoins je persiste à croire qu'il serait préférable que vous déposiez vos économies dans une banque. Il existe des comptes rémunérés, vous savez.

— J'en ai entendu parler, acquiesça le pharmacien. Néanmoins, je préfère garder mon argent sur moi. Sa présence me rassure.

Fowler se leva de son tabouret. Lorsque Ollie éteindrait les lumières, à une heure du matin, Vanbuskirk serait toujours là, affalé sur le bar. Il buvait comme cela depuis deux ans, depuis que sa femme était morte dans un accident de la route. Un accident provoqué par un chauffard complètement ivre. Les destinées, parfois, se rejoignaient d'une bien étrange façon, songea Fowler. Après la disparition de sa femme, Vanbuskirk avait sombré dans l'alcool, comme l'homme qui avait été à l'origine de son malheur. Aujourd'hui, ce n'était plus qu'une baudruche creuse, qui s'efforçait de remplir avec du whisky l'immense vide qui était en lui et qui se servait de son rouleau de billets de banque pour se donner l'illusion qu'il était encore un homme important. Quant à sa pharmacie, sa clientèle s'amenuisait de jour en jour. Il y avait même des gens qui préféraient faire vingt kilomètres, jusqu'à la ville la plus proche, plutôt que d'aller chercher leurs médicaments chez un ivrogne notoire.

Avant de quitter l'*Oasis*, le policier fit le tour de la salle et échangea quelques phrases avec tous ceux qui le voulaient bien. Il n'y avait pour ainsi dire que des habitués à l'exception de trois types qu'il n'avait jamais vus et qu'il supposa être soit des représentants en tournée, soit des chauffeurs de poids lourds qui avaient eu envie de faire une virée en ville avant de continuer leur route vers Chicago.

Quand il passa devant Chet Johnson, celui-ci lui rendit son signe de tête et se retourna pour demander à Ollie qu'il lui apporte une autre bière. Lui aussi aurait son compte lorsque Sue terminerait son service. Avec un peu de malchance, la pauvre fille se retrouverait demain avec une ecchymose symétrique à l'œil gauche. Si tel était le cas, il faudrait qu'il ait une conversation avec Chet. Une conversation d'homme à homme, comme on en avait autrefois dans le Far West, qui rappellerait à ce petit tyranneau que la vie en société exige le respect d'un certain nombre de règles élémentaires. Il avait des problèmes, sans doute, mais ce n'était pas Sue qui en était la cause. Au contraire. Si elle était obligée de travailler, c'était pour l'aider à acheter le semi-remorque qui lui permettrait de s'établir à son compte et de quitter le service d'expédition où il rongeait son frein. Lorsqu'il aurait atteint ce but, Sue rangerait définitivement son tablier de serveuse et ils pourraient alors vivre de la façon dont Chet lui avait promis qu'ils vivraient le jour de leur mariage.

Tout le monde a ses problèmes, songea-t-il en sortant du bar et en humant l'air tiède et parfumé de la nuit. Les visages de sa femme et de ses deux garçons passèrent devant ses yeux et il sourit malgré lui. Enfin, presque tout le monde, corrigea-t-il.

Il continua sa tournée des bars, comme tous les autres soirs de la semaine, buvant à chaque fois son sempiternel Coca-Cola et refusant invariablement les consommations alcoolisées que les uns ou les autres éprouvaient le besoin de lui offrir. Partout, il bavardait avec ceux qui le voulaient bien et adressait un signe de tête amical aux autres.

Bien entendu, le sergent Fowler ne passait pas l'intégralité de ses huit heures de service dans les bars. Il se concertait aussi avec ses subordonnés chaque fois qu'il les rencontrait, vérifiait au hasard quelques-unes des grilles des magasins de la Grande Rue afin de s'assurer qu'elles n'avaient pas été forcées, et faisait une halte à la permanence des pompiers. En passant, il jetait également un coup d'œil dans les ruelles sombres et, souvent, il se contentait de ralentir à côté des voitures en stationnement, car il savait que la vue de son gyrophare suffisait en général pour rappeler à la raison ses concitoyens un peu trop entreprenants.

Après une demi-douzaine de Coca-Cola dans des bars et des boîtes de nuit plus bruyants les uns que les autres, il ne fut pas mécontent de voir les aiguilles de sa montre se joindre au sommet du cadran. C'était l'heure de sa pause repas. Il reprit sa voiture et se rendit au country club où il commanda un hamburger et du café. La plupart des membres du club appréciaient sa visite quotidienne, bien qu'il ait dû, quelques mois plus tôt, interdire les trois machines à sous que le patron du club avait fait installer en infraction avec la législation sur les jeux de hasard.

Minuit et demi. Dans une demi-heure, tous les débits de boissons devraient fermer leurs portes, conformément à la loi en vigueur dans l'État souverain de l'Indiana. Pendant les vingt-trois heures suivantes, il ne se passerait rien, comme d'habitude le dimanche. Tout serait fermé pendant toute la journée, à l'exception des églises et de la piscine municipale, qui, exceptionnellement, avait reçu l'autorisation d'ouvrir le dimanche après-midi.

L'heure de la fermeture était le moment critique, car, parfois, certains buveurs impénitents se rebellaient contre le brusque tarissement de la source de leur boisson favorite.

Fowler décrocha son téléphone et appela Max, l'homme qui était de permanence au poste.

— R.A.S., lui annonça Max en utilisant le style télégraphique en usage dans la police.

Aucun délit n'avait été relevé et il n'y avait aucun pensionnaire dans la prison municipale. (Il s'agissait là d'une simple remarque de routine, car cela faisait plus de trois mois que personne n'avait été hébergé dans ladite prison.)

— Tout « baigne dans l'huile », Sergent, conclut Max avant de raccrocher.

Fowler se gara devant l'*Oasis* et entra dans le bar voir si Ollie n'avait pas besoin du soutien moral et physique de la loi pour convaincre ses derniers clients que l'heure des libations était passée et qu'il était temps de sacrifier au sacro-saint rituel du repos dominical.

Pas ce soir.

Presque tout le monde était déjà parti. Au comptoir, il ne restait plus que Vanbuskirk. Les deux mains agrippées à son verre vide, il n'était plus capable de faire un mouvement, mais il avait encore la force de réclamer à boire et de se plaindre qu'on le laissait mourir de soif.

— C'est fini, Van, lui dit Ollie avec ce calme et cette patience que tous les barmen du monde savent garder pour leurs vieux clients à l'heure de la fermeture. Le moment est venu de rentrer chez vous. Dans moins de huit heures, il va vous falloir ouvrir votre pharmacie.

— Vous ne voulez plus me servir ? répondit-il en

détachant chacun de ses mots avec un soin excessif. Bon, comme vous voudrez. Vous ne le savez peut-être pas, mais il me reste encore toute ma pharmacopée. Des milliers de bouteilles et de flacons d'extraits de plantes additionnés de bon alcool qui n'attendent que mon bon plaisir sur les étagères de mon officine. Et n'importe lequel d'entre eux a meilleur goût que cet atroce vomitif dont vous avez eu le front de m'abreuver depuis plus d'une heure. Autrefois, on aurait pendu l'infâme tenancier qui aurait eu le toupet de servir sous le noble nom de whisky un liquide aussi frelaté. On aurait même...

Une série de hoquets mit un terme à sa tirade et il fit tourner son verre entre les paumes de ses mains, en cherchant si quelques gouttes du précieux liquide ne s'étaient pas dissimulées sous les deux ou trois particules de glace non encore fondues. Finalement, en désespoir de cause, il sortit son rouleau de billets de sa poche, en tira une nouvelle coupure de cent dollars et la jeta d'un geste qui se voulait royal, mais ne réussit qu'à faire tomber le billet à côté du comptoir.

Ollie se baissa pour le ramasser et le remit dans la poche du pharmacien.

— Grâce à Dieu, vous avez une bonne provision d'aspirine chez vous, déclara-t-il tout en faisant signe au policier de venir à son aide. Vous voulez bien me donner un coup de main, Sergent ?

— Vous devriez mettre des roulettes à son tabouret, suggéra Fowler. Au moins, je n'aurais pas à le porter jusque chez lui. Cela m'arrive si souvent depuis quelque temps, que je vais pouvoir bientôt me faire embaucher comme fort des halles.

— Je préférerais plutôt qu'il s'abstienne de venir ici, répondit Ollie. Cela nous épargnerait des ennuis à tous les deux. Il se promène avec une rançon de roi dans sa poche, mais, en fait, ce n'est jamais qu'un vulgaire poivrot.

— Vous ne méprisez pas autant ses dollars, fit observer Fowler sur un ton ironique.

Ollie haussa les épaules.

— Je fais mon métier. Les siens ou ceux d'un autre... Vous pensez sans doute que je ne devrais pas faire la fine bouche, mais, à la vérité, cela ne me plaît guère qu'un type boive en un soir l'équivalent d'un mois de salaire pour des hommes comme vous et moi. Ce n'est pas sain. Pourriez-vous le lui expliquer, Sergent, et lui conseiller, par la même occasion, de ne plus remettre les pieds chez moi ?

— Ce n'est pas mon job, Ollie, rétorqua sèchement Fowler. Vous n'aurez qu'à le lui expliquer vous-même, lundi soir, lorsqu'il reviendra s'asseoir à votre comptoir. Allez, Van, on y va !

Prenant le pharmacien par les épaules, il le força à se lever et, moitié le tirant, moitié le portant, il lui fit traverser la salle puis le guida jusqu'à la voiture de patrouille.

Après l'avoir assis sur le siège passager, il se mit derrière son volant et parcourut les quelques centaines de mètres qui séparaient l'*Oasis* de la pharmacie de Vanbuskirk. Là, il le chargea sur son épaule et fit le tour du bâtiment. Ce n'était pas la première fois qu'il effectuait cette opération et il commençait à connaître les lieux presque aussi bien que s'il en avait été le propriétaire. Comme d'habitude, la clef de la porte de derrière était dans l'une des poches de la veste de Vanbuskirk. Il ouvrit, poussa le battant et déposa son fardeau sur une sorte de bat-flanc fixé à l'un des murs de l'arrière-boutique et qui, à l'origine, avait été conçu pour recevoir les gens pris d'un malaise inopiné. Vanbuskirk grogna dans son sommeil et le policier, après l'avoir aidé à s'allonger, prit la peine de lui dénouer ses lacets et de lui enlever ses chaussures afin qu'il soit installé plus confortablement. Confort tout relatif et qui ne durerait guère, se dit-il en jetant un coup d'œil à sa montre. Dans quelques heures, les premiers enfants qui se rendaient à l'école du dimanche passeraient devant la pharmacie et leurs cris et leurs rires ne manqueraient pas de le tirer de sa léthargie. Ensuite, il ne se rendormirait sûrement pas et tout son stock d'aspirine ne suffirait pas pour apaiser les maux de tête qu'il allait avoir. Comme le rouleau de billets dépassait de sa poche et devait ajouter à l'inconfort de sa position, Fowler essaya de le prendre avec l'intention de le déposer dans le tiroir du bureau, mais dès que le pharmacien sentit ses doigts se poser sur son argent, il se redressa d'un bloc, en se débattant et donnant des coups de poings en tout sens, avec le regard affolé d'un homme en train de se noyer.

— Bon, bon, je ne vais pas te le prendre, grommela le sergent en reculant d'un pas pour éviter ses coups. Si tu as envie de te faire des bleus sur ta fortune, libre à toi. Après tout, ce n'est pas mon problème.

Il le fit se rallonger, étendit une couverture sur lui, s'assura qu'il y avait une lampe-torche à côté de lui, au cas où il aurait à répondre à un appel urgent au milieu de la nuit (au fond de lui-même, il fit une courte prière pour qu'aucun malheureux n'ait besoin de ses services), et mit la sonnerie du réveil à huit heures et demie.

Ses obligations de valet de chambre terminées, le policier quitta la pharmacie et referma la porte derrière lui. Puis, après avoir donné deux tours de clef, il glissa celle-ci dans la boîte aux lettres et se dirigea sans se presser vers sa voiture. Son service était presque fini et il pouvait se permettre de souffler un peu.

En fait, la corvée de devoir ramener le pharmacien tous les soirs chez lui ne l'ennuyait pas outre mesure. Ce qui le tracassait, c'était que cet imbécile était en train de se tuer à petit feu. Et cela, il n'arrivait pas à l'accepter. Pour lui, la vie était un don de Dieu, et seul Dieu avait le droit d'en disposer.

Enfin, dans deux heures et demie, il serait en vacances pour trois jours. Quand il avait des congés de courte durée, il avait l'habitude d'emmener sa femme et ses enfants au Lac Bleu où il avait acheté un petit bungalow. Les jumeaux passeraient toute la journée à se baigner et jouer dans l'eau sous le regard attentif de leur mère, pendant que lui réviserait ses cours de psychologie et préparerait ses examens pour devenir lieutenant. La police de Trois Rivières avait autant besoin d'un lieutenant que Monaco a besoin d'un généralissime ou la Suisse d'un amiral de la flotte, mais c'était un but qu'il s'était fixé pour lui-même. Ne serait-ce que par conscience professionnelle, il estimait devoir se perfectionner dans son métier.

Se faire muter ensuite dans une ville plus grande ? A Chicago ? En fait il n'en avait pas vraiment envie et il avait tout le temps d'y penser, se dit-il en se garant devant le poste. Pour le moment, il lui suffisait de rêver au Lac Bleu, au soleil sur ses épaules et aux cris joyeux de ses enfants sur la plage, tandis qu'il savourerait une bière bien fraîche sous le porche du bungalow. Ses cours ne l'ennuyaient pas et il les étudiait au moins autant pour le plaisir que pour monter en grade.

Il gravit les marches en béton conduisant au poste de police de Trois Rivières et poussa la porte vitrée. Max leva les yeux et un large sourire éclaira son visage.

— Ça y est, Chef ? Toutes les maisons de débauche sont fermées ?

— Tout est fermé, Max, acquiesça Fowler. Le bourbon et le whisky ont coulé à flots cette nuit, et aujourd'hui il y aura des yeux rouges et des paupières lourdes à la grand-messe.

Il s'assit dans un fauteuil et bâilla longuement en s'étirant.

— La semaine a été longue, commenta-t-il. Toutes les nuits, il a fallu que je ramène Vanbuskirk chez lui, ivre mort. Ce pauvre Van va finir par y laisser sa santé et tout son argent, mais pour moi cela me permet de faire un peu d'exercice, ce dont j'ai grandement besoin.

— Vous croyez qu'il va lui arriver quelque chose, Sergent ? questionna Max.

Fowler haussa les épaules.

— Il lui arrivera ce qui nous arrivera à tous un jour ou l'autre, répliqua-t-il. Pour lui, ce sera peut-être simplement un peu plus tôt. J'aimerais bien pouvoir faire quelque chose pour l'aider, mais je ne vois vraiment pas quoi. Et puis, il y a cette histoire de rouleau de billets qu'il sort de sa poche à chaque instant. C'est une véritable invitation au crime, mais il ne veut rien entendre à ce sujet. Sans doute a-t-il besoin de paraître riche aux yeux des autres. C'est une façon d'exister encore un peu. Mais, un jour ou l'autre, Max, quelqu'un l'attendra au coin d'une rue.

— Je ne vois pas ce qui vous inquiète, Sergent, fit observer Max. Vu l'état dans lequel il rentre chez lui chaque soir, n'importe qui pourrait le délester de son magot sans même qu'il s'en rende compte.

— C'est là justement où tu te trompes, le contredit Fowler en secouant la tête. Même ivre mort, Van réagira avec violence si quelqu'un tente de toucher à son trésor. C'est une sorte de viatique pour lui, l'une des dernières choses auxquelles il se raccroche sur cette terre. Et s'il rencontre un voyou déterminé, je suis persuadé qu'il ne s'en sortira pas indemne.

Le policier se leva et se mit à marcher de long en large en fronçant les sourcils.

— Vois-tu, Max, je serais peut-être mieux à Chicago. Là-bas, au moins, je pourrais être un vrai flic, comme à la télé. Je rêve de pouvoir écouter les dépositions de gens que je ne connais pas et de passer les menottes à des types que je n'ai jamais vus. Ce serait tellement plus reposant...

— Peut-être, concéda Max, mais ce ne serait pas la même chose pour Trois Rivières. Votre départ...

La sonnerie du téléphone l'interrompit. Il décrocha et déclina machinalement ses nom, grade et qualité avant d'écouter ce que la personne à l'autre bout du fil avait à lui dire.

— Bien, madame Osborne, je vous remercie de votre appel, déclara-t-il quand elle eut terminé. Ne vous inquiétez pas, nous allons nous en occuper tout de suite.

— Pourquoi diable cette vieille pie nous téléphone-t-elle à deux heures du matin ? questionna Fowler dès que Max eut raccroché.

Mme Osborne était l'épicière qui tenait le magasin juste en face de chez Vanbuskirk.

— En jetant un coup d'œil par la fenêtre de sa chambre, elle a aperçu une lueur dans la pharmacie, expliqua Max. Elle m'a dit qu'elle était inquiète et se demandait s'il n'y avait pas un début d'incendie.

Le sergent haussa les épaules.

— Sans doute des phares qui se sont reflétés dans la vitrine, grommela-t-il. Et puis, pourquoi n'a-t-elle pas d'abord appelé les pompiers, puisqu'elle croyait qu'il y avait le feu ? Ce serait un excellent exercice pour ces chers petits. Enfin...

Il secoua la tête et soupira.

— Je vais quand même aller faire un tour jusque là-bas et m'assurer que Vanbuskirk continue de dormir comme un bienheureux. A tout à l'heure, Max.

Il remonta dans sa voiture, fit demi-tour et reprit la direction du centre ville. Le traditionnel repos dominical avait commencé et il n'y avait plus ni bruit, ni mouvement dans les rues de Trois Rivières. Au loin, la vie continuait sur l'autoroute, parcourue inlassablement par une multitude de lourds semi-remorques, ces géants de la route américains, qui, nuit et jour, traversent le continent et ravitaillent les grandes métropoles.

Quelques minutes lui suffirent pour arriver à la pharmacie et il se gara juste devant la porte. En face, au-dessus de l'épicerie, une lumière brillait et on distinguait une vague silhouette derrière le rideau de l'une des fenêtres de Mme Osborne. La vieille pie était à son poste et Fowler lui adressa un signe de la main pour lui signifier qu'elle pouvait aller se recoucher.

Il prit sa lampe de poche et regarda à l'intérieur de l'officine. Tout semblait normal, mais il y avait une petite lueur qui brillait au-dessus de la demi-cloison séparant le magasin de l'arrière-boutique où il avait déposé Vanbuskirk un peu plus tôt.

Tout de suite, le policier pensa à la lampe-torche qu'il avait laissée à portée de main du pharmacien. Dans son sommeil, il pouvait très bien l'avoir allumée par inadvertance, à moins qu'il ne se soit levé pour aller prendre de l'aspirine ou répondre à un coup de téléphone et qu'il l'ait oubliée. Dans l'état où il devait être encore, une telle distraction n'avait rien d'extraordinaire.

Par acquit de conscience, il fit le tour du bâtiment et manœuvra la poignée de la porte. Elle était toujours fermée et rien ne semblait avoir bougé depuis une heure. Il frappa deux ou trois coups, puis écouta. Rien. Aucun bruit. Pas même les ronflements d'ordinaire sonores du pharmacien. Il hésita, puis, par réflexe routinier, décida d'achever le tour de l'officine en inspectant avec sa lampe de poche les fenêtres et les soupiraux du bâtiment.

Sur le côté le plus sombre de l'officine, le faisceau lumineux de sa lampe disparut dans un rectangle noir. L'un des soupiraux du sous-sol avait été forcé et arraché de ses gonds. Le policier s'accroupit et regarda à l'intérieur. La cave était encombrée de cartons et de caisses, dans un désordre indescriptible. Dans un coin, un tas de boulets d'anthracite voisinait avec une chaudière d'un modèle déjà ancien. Tout était recouvert d'une fine couche de poussière noire.

Il passa ses jambes par l'ouverture et se laissa tomber sur le sol en béton. Après tout, songea-t-il, son uniforme avait déjà besoin d'être nettoyé...

Sur le sol, il y avait des empreintes de pas qui partaient du soupirail et se dirigeaient vers l'intérieur de la cave. Une seule série de traces. L'homme qui était entré avant lui était peut-être encore dans l'officine, à moins qu'il ne fût ressorti par la porte de derrière, comme lui-même l'avait faire une heure plus tôt. S'il était toujours dans les lieux, les coups qu'il avait frappés à la porte avaient dû le mettre sur ses gardes.

Avant de suivre le chemin tracé dans la poussière noire, il fit donc passer sa lampe de poche dans sa main gauche et dégaina son pistolet. Au pied de l'escalier, il s'arrêta pour mémoriser les cartons qui encombraient les marches, puis éteignit sa lampe de poche et entreprit de gravir les degrés un à un en s'efforçant de ne pas faire craquer les planches de bois. Une fois arrivé en haut, il chercha à tâtons le bouton de la porte et le tourna lentement, en faisant le moins de bruit possible.

Chewing-gum. Une odeur douceâtre de chewing-gum flottait dans l'officine. De la menthe ? Non, plutôt de l'essence de wintergreen. Oui, c'était cela...

Silencieux et immobile, il regarda autour de lui. Hormis la lumière de la lampe-torche de Vanbuskirk, l'officine était plongée dans le noir et les étagères couvertes de médicaments se détachaient à peine dans la pénombre. Il n'y avait aucun mouvement, ni aucun bruit de respiration.

L'interrupteur principal se trouvait à côté de la porte de derrière. Avec prudence, Fowler progressa dans sa direction, le doigt sur la détente et le pouce de sa main gauche sur le bouton-poussoir de sa lampe de poche. Mais il n'avait pas fait trois pas, lorsque, tout d'un coup, son pied glissa. Il jura et, en essayant de reprendre son équilibre, lâcha sa lampe de poche. Pour la discrétion, c'était réussi ! Courbé en deux, il se précipita vers l'interrupteur et un flot de lumière illumina l'officine.

Vanbuskirk gisait par terre, à côté du bat-flanc sur lequel il l'avait aidé à se coucher une heure plus tôt. Au milieu d'une véritable mare de sang.

Fowler jeta un coup d'œil à ses chaussures. Non, ce n'était pas dans du sang qu'il avait glissé, mais dans le liquide huileux qui s'était répandu autour d'une bouteille cassée. Le meurtrier était sans doute déjà loin maintenant...

Il s'agenouilla, trempa le bout de son doigt dans le liquide et le porta à ses narines. C'était bien de là que provenait cette odeur de chewing-gum qu'il avait remarquée en ouvrant la porte de la cave. Il regarda l'étiquette de la bouteille cassée et lut à haute voix :

« Essence de wintergreen (gaultheria, salicylate de méthyle), USP, produit de synthèse. »

Il se releva, décrocha le combiné du téléphone en prenant soin de ne pas effacer les empreintes digitales que le meurtrier avait peut-être laissées sur l'appareil et composa le numéro du poste de police.

— Max, c'est Fowler. Appelle le shérif et dis-lui de sortir de son lit. Il faut qu'il vienne tout de suite à la pharmacie de Vanbuskirk. Qu'il passe par la porte de devant. Elle sera ouverte. Van a été assassiné. Et puis, appelle également le labo du comté. Nous allons avoir besoin de leurs services.

Après avoir raccroché, il alla jusqu'à la porte donnant sur la Grande Rue et la déverrouilla. Ensuite, il retourna dans l'arrière-boutique. Le corps de Vanbuskirk était encore tiède. Bien sûr, le rouleau de billets n'était plus dans sa poche.

Il retourna le cadavre et un cri de surprise s'échappa de ses lèvres. Non seulement le pharmacien avait eu la gorge tranchée, mais en plus son agresseur l'avait frappé plusieurs fois à la poitrine. Cela expliquait l'importance de la mare de sang. Il avait été littéralement saigné à blanc. De surcroît son visage était meurtri en plusieurs endroits, comme s'il avait été frappé à coups de poings ou à l'aide d'un objet contondant. Vanbuskirk s'était donc battu pour défendre son magot. Avant d'être poignardé. Ce n'était pas là le travail propre et net d'un tueur, mais plutôt l'acharnement d'une bête sauvage rendue folle par la résistance de sa victime.

Dix minutes à peine s'étaient écoulées, lorsqu'une voiture surmontée d'un gyrophare arriva sur les chapeaux de roues et s'arrêta dans un crissement de freins. Le shérif en descendit et se précipita à l'intérieur de l'officine. Sur le moment, Fowler crut que son chef avait troqué son uniforme contre le genre de tenue que feu le président Truman portait quand il était en vacances en Floride : chemisette bariolée et bermuda assorti, mais comprit qu'il s'agissait simplement de son pyjama. Il avait quand même pris la peine d'enfiler ses pantoufles, avant de sauter dans sa voiture. Si jamais un journaliste venait à passer par là, cela ferait un beau cliché dans les journaux...

— Où est-il, Sergent ? questionna-t-il en faisant un visible effort pour garder sa maîtrise de soi.

Fowler lui fit signe de le suivre dans l'arrière-boutique.

Le shérif resta d'abord silencieux, puis il secoua la tête.

— C'est... c'est horrible, bredouilla-t-il. Qui a bien pu faire une chose pareille ?

— Quelqu'un qui s'est dit qu'il pouvait gagner un joli paquet d'argent, net d'impôts, sans se fatiguer beaucoup, répondit Fowler.

En quelques phrases rapides, il rendit compte à son chef du coup de téléphone de Mme Osborne, de la découverte du soupirail fracturé et des traces de pas sur la poussière noire de la cave.

— Vous devez bien avoir un ou deux suspects plausibles, suggéra le shérif. Ce n'est pas là un crime de « rôdeur non identifié », pour employer l'expression consacrée, et vous connaissez les gens de Trois Rivières depuis trop longtemps pour ne pas avoir une idée derrière la tête.

— Oui, acquiesça Fowler, mais pour le moment, il est encore trop tôt pour parler de suspects. J'ai simplement quelques questions à poser à certains de nos honorables concitoyens. A Ollie, le patron de l'*Oasis*, par exemple. A propos, savez-vous quel est le nom de famille d'Ollie, Chef ?

Le shérif haussa les épaules.

— Je n'en ai pas la moindre idée, Read. Depuis trente ans que je suis ici, je l'ai toujours entendu appeler « Ollie ». Vous croyez que c'est lui qui a fait le coup ?

— Peut-être, répondit Fowler. Bien que je ne voie pas pour quel mobile il aurait commis un crime aussi horrible. Pas pour l'argent, en tout cas. L'*Oasis* est l'une des boîtes qui marchent le mieux en ville et ses revenus doivent être plus que confortables.

Machinalement, il feuilleta l'annuaire du téléphone.

— L'*Oasis*... Voyons... Ah oui, je me souviens

maintenant qu'il avait un nom écossais. Ollie MacGregor.

— Ollie avait peut-être une raison secrète d'en vouloir à Vanbuskirk ? suggéra le shérif.

— Une raison secrète de lui en vouloir ? répéta Fowler. Je ne crois pas. Par contre, Vanbuskirk ne manquait jamais une occasion de remettre Ollie à sa place et il y a des blessures d'amour-propre qui se pardonnent difficilement. Ce matin, à l'heure de la fermeture, Ollie m'a dit qu'il en avait plus qu'assez de le voir tous les soirs ivre mort à son comptoir et qu'il préférerait ne plus jamais le voir franchir le seuil de son établissement. Il m'a même demandé de le lui conseiller, ce que j'ai refusé bien entendu.

— Vous-même, vous n'aviez pas beaucoup de sympathie pour lui, Read, fit observer le shérif.

Fowler hocha la tête.

— L'hiver dernier, il a failli rendre malade mes jumeaux avec une décoction qu'il avait préparée dans un état second. Si cela s'était mal terminé, j'avoue que...

— Oui, mais il n'en est rien résulté de tragique, l'interrompit le shérif. Nous pouvons donc vous barrer de la liste des suspects. Qui d'autre voyez-vous ?

— Sue Johnson. A plusieurs reprises, Vanbuskirk lui a fait des propositions pour le moins outrageantes, des propositions qui avaient le don de la mettre en fureur. Une fois, je l'ai même vu essayer de l'embrasser contre son gré. La gifle qu'elle lui a donnée a résonné dans toute la salle, mais il était tellement ivre que c'est tout juste s'il s'en est aperçu.

— Ce qui, tout naturellement, nous conduit à son mari.

— Oui, acquiesça Fowler. D'autant plus que Chet est connu pour son tempérament irascible. Il faudra que je l'interroge, tout comme Sue. D'ailleurs, il va falloir sans doute également que je mette sur la sellette tous les habitués de l'*Oasis*. Il y a au moins cinquante ou soixante personnes qui ont vu ce rouleau de billets hier soir. Un type qui dépense son dernier dollar sur sa douzième bière peut très bien perdre la tête lorsqu'il voit un ivrogne brandir un paquet de dollars suffisant pour acheter une citerne de son poison favori. Une liste qui n'a rien d'exhaustif, car il n'y a probablement pas un seul pilier de bar de ce côté-ci de la Wabash qui n'ait pas entendu parler au moins une fois du magot de Vanbuskirk. Il ne sera pas facile de confondre l'assassin au milieu de toute cette foule.

— Nous avons ces empreintes de pas dans la cave, suggéra le shérif.

— Bien sûr, mais tous nos suspects potentiels ont des pieds et il est facile de se débarrasser d'une paire de chaussures.

Il jeta à nouveau un coup d'œil dans l'annuaire du téléphone et nota sur un bout de papier les adresses d'Ollie MacGregor, de Sue et Chet Johnson.

— Bon, il faut que j'aille réveiller tous ces braves gens, maintenant, murmura-t-il d'une voix lasse.

— De mon côté, je vais appeler le journal, déclara le shérif. Si jamais je les laisse rater un pareil scoop, ils nous en voudront à mort et avec les élections dans moins de six mois, ce n'est vraiment pas le moment de nous mettre la presse à dos.

Fowler hocha la tête.

— Et j'espère bien qu'ils n'auront pas un autre meurtre à se mettre sous la dent avant longtemps ! Nous avons besoin de tous nos électeurs... En décrochant le combiné, faites attention de ne pas effacer d'éventuelles empreintes digitales, Chef. Dans une enquête de ce genre, il ne faut négliger aucun indice matériel.

— Quel est le nom déjà de cette substance qui

sent le chewing-gum ? questionna le shérif en jetant un coup d'œil à la flaque huileuse autour de la bouteille cassée.

— De l'essence de wintergreen, répondit Fowler. Il se pourrait que cette odeur douceâtre nous aide à retrouver le type qui a fait le coup.

Contournant le cadavre du pharmacien, il passa rapidement en revue les médicaments rangés sur l'étagère au-dessus du bat-flanc. Il y avait une autre bouteille d'essence de wintergreen. Il la prit et la montra au shérif.

— Tenez, celle-ci est intacte... Le meurtrier a dû faire tomber l'autre bouteille dans sa bagarre avec Vanbuskirk. Même ivre mort, Van ne supportait pas qu'on touche à son magot. J'ai pu m'en rendre compte moi-même quand je l'ai ramené de l'*Oasis*.

Après s'être assuré que le bouchon était bien fermé, il mit la bouteille dans la poche de sa veste.

— Qu'est-ce que vous voulez en faire? questionna le shérif en le regardant avec curiosité.

— Le type qui a poignardé Vanbuskirk n'avouera jamais, à moins que nous ne réussissions à rassembler des preuves matérielles écrasantes contre lui ou que je trouve un moyen de lui faire perdre son sang-froid au cours de l'interrogatoire, expliqua-t-il. Cette bouteille d'essence de wintergreen sera peut-être l'une des pièces à conviction qui m'aideront à le faire craquer. Si cela ne suffit pas, il nous restera les empreintes de pas dans la cave et toutes les autres empreintes que nous pourrons relever à l'intérieur et à l'extérieur de la pharmacie.

— Bien, Read, acquiesça le shérif. J'ai toujours apprécié vos méthodes, même si, parfois, elles ne sont pas très conventionnelles. Je vous souhaite bonne chance et, si vous échouez, nous en reviendrons aux bonnes vieilles recettes et au fastidieux travail de fourmi qui est notre lot habituel.

— Merci, Chef. Il me faudra une heure ou deux, tout au plus, pour effectuer mes petites vérifications.

— Vous avez carte blanche.

La main sur la bouteille, Fowler sortit de la pharmacie et regagna sa voiture. Il avait l'impression d'avoir une grenade dans sa poche. Une grenade qui, avec un peu de chance, pourrait bien faire sauter le voile de mystère qui entourait la mort brutale de Van.

***

Ollie MacGregor habitait dans la banlieue sud de Trois Rivières. Tout en roulant, Fowler récapitula ce qu'il savait à son sujet. Ollie avait la réputation d'être âpre au gain et de ne lâcher ses dollars qu'avec parcimonie. Un Écossais typique, en somme... Mais, par ailleurs, tout le monde s'accordait à dire que c'était un gros travailleur et que son sens des affaires n'était entaché d'aucune malhonnêteté. Personne ne lui en voulait donc pour sa réussite. Quand il avait acheté l'*Oasis*, ce n'était qu'une petite brasserie de quartier et, en quelques années, grâce à son talent et de judicieux investissements, il en avait fait le cabaret le plus fréquenté de toute la ville. Avec ses bénéfices, il avait acheté une villa dans « South Crescent », le quartier chic de Trois Rivières où il avait pour voisins des médecins, avocats et autres notables de la petite cité.

En fait, plus il y réfléchissait et plus Fowler se disait que Ollie n'avait rien d'un assassin. S'il avait poignardé Van, c'était dans un coup de colère et sûrement pas pour ajouter quelques centaines de dollars à son compte en banque déjà bien garni. Évidemment, une fois son forfait accompli, il aurait pris le rouleau, d'abord parce qu'il n'était pas du genre à laisser traîner un aussi joli paquet de dollars et ensuite pour donner le change en lançant la police sur la piste d'un rôdeur. Restait à déterminer s'il avait un mobile suffisant pour haïr Vanbuskirk au point de vouloir lui trancher la gorge et le larder de coups de poignard pour faire bonne mesure. Pour accumuler une telle haine contre quelqu'un, il fallait plus que de simples petites blessures d'amour-propre.

Fowler se gara devant la villa d'Ollie MacGregor, descendit de voiture et appuya sur la sonnette. Un harmonieux carillon résonna à l'intérieur. A South Crescent, plus aucune maison n'était équipée de ces sonneries aigres et stridentes qui vous percent les tympans. De même que la piscine et la cuisine intégrée, un carillon musical faisait partie des « éléments de standing » obligatoires.

Au bout de quelques instants, il y eut un bruit de pas à l'intérieur et une lampe puissante s'alluma au-dessus de la porte, puis, retenu par une chaîne, le battant s'entrebâilla de quelques centimètres.

— Ollie MacGregor ? questionna Fowler, aveuglé par la lumière.

Aussitôt, le patron de l'*Oasis* décrocha la chaîne et ouvrit la porte complètement.

— Entrez, Sergent... Que se passe-t-il ? Il y a le feu à l'*Oasis* ? questionna-t-il avec une visible inquiétude.

« Bizarre comme les gens pensent tout de suite au feu quand on les réveille au milieu de la nuit, songea Fowler. Il doit y avoir quelque chose de freudien là-dedans. »

— Rassurez-vous, il ne s'agit pas du tout de votre brasserie, monsieur MacGregor, répondit-il. Je voudrais seulement vous poser quelques questions.

— M. MacGregor ? répéta Ollie avec surprise. Que signifie ce ton officiel, Sergent ? Auriez-vous quelque chose à me reprocher ? Je n'ai jamais eu aucun ennui avec la régie des alcools et j'ai toujours payé dans les délais ma licence ainsi que toutes les taxes fédérales ou municipales. En outre, je n'ai que des amis à la mairie et le maire lui-même...

— Bien sûr, bien sûr, l'interrompit Fowler. Je ne vous ai encore accusé de rien. Mais, si cela ne vous dérange pas, nous serons mieux assis dans un fauteuil pour bavarder.

La porte du salon était ouverte et, sans en attendre l'autorisation, Fowler entra et se cala confortablement dans un profond canapé en cuir. Ollie le suivit et prit place en face de lui.

Il n'était pas tranquille, c'était visible, mais il n'avait pas cet air d'animal traqué auquel on reconnaît un meurtrier qui sent l'étau de la justice se resserrer sur lui. Non c'était plutôt l'inquiétude d'un contribuable à qui l'on vient de signifier l'imminence d'un contrôle fiscal approfondi. Il ne devait pas être aussi en règle qu'il l'affirmait, mais cela n'avait guère d'importance pour Fowler. La seule chose qui comptait pour lui en ce moment, c'était la découverte de l'assassin.

— Quelque chose a-t-il attiré votre attention après mon départ de l'*Oasis* avec Vanbuskirk ? questionna-t-il.

— Non, rien de particulier, répondit Ollie. En dehors du fait que j'étais fatigué. Je le suis toujours, d'ailleurs. Mais cela n'a rien de particulier.

— Personne ne nous a suivis ou fait une remarque à notre sujet ?

Ollie secoua la tête.

— Non, pas que je me souvienne, du moins... Certains de mes clients étaient un peu éméchés, mais je n'ai rien remarqué d'anormal. Il faut dire que j'ai toujours beaucoup de travail au moment de la fermeture...

— Bien sûr... Accepteriez-vous de vous prêter à un petit test, Ollie ? Il suffit pour cela que vous fermiez les yeux pendant quelques instants.

Le patron de l'*Oasis* se pencha en avant et regarda fixement Fowler dans la pénombre.

— J'aurais juré que vous ne buviez que du Coca-Cola, murmura-t-il. A quel jeu jouez-vous exactement, sergent Fowler ?

— Faites-moi plaisir, insista le policier. Fermez les yeux.

Ollie soupira.

— Bon, comme vous voudrez. Mais, je vous préviens, si jamais je m'endors, vous aurez de la peine à me réveiller avant midi.

Fowler prit la bouteille d'essence de wintergreen dans la poche de sa veste, en dévissa le bouchon et la mit sous le nez du patron de l'*Oasis*.

— A votre avis, qu'est-ce que c'est ?

L'Écossais ouvrit les yeux et regarda la bouteille avec méfiance.

— C'est donc cela que vous avez bu ! s'exclama-t-il. Non, merci. Je n'ai aucune envie de goûter à ce truc-là à une heure pareille !

— Je ne vous proposais pas d'y goûter, se défendit Fowler en se rendant compte que sa « petite théorie » n'avait réussi qu'à le mettre dans une situation embarrassante. Je veux seulement savoir si vous connaissez cette odeur.

— Oui, acquiesça-t-il. C'est de la crème de menthe, n'est-ce pas ? A moins que ce ne soit de cette liqueur pour dames dont je ne me rappelle plus le nom... Vous savez, cette longue bouteille verte avec une plante à l'intérieur... Mais, vous n'allez pas me dire, Sergent, que vous m'avez réveillé au milieu de la nuit, un dimanche, pour me faire sentir de l'alcool ?

Fowler revissa le bouchon de la bouteille et la remit dans sa poche.

— Bon, d'accord, Ollie. Changeons de sujet. Quand vous sortez de chez vous, est-ce que vous avez un couteau dans votre poche ?

L'Écossais se leva avec lassitude et se dirigea vers l'escalier.

— Je vous l'apporte tout de suite, déclara-t-il. En même temps, je dirai à ma femme que vous êtes là et que nous avons décidé de jouer aux devinettes jusqu'à l'aube.

Une minute ou deux plus tard, Ollie redescendit, un couteau à cran d'arrêt à la main. Il le tendit à Fowler et soupira.

— Ma femme dort et je n'ai pas osé la réveiller.

Fowler examina le couteau et fit jaillir la lame. Vingt centimètres d'acier aiguisé comme un rasoir.

— Savez-vous que si l'on vous prend avec ça sur vous en ville, vous risquez trois mois de prison et cinq cents dollars d'amende, pour peu que vous tombiez sur un juge qui applique la loi à la lettre ?

— Êtes-vous en train d'enquêter sur tous les quidams qui possèdent des couteaux à cran d'arrêt ou en avez-vous seulement après moi ? s'enquit Ollie avec amertume. C'est d'accord, j'ai enfreint la loi. Donnez-moi mes trois mois, mais faites en sorte que j'aie une cellule avec un lit confortable. Pour une fois, je pourrai au moins me reposer un peu.

Fowler se leva et alla examiner la lame à la lumière de l'entrée.

— Qu'est-ce que c'est que cette tache dans la rainure ? questionna-t-il. De la rouille ?

— Faites voir, dit Ollie en tendant la main.

Sans y réfléchir, Fowler lui rendit l'arme, puis il se souvint de la gorge tranchée de Vanbuskirk et fit un pas en arrière.

— Ce n'est pas de la rouille, Sergent, affirma Ollie. C'est du sang.

— Du sang ? répéta le policier en posant instinctivement la main sur la crosse de son pistolet.

— Oui, acquiesça l'Écossais. Samedi dernier, il a fallu que je coupe la queue des petits boxers de mon beau-frère. Il n'avait pas le cœur de le faire lui-même et il avait peur qu'ils n'aient plus jamais confiance en lui. Si c'était moi qu'ils prenaient en grippe, cela ne lui importait guère.

Fowler lâcha la crosse de son pistolet.

— Excusez-moi de vous avoir dérangé au milieu de la nuit, Ollie, dit-il avec un sourire embarrassé. Cela me gêne un peu, mais, néanmoins, il va falloir que je vous confisque ce couteau à cran d'arrêt. Avec cette nouvelle loi qui vient de passer, je ne puis me permettre de vous le laisser.

— Comme vous voudrez, accepta Ollie en grimaçant. Cependant, je vous préviens que je vais écrire une lettre au procureur pour exiger qu'on me rembourse les vingt dollars que je l'ai payé. J'ai acheté ce couteau un an avant le vote de cette loi et aucune loi ne peut être rétroactive.

Le policier se leva et Ollie le raccompagna jusqu'à sa porte.

— Pourrais-je savoir quel était le but réel de votre visite, Sergent ? questionna-t-il en s'effaçant pour le laisser passer.

— Roger Vanbuskirk a été tué de plusieurs coups de couteau cette nuit, répondit Fowler d'une voix neutre.

— Mon Dieu ! s'exclama Ollie. Le malheureux... Et moi qui avais un couteau plein de sang dans ma poche ! Jamais je ne vais pouvoir me rendormir maintenant !

Une fois de retour dans sa voiture, Fowler déposa le couteau à cran d'arrêt d'Ollie dans la boîte à gants. Il était convaincu que ce n'était pas le patron de l'*Oasis* qui avait fait le coup, mais mieux valait qu'il conserve cette arme. Si nécessaire, il l'enverrait au labo à Indianapolis et, là-bas, ils n'auraient aucune peine à déterminer si le sang dans la rainure était bien du sang de chien.

A sa montre, il était trois heures et demie du matin. Il prit son calepin et chercha l'adresse de

Chet et Sue Johnson. Ils habitaient dans un lotissement de petites maisons mitoyennes, à l'autre bout de Trois Rivières. La ville était déserte et il lui suffit de quelques minutes pour la traverser. Une fois arrivé, il lui fallut encore sonner pendant cinq bonnes minutes, avant qu'on allume à l'intérieur et que l'on consente à lui ouvrir la porte. C'était Sue. Elle avait enfilé à la hâte une robe de chambre rose par-dessus sa chemise de nuit. La raison pour laquelle elle avait tardé à répondre à ses coups de sonnette était évidente. Ses cheveux et son front étaient encore humides, mais l'eau froide qu'elle s'était passée sur le visage n'avait pas réussi à effacer les traces de ses larmes et la rougeur de ses yeux, sans parler de la nouvelle marque violacée qui ornait sa pommette gauche.

— Quel prétexte a-t-il trouvé cette fois, Sue ? questionna Fowler en touchant du doigt l'ecchymose.

La jeune femme secoua la tête.

— Il ne l'a pas fait exprès, Sergent. Il avait bu une bière ou deux de trop et, dans ces cas-là, il suffit d'un rien pour le mettre en colère. Après, il m'a demandé pardon... Les voisins se sont-ils plaints ? Je suis désolée pour le bruit, mais, maintenant, Chet dort et tout est rentré dans l'ordre.

— Je voudrais lui parler.

— Il dort, répéta Sue. Ne pourriez-vous fermer les yeux cette fois encore, Sergent ? Chet n'a pas voulu me faire mal et cela ne se reproduira plus. Vous savez, c'est à cause de cet argent pour acheter le camion. Nous n'avons même pas encore le quart de la somme dont nous avons besoin et, parfois, il perd patience.

— Puis-je entrer, madame Johnson ? s'enquit Fowler.

Sue jeta un coup d'œil vers l'escalier, en direction de la chambre où dormait son mari.

— Bon, d'accord, céda-t-elle à regret. Mais vous n'allez pas l'arrêter, n'est-ce pas ? Il n'a pas voulu me faire mal et s'il fallait qu'il paie une amende, cela ne ferait qu'aggraver notre situation.

— Il n'est pas question de lui faire payer une amende, lui assura le policier.

Il la suivit dans la cuisine-salle de séjour, une pièce longue et étroite, divisée en deux par un bar recouvert de Formica. Cela sentait l'oignon, la pomme de terre sautée et la bière, avec, sous-jacente, une vague odeur d'essence de wintergreen.

Fowler sentit machinalement le bout de ses doigts. Et si ce léger effluve provenait de ses mains et de la bouteille qu'il avait dans la poche ? Il l'avait ouverte et un peu de liquide s'était sans doute répandu sur le goulot. Mais peut-être aussi était-ce Chet qui avait apporté cette odeur sur ses vêtements... après avoir tué Roger Vanbuskirk et lui avoir dérobé son rouleau de billets.

— Puis-je voir votre salle de bains, Sue ? demanda-t-il en se retournant vers la jeune femme.

Surprise, elle ouvrit d'abord la bouche pour refuser, mais, finalement, elle se ravisa et lui fit signe de la suivre dans l'escalier, en l'invitant à ne pas faire de bruit pour ne pas réveiller son mari.

Une fois à l'étage, elle ouvrit la porte de la salle de bains et s'effaça pour le laisser entrer. Fowler alluma la lumière et jeta un coup d'œil dans la douche. Il y avait encore un peu d'eau au fond du bac.

— Chet a pris une douche à son retour ? questionna-t-il.

— C'est moi qui l'y ai obligé, répondit-elle. L'eau froide, c'est encore le meilleur remède pour un homme qui a un peu trop bu. Il ne voulait pas, bien entendu, et c'est dans la dispute qu'il m'a frappée. Rien de bien grave, comme vous voyez.

Le sergent sortit la bouteille d'essence de wintergreen de sa poche et en dévissa le bouchon.

— Avez-vous senti une odeur de ce genre récemment ? demanda-t-il en tendant la bouteille vers elle.

Elle huma le parfum et détourna la tête presque aussitôt.

— Non, cela ne me dit rien, affirma-t-elle. Je n'aime pas cette odeur...

Fowler reboucha la bouteille et la remit dans sa poche.

— La plupart des gens la trouvent plutôt agréable, pourtant, déclara-t-il. Il va falloir que j'emmène Chet au poste, Sue.

— Il ne m'a pas fait vraiment mal, Sergent, protesta-t-elle.

Fowler ne lui répondit pas. Il traversa le couloir, ouvrit la porte de la chambre en face et alluma la lumière.

Chet était allongé en travers du lit, complètement nu, comme s'il n'avait même pas eu la force d'enfiler un pyjama après avoir pris sa douche. La lumière le fit s'agiter et il se frotta les yeux en grognant.

— Lève-toi, Chet, ordonna Fowler.

Il alla prendre ses vêtements qui étaient posés sur le dossier d'une chaise et les lui jeta, après en avoir tâté les poches. Elles ne contenaient ni l'arme du crime, ni le rouleau de billets volé à Vanbuskirk.

Tout d'un coup, Chet retrouva ses esprits et repoussa les vêtements par terre en jurant.

— Qu'est-ce que ça signifie ? On n'a même plus le droit de dormir tranquillement chez soi, maintenant ?

— Habille-toi, Chet, répliqua Fowler sur un ton sec. Tu viens avec moi au poste.

— Je n'ai pas l'intention de porter plainte, Sergent, fit observer Sue depuis le pas de la porte.

Pourquoi voulez-vous donc l'emmener si aucune plainte n'a été déposée contre lui ?

Une fois de plus, le policier ne répondit rien.

Il alla prendre les chaussures de Chet qui avaient été jetées dans un coin de la chambre et examina leurs semelles. A première vue, elles ne portaient aucune trace de poussière de charbon, mais, avec leurs microscopes, les hommes du labo en trouveraient peut-être.

— Pourriez-vous apporter une autre paire de chaussures à votre mari, Sue ? demanda-t-il sans se retourner.

— Pourquoi ne peut-il pas mettre celles-ci ? s'étonna-t-elle en serrant sur elle les pans de sa robe de chambre.

— Je préférerais qu'il en mette d'autres, insista Fowler d'une voix douce, mais ferme.

Sue se mordit les lèvres, puis alla ouvrir un placard et en sortit une paire de chaussures de tennis. Entre-temps, Chet avait commencé à s'habiller, de façon machinale, comme s'il ne s'était pas vraiment rendu compte que ce n'était pas là un réveil ordinaire.

— Puis-je accompagner Chet au poste ? questionna la jeune femme.

— Bien sûr.

Elle rassembla ses sous-vêtements, sa robe de serveuse et passa dans la salle de bains. Quelques instants plus tard, elle réapparut, prête à les suivre. Elle avait pris le temps de dissimuler les ecchymoses de ses pommettes sous une épaisse couche de fond de teint. Le résultat était atroce. Elle avait l'air d'une mégère, alors que, sans maquillage, son visage était frais et encore presque enfantin.

« Pauvre gosse », pensa Fowler.

Les chaussures de Chet à la main, il les précéda dans l'escalier. Sue ferma la maison et, une dizaine de minutes plus tard, ils arrivèrent au poste de police.

Max était toujours là, bien que son collègue du matin ait commencé son service. A leur entrée, il arrêta d'écrire — sans doute achevait-il de rédiger son rapport de la nuit — et leva la tête. En voyant le visage tuméfié de Sue, il eut une moue désapprobatrice. A l'évidence son opinion était déjà faite et ce n'était pas l'air arrogant et agressif de Chet qui pouvait l'inciter à changer d'avis.

— Vous le bouclez, Sergent ?

— Oui, acquiesça Fowler. Afin de l'interroger au sujet du meurtre de Roger Vanbuskirk.

— Pour meurtre ? répéta Chet en bégayant.

D'un seul coup, il retrouva toute sa lucidité et une lueur de panique passa dans son regard. Il se débattit pour essayer d'échapper à la main du policier qui lui tenait le bras, mais ne réussit qu'à se cogner le coude contre l'angle du bureau de Max.

— La nuit dernière, vous êtes bien resté à l'*Oasis* jusqu'à l'heure de la fermeture, n'est-ce pas ? questionna Fowler d'une voix neutre.

— Vous le savez bien !

— Je veux simplement vous demander ce que vous avez vu et entendu là-bas pendant la soirée, expliqua-t-il en lui lâchant le bras et se retournant vers Sue. Madame Johnson, je vous saurai gré d'attendre ici. Il est préférable que je m'entretienne seul à seul avec votre mari. Si vous le désirez, Max va vous préparer du café.

— J'exige un avocat ! s'exclama Chet.

Fowler prit une pièce de monnaie dans sa poche et la lui tendit.

— Il y a une cabine téléphonique payante dans le vestiaire de mes hommes, déclara-t-il. Vous pouvez y appeler qui vous voulez en toute tranquillité.

Nous attendrons l'arrivée de votre défenseur avant de commencer.

Chet regarda la pièce d'un air indécis, puis, tout d'un coup, la renvoya, d'une chiquenaude, au policier.

— Bon sang, je n'ai pas besoin d'un avocat pour vous raconter ce que j'ai vu chez Ollie la nuit dernière ! Allons-y et finissons-en avec cette histoire. Comme cela je pourrai aller me recoucher plus vite.

Fowler le fit entrer dans le bureau du shérif et referma la porte derrière eux sans avoir allumé l'électricité. La pénombre n'était pas totale, cependant, car un peu de lumière parvenait dans la pièce par une imposte vitrée qui donnait sur la grande salle du commissariat.

— Asseyez-vous, Chet, ordonna le policier en prenant place dans le fauteuil du shérif et ouvrant un tiroir pour s'assurer que la lampe-torche de son chef était bien à sa place.

— Vous faites des économies d'électricité ? ironisa Chet avec un sourire un peu contracté. En tant que contribuable, je suppose que je devrais vous féliciter de vos efforts pour réduire les frais généraux de notre chère cité.

— Où êtes-vous allé après avoir quitté l'*Oasis*, Chet ? questionna Fowler.

Le mari de Sue haussa les épaules.

— Où vouliez-vous que j'aille ? Vous savez aussi bien que moi que tous les bars étaient fermés. Je suis rentré à la maison.

— Pendant que vous étiez chez Ollie, avez-vous remarqué que Vanbuskirk avait sur lui un gros rouleau de billets et qu'il le sortait de sa poche chaque fois qu'il devait payer ses consommations ?

— Bien sûr ! Tout le monde a vu ce gros type répugnant brandir son magot. Il jouissait quand il voyait les gens baver d'admiration devant tout ce fric. C'était sa manière à lui de se donner de l'importance, alors qu'il n'était plus qu'une épave et un poivrot.

— Une épave ? répéta Fowler avec surprise. Il buvait, certes, mais dans la journée il exerçait son métier de pharmacien et gagnait sa vie honnêtement.

— Une épave ! l'interrompit Chet en criant presque. Un poivrot qui finissait de boire ses économies et ne gagnait même plus assez d'argent pour payer les charges de sa pharmacie. Un type au bout du rouleau, je vous dis...

Les yeux brillants, il se pencha en avant et poursuivit sur un ton défensif :

— Vous pensez sans doute que ce n'est guère à moi de le juger ? Je sais, il m'arrive de boire un peu trop, mais ce n'est pas pareil. D'abord, je ne bois que de la bière, car je ne peux pas me permettre autre chose. Et puis, si je bois, c'est parce qu'il faut que je reste à l'*Oasis* et veille sur Sue, afin qu'elle ne soit pas importunée par tous les voyous qui fréquentent ce genre de bars.

— A propos, pourquoi l'avez-vous frappée cette nuit, Chet ?

— Frappée ? Je ne l'ai pas frappée. C'est elle qui vous l'a dit ? Elle essaie encore de me faire des ennuis ?

— Pourquoi l'avez-vous frappée ? insista Fowler.

Chet s'empourpra et se leva d'un bond.

— Vous êtes d'accord avec elle, c'est cela, n'est-ce pas ? cria-t-il en perdant toute retenue. Vous essayez de la faire rompre avec moi ! Je commence à comprendre votre manège, Sergent... C'est une jolie fille, un peu déboussolée, et, de votre côté, il y a le prestige de l'uniforme. Qu'importe que vous soyez tous les deux mariés ? Et c'est pour cela que vous traînez tous les soirs chez Ollie, au lieu de faire votre métier !

Chet hurlait maintenant et ponctuait chacune de ses phrases d'un coup de poing sur le bureau. Les veines de son cou semblaient prêtes à éclater et une lueur de folie brillait dans ses yeux.

— Débarrasser le chemin de ce vieil imbécile de Chet, afin que Sue et vous puissiez... Cela ne marchera pas, Fowler ! Vous êtes aussi dépravé et répugnant que Vanbuskirk, mais vous n'allez pas vous en tirer comme cela, je vous le jure ! Je vais...

Tout d'un coup, Fowler se leva, lui braqua le faisceau de la lampe-torche du shérif dans les yeux et jeta contre le mur la bouteille d'essence de wintergreen.

— C'est toi qui l'a poignardé, Chet ! accusa-t-il, tandis que l'odeur douceâtre se répandait dans la petite pièce.

— C'était un maudit salaud, comme toi et tous les autres, et je...

Hors de lui, il sauta sur le bureau en cherchant fébrilement dans sa poche un objet qui ne s'y trouvait plus. D'un revers de la main, Fowler lui assena un coup violent à la tête avec sa lampe-torche et il tomba à genoux par terre, le corps agité de sanglots irrépressibles.

Le policier alluma la lumière et ouvrit la porte.

— Max ! appela-t-il. Apporte ta machine à écrire. M. Johnson désire faire une déposition.

Et Chet raconta tout, sans rien oublier, d'une voix creuse et monotone. Il précisa même qu'ils trouveraient le couteau et l'argent qu'il avait pris à Vanbuskirk dans le réservoir de la chasse d'eau des toilettes de sa maison. Fowler envoya tout de suite Max les chercher. A plusieurs reprises, Chet affirma avec insistance que Sue ne savait rien de ce qu'il avait fait. S'il l'avait frappée, c'était parce qu'elle avait voulu savoir d'où provenait cette odeur douceâtre qui imprégnait ses vêtements, pourquoi il avait du sang sur les mains et pourquoi il voulait tellement prendre une douche à deux heures du matin. Pour le reste, elle n'était au courant de rien.

Vingt minutes plus tard, Max revint avec le rouleau de billets de Vanbuskirk. Ils étaient toujours retenus ensemble par leur gros élastique, mais leur séjour dans l'eau les avait détrempés.

Le policier les examina attentivement, ainsi que le couteau à cran d'arrêt qui avait tué le pharmacien. Il s'agissait d'un modèle presque identique à celui qu'il avait confisqué à Ollie.

— Le couteau était passé dans l'élastique afin de maintenir l'argent au fond du réservoir, expliqua Max.

Fowler fit jaillir la lame et la regarda à la lumière de la lampe.

Une fois que le médecin légiste aurait remis son rapport et donné les caractéristiques probables de l'arme du crime, Ollie aurait eu de gros ennuis, même si c'était bien du sang de chien qui était dans la rainure de la lame de son couteau. Quand on cherche un suspect pour un meurtre, il n'est jamais bon d'être trouvé en possession d'une arme qui aurait pu le commettre.

Fowler reporta son attention sur le rouleau de billets et enleva l'élastique. Le magot de Vanbuskirk... Sur le dessus, il y avait trois billets de cent dollars, mais dessous il n'y avait que des rectangles de papier sans valeur.

— Trois cents dollars... murmura-t-il. Et une fortune en monnaie de singe !

A cet instant, le shérif entra, rasé de frais et impeccable dans son uniforme des dimanches.

— On m'a tout raconté, bravo Read ! déclara-t-il en lui serrant la main chaleureusement.

Il prit l'un des simili-billets que Fowler était en train d'examiner et le regarda à la lumière de la lampe.

« CENT DOLLARS, États-Unis de l'Atlantide, BIL-

LETS FACTICES, sans aucune valeur », lut-il à haute voix.

Il reposa le billet et soupira.

— Ce pauvre Vanbuskirk était encore plus désargenté que nous le pensions, mais il lui restait assez de fierté pour ne pas vouloir que cela se sache. Et, en plus, il éprouvait un malin plaisir à impressionner les pauvres types qui n'ont pas les moyens de s'offrir autre chose que de la bière. On ne devrait pas avoir le droit de tenter les gens comme cela... A la limite, ce serait presque une forme de suicide, par personne interposée, mais je serais surpris si le jury voyait les choses de cette façon. A mon avis, cet imbécile de Chet n'aura aucune circonstance atténuante et il devra payer le maximum. On ne lui pardonnera pas son acharnement sur le corps de sa victime.

A cet instant, ses yeux se posèrent sur les débris de la bouteille cassée et il fronça les sourcils.

— Pourquoi donc avez-vous éprouvé le besoin de parfumer mon bureau à l'essence de wintergreen, Read ? questionna-t-il.

— Pour provoquer un choc psychologique, Chef, répondit Fowler en souriant. Chet est un colérique, un type qui perd facilement sa maîtrise de soi. Cette nuit, quand il s'est introduit dans la pharmacie, il n'avait pas l'intention de tuer, mais seulement de s'emparer du magot de Vanbuskirk. L'ennui, c'est que, dès qu'il a mis la main sur le rouleau, Van s'est réveillé et débattu en lui braquant sa lampe-torche dans les yeux. Chet s'est affolé, l'a poignardé et, dans la bagarre, a fait tomber une bouteille d'essence de wintergreen. Après, lorsqu'il s'est rendu compte qu'il l'avait tué pour une somme dérisoire, il est devenu fou de rage et l'a criblé de coups de couteau. Ayant reconstitué ce qui s'était passé, je me suis dit que le meilleur moyen d'obtenir ses aveux était de le replacer dans les mêmes conditions, les mêmes stimuli devant provoquer les mêmes réactions. Mettre Chet hors de lui n'était pas difficile. La pénombre, la lampe-torche dans les yeux et, pour parachever le travail, le bruit du verre brisé et l'odeur d'essence de wintergreen. La fatigue aidant, son système nerveux a craqué et il a réagi comme il avait réagi quelques heures auparavant. Heureusement pour moi, il n'avait plus son couteau dans sa poche et je n'ai eu aucune peine à le maîtriser.

Le shérif hocha la tête et jeta un coup d'œil à la pendule.

— C'est l'heure du petit déjeuner, Sergent. Votre service est fini et, grâce à Dieu, vous allez avoir trois jours de repos pour vous remettre de vos émotions et recharger vos batteries.

— Oui, acquiesça Fowler, mais, d'abord, je vais devoir affronter les embouteillages de la route du Lac Bleu. Et, ensuite, je ne pourrai même pas complètement me reposer, car il faudra que je potasse mes cours.

— A propos, qu'est-ce que vous étudiez en ce moment ?

— Les réflexes conditionnés.

— Tout à fait approprié, murmura le shérif. J'espère au moins que cette odeur n'est pas trop tenace, sinon il va falloir que je change de bureau avec vous.

— Ah non ! J'ai toujours eu horreur de l'essence de wintergreen et maintenant j'y suis pour ainsi dire allergique.

Sweet Smell of Murder.
Traduction de L. de Pierrefeu.

DRÔLES DE POUPÉES

par TAYLOR McCAFFERTY

Épousseter, ranger, vérifier que rien n'est cassé. Mon dos me fait un mal de chien en permanence maintenant ; plus le temps passe et plus le plumeau me semble lourd. Le poids des responsabilités, sans doute.

Jamais je n'aurais cru qu'une chose pareille pût m'arriver et pourtant force m'est de me rendre à l'évidence : ma mère me manque. Beaucoup. Elle savait qu'il en serait ainsi. Elle s'est arrangée pour que je la regrette.

Il y a un mois seulement qu'elle est morte, mais j'ai l'impression que ça fait des années. Des années passées à nettoyer, faire la poussière, veiller au grain avec une vigilance de tous les instants. Une vigilance implacable.

Je n'ose relâcher mes efforts. J'ai sans cesse des choses à faire. Des choses dont Maman se chargeait avant de tomber malade. C'est elle qui s'est occupée de tout quasiment jusqu'à la fin. Jusqu'au jour où, son cœur faiblissant, elle s'est retrouvée dans l'incapacité de lever le petit doigt.

Le dernier jour, elle n'était vraiment pas brillante.

Mon frère Merle, sa femme Delia et moi, on était rassemblés autour de son lit, attendant qu'elle se décide à nous confier ce qu'il fallait bien qu'elle nous confie.

Merle et moi avions le même air hagard. Le même air incrédule. Nous avions du mal à croire que la femme frêle qui gisait devant nous, cherchant péniblement son souffle, était celle qui nous avait terrorisés pendant toute notre existence.

Il y a des moments où je me dis que j'ai toujours eu une sainte frousse de Maman. Mais c'est faux, bien sûr. A l'époque où j'étais toute gamine — alors que je ne comprenais goutte à ce qui se passait —, j'éprouvais de l'amour pour ma mère, je me disais que c'était merveilleux d'avoir une maman qui jouait encore à la poupée.

En ces temps reculés, Maman possédait déjà une assez belle collection de poupées — toutes fabriquées par ses soins. « C'est ma marotte », déclarait-elle fièrement.

Parfois à cette époque — je n'allais pas encore à l'école et les rumeurs ne m'étaient pas encore arrivées aux oreilles —, Maman allait jusqu'à me laisser tenir ses poupées dans les bras. Je faisais ça en toute innocence : j'étais trop petite pour me douter de ce qu'elle mijotait. Je me faisais l'effet d'être une privilégiée lorsqu'elle m'autorisait à les toucher car elle interdisait à mon grand dadais de frère de rester dans les parages quand elle sortait sa collection.

— N'est-ce pas qu'elle est mignonne ? me susurrait Maman en approchant de mes menottes une minuscule figurine de cire ornée de longs cheveux. Fais attention, Rhonda Sue, ne cessait-elle de me répéter. Tiens-la bien. Ce ne sont pas des poupées ordinaires, tu sais.

— Je sais, rétorquais-je, indignée qu'elle pût me croire maladroite à ce point.

Mais en fait je ne savais rien du tout. J'ignorais ce que les poupées de Maman avaient de si spécial. Jusqu'au jour où je laissai tomber la poupée à l'effigie de Papa.

Je venais d'avoir cinq ans, l'histoire remonte donc à quelque trente ans, pourtant je m'en souviens comme si c'était hier. Ce qui s'est passé ce jour-là est resté gravé dans ma mémoire : jamais je ne l'ai oublié.

Je tenais la poupée dans mes bras comme je le faisais d'habitude, la berçant tout en chantonnant. Et j'en prenais bien soin, car c'était ma préférée. Elle était vêtue d'une combinaison en jean, semblable à celle que portait mon père et elle avait des mèches de cheveux du même brun que ceux de Papa. Peut-être était-ce son extraordinaire ressemblance avec mon père qui faisait d'elle ma favorite. J'avais l'impression de chérir un père en miniature.

Bref, j'étais installée dans le grand fauteuil moelleux du séjour, la poupée dans les bras, Maman debout près de moi, le sourire aux lèvres, quand soudain le jouet m'échappa des mains. Aujourd'hui encore je suis convaincue que si la poupée me glissa des doigts, c'est parce que Maman me heurta le coude. Mais à la scène que me fit ma mère on n'aurait pu la soupçonner d'avoir une part de responsabilité dans l'incident.

Elle poussa des cris d'orfraie, faisant celle qui ne m'avait pas touchée. Je me rappelle, je la regardais avec des yeux ronds pendant qu'elle braillait : « Seigneur, ma petite fille, regarde ce que tu as fait ! » Mais alors même qu'elle hurlait il y avait cette drôle de lueur dans ses yeux. Je n'avais que cinq ans et pourtant cela ne m'échappa point.

La poupée atterrit par terre avec un bruit sourd, heurtant le sol de la tête.

Je poussai un cri perçant et me précipitai pour la

ramasser. A peine l'avais-je en main que je m'aperçus que sa tête pendait lamentablement sur le côté.

Aujourd'hui encore je me souviens de la curieuse impression que j'eus en la tenant. Elle semblait lourde et froide entre mes doigts. Je la tendis à Maman.

— Tu peux la réparer ?

Ma mère prit le minuscule jouet entre le pouce et l'index comme elle eût fait d'un cafard écrabouillé.

— Non, Rhonda Sue, c'est impossible. Une fois qu'une poupée est cassée, il est impossible de la réparer, répondit-elle d'un ton étrangement satisfait. Comme si elle s'efforçait de ravaler un sourire. Faisant demi-tour, elle jeta l'objet à la poubelle.

Peu de temps après cet incident, le téléphone sonna. Une voix au bout du fil nous apprit le lamentable accident survenu au chantier où Papa travaillait. Il était tombé et s'était rompu le cou.

Au cours des quelques jours qui suivirent la ville tout entière défila chez nous. Merle et Maman pleuraient à chaudes larmes devant les visiteurs ; j'étais un tel bout de chou que je ne savais pas très bien ce qui se passait.

C'est à peine si je me souviens de l'enterrement. Tout ce que je me rappelle, c'est que j'étais à l'église, mon chapeau du dimanche sur la tête, me demandant où était passé mon père. Lorsque je finis par comprendre que je ne le verrais plus, je fondis en larmes à mon tour.

Je dus pleurer plus d'une semaine, couchée sur mon lit, sanglotant dans mon oreiller. Jusqu'à cet après-midi où Maman se planta dans l'encadrement de la porte de ma chambre.

— Rhonda Sue, attaqua-t-elle d'une voix froide comme glace. Assez larmoyé. Lève-toi et plus vite que ça.

Elle me débarbouilla la figure, me peigna et ajouta :

— De toute façon, ton père, tu l'aurais pas vu si souvent que ça. Il s'était dégotté une petite amie en ville.

Après ça, elle ne me reparla plus jamais de Papa. Après ça aussi, chaque fois qu'elle fit mine de me montrer une de ses poupées, je refusai d'un violent signe de tête. Non que j'eusse compris ce qui se passait. Simplement, je n'aimais pas la façon dont les poupées tombaient. Et puis je n'arrivais pas à oublier la drôle d'impression que j'avais eue en ramassant la petite figurine devenue soudain lourde et glacée. Aussi chaque fois que ma mère me tendait une de ses poupées d'un air d'invite, m'empressais-je de mettre mes mains derrière le dos. Au bout d'un moment, elle cessa son manège.

Mais elle ne s'arrêta pas pour autant de fabriquer des poupées. Elle y travaillait devant nous sans se cacher. Tandis que mon frère et moi regardions la télévision, et que les mères du voisinage s'occupaient vraisemblablement à tricoter ou crocheter des couvertures, la nôtre confectionnait des poupées.

Alors que j'étais encore à l'école primaire, Maman utilisait de la cire pour faire ses poupées, modelant avec soin mains menues et pieds minuscules. Je me souviens des soirées passées près d'elle où je l'admirais, fascinée malgré moi, tandis qu'elle sculptait avec adresse un visage délicat. Toutes les poupées qui sortaient de ses mains finissaient par avoir l'air inquiet.

Plus tard, alors que j'avais dix-douze ans, Maman se servit des poupées qu'on trouvait dans les magasins de jouets. « Ces poupées, c'est une bénédiction ! » gloussait-elle, fixant de longues mèches blondes à la chevelure synthétique de quelque Barbie. J'avais les cheveux blonds, mais à cette époque je ne me sentais pas le courage de demander à Maman si c'était de mes cheveux qu'elle se servaït.

Au fil des années, je vis Maman peaufiner la chevelure et les vêtements d'innombrables Ken et autres G.I. Joe. Une fois sorties de ses mains, les figurines semblaient beaucoup plus réalistes.

Lorsque je fus en âge d'aller au lycée, je savais à quoi m'en tenir. J'avais réussi à comprendre toute seule avant que Merle ne me fasse un dessin peu après mon treizième anniversaire. Cet après-midi-là, Maman m'avait bassinée pour que je lui repasse des robes. Or je ne me sentais pas d'humeur à lui servir de bonne. J'osais le lui déclarer en face.

Sans laisser à ma mère le temps de réagir, Merle me poussa hors de la pièce.

— T'es dingue ! s'exclama-t-il, roulant des yeux blancs avant de me dévoiler le pot aux roses. Elle est dangereuse, Rhonda Sue ! Elle peut te faire du mal avec ses poupées.

Et de me raconter les migraines, maux d'estomac et autres chevilles foulées qu'il devait à la bienveillante intervention maternelle.

— Chaque fois que je lui ai tenu tête, j'en ai vu trente-six chandelles.

Merle avait beau être de quatre ans mon aîné, il avait l'air d'un mouflet à deux doigts de chialer en me confiant ses malheurs.

Je ne voulais pas le croire mais j'en avais entendu des vertes et des pas mûres et vu de toutes les couleurs. Et puis il y avait quelque chose qui m'intriguait bigrement : chaque fois que quelqu'un mettait Maman en rogne, ce quelqu'un pouvait être sûr qu'il lui arrivait un pépin.

Comme la fois où ma mère eut des mots avec le vieux Mr. Isaacs, le boucher obèse, sur la quantité de gras qu'il laissait sur les steaks. Mr. Isaacs venait de s'installer à Pigeon Fork et Maman lui avait acheté une grosse quantité de viande à l'occasion de l'ouverture. Elle manifesta son mécontentement le premier jour où elle fit cuire des côtes de porc. Lorsqu'elle alla se plaindre auprès de Mr. Isaacs de la mauvaise qualité de sa marchandise, il se contenta de sourire et dit : « C'est à l'acheteur d'être vigilant. »

Maman faillit exploser.

— Je vais lui apprendre à être vigilant, moi, à ce vieil imbécile !

Et le soir même, elle se mit à fabriquer une poupée en forme de brioche rondouillarde, réplique du petit personnage ventripotent chargé de vanter les mérites de la pâte à tarte Pillsbury. Plantant sur sa tête deux ou trois cheveux gris, l'affublant d'un tablier de toile. Peu de temps après, coïncidence étrange, le pauvre Mr. Isaacs se retrouva à l'hôpital avec une jambe cassée.

Une fois sorti de l'hôpital, Mr. Isaacs déchira la note de ma mère. L'œil rond, il spécifia :

— Désormais, chez moi, vous prenez ce que vous voulez : c'est gratuit.

J'étais dans la boucherie près de Maman lorsque Mr. Isaacs lui annonça la couleur. Par la porte ouverte derrière lui j'apercevais la vieille Mrs. Isaacs qui surveillait la scène, le visage aussi blanc que le tablier de son époux.

La peur qui se lisait sur les traits de la malheureuse me serra le cœur. Aussi, de retour à la maison, essayai-je d'en toucher un mot à Maman. Chose curieuse, ma mère n'essaya même pas de nier. En fait, elle parut plutôt contente d'aborder de front la question avec moi.

— C'est un don, Rhonda Sue. Un don étonnant et merveilleux ! Tu pourrais l'utiliser, toi aussi, si tu me laissais t'enseigner les rudiments...

Je lui coupai la parole :

— Voyons, Maman, c'est pas beau de faire souffrir les gens.

Ma mère éclata d'un rire pour le moins affreux.

— Ne sois pas grotesque ! protesta-t-elle. Ce n'est pas mal. C'est juste une façon de leur ouvrir les yeux.

— Ça leur flanque la frousse

Ma mère haussa les épaules.

— Écoute, Dieu ne m'aurait pas gratifiée de ce don s'il n'avait pas voulu que je m'en serve.

— C'est peut-être pas un cadeau de Dieu, objectai-je.

Maman ne souffla mot ; elle fit demi-tour et sortit de la pièce. Non sans m'avoir gratifiée d'un regard glacial avant de tourner les talons.

Cette nuit-là, je me payai l'une des migraines les plus atroces de ma vie. Des maux de tête, j'en avais déjà eu. Mais celui-ci me fit voir des taches de toutes les couleurs alors que j'avais les yeux fermés. Le lendemain, mon crâne me faisait tellement souffrir que c'est à peine si je pouvais parler.

Lorsque la douleur commença à se calmer un peu, j'allai trouver ma mère et lui demandai tout de go :

— Tu as une poupée qui porte mon nom, Maman ?

Ma mère me regarda dans le blanc des yeux.

— Bien sûr que non ! Qu'est-ce que j'en ferais ? Puis elle ajouta : Toutes ces migraines que tu as, ça vient de ton tempérament inquiet. C'est pas normal qu'une fille s'interroge sur les faits et gestes de sa mère à tout bout de champ comme tu le fais. C'est ça qui doit te stresser.

Mais, juste avant de tourner les talons, elle me décocha un des regards polaires dont elle avait le secret.

Je sus donc à quoi m'en tenir. Tout comme Merle. Et comme la totalité des habitants de l'agglomération. Dans une ville de la taille de Pigeon Fork une femme comme ma mère ne risquait guère de passer inaperçue. Tout le monde savait que le malheureux qui avait le mauvais goût de déplaire à Maman le payait, et cher. Aussi personne ne s'amusait à ce petit jeu. Personne ne se risquait chez nous.

Pour Halloween, aucun gamin n'avait l'audace de venir quémander des piécettes. Pas un. J'entendais les enfants bavarder entre eux lorsqu'ils longeaient la maison. « C'est ici qu'habite la sorcière », chuchotaient-ils en passant.

Ce n'était pas seulement à Halloween que les autres gosses évitaient de pousser jusque chez nous. On se sent vite seul quand on grandit dans une bourgade dont les habitants craignent votre mère comme la peste. C'est sans doute pour ça que Clint a trouvé en moi une proie toute désignée.

Clint Kerns entra au lycée de Pigeon Fork en cours d'année alors que j'étais en terminale. L'année où Merle finit par dénicher une fille qui trouva grâce aux yeux de Maman. Après le mariage de Merle et Delia, nous restâmes seules à la maison, elle et moi. Avec les poupées, bien sûr. Jamais je ne m'étais sentie aussi esseulée.

Puis un jour je vis Clint Kerns entrer d'un air conquérant dans la salle d'étude et mon cœur fit un bond dans ma poitrine. A ses jeans crados et ses mèches blondes qui lui tombaient sur le front, on voyait tout de suite qu'il se donnait un mal de chien pour ressembler à James Dean. Et le plus surprenant, c'est qu'il y parvenait assez bien.

Une semaine après son arrivée, les filles en avaient plein la bouche. Clint par-ci, Clint par-là. Aussi lorsque, ralentissant l'allure pour se trouver à ma hauteur à la sortie de l'étude, le beau gosse me demanda si je faisais quelque chose de spécial vendredi, j'eus l'impression qu'une vedette de cinéma m'invitait à sortir.

Je ne comprendrai sans doute jamais ce qui poussa Clint à rechercher ma compagnie. L'attrait d'une conquête facile, peut-être. Facile, c'est le mot.

Car nous nous retrouvâmes sur le siège arrière de sa Thunderbird noire lors de notre seconde sortie. Tellement je désirais qu'il m'invite de nouveau.

Ce qu'il ne manqua pas de faire. A plusieurs reprises, même. Au bout d'un moment, au lieu d'aller ici ou là, on se contentait de pousser jusqu'au parc ou au drive-in et de laisser les vitres de la voiture se couvrir de buée.

La semaine où je constatai que j'étais enceinte, je découvris également que Clint voyait deux autres nénettes. J'avais presque deux mois de retard alors et j'étais allée consulter dans une clinique de Munfordsville où j'avais donné un faux nom et une fausse adresse. La réceptionniste avait tout de suite compris que je mentais, mais ça n'avait pas eu l'air de la gêner beaucoup. Une fois que le médecin m'eut annoncé la nouvelle, je rentrai à Pigeon Fork en pleurant comme une madeleine.

Cela se passait un vendredi. Je n'eus pas un seul coup de fil de Clint pendant tout le week-end. Le lundi au lycée je ne pus réussir à mettre la main sur lui. En fin de compte, un de ses copains me mit au parfum : « Clint est parti faire l'école buissonnière avec Mary Alice. »

Je le regardai avec des yeux ronds.

— Mary Alice, répéta-t-il. Tu veux pas que je te fasse un dessin ! fit-il avec une grimace lubrique. Clint était avec elle hier soir.

Il n'existait qu'une seule Mary Alice au lycée de Pigeon Fork, c'était une fille bourrée de fric dont le père était propriétaire de la quincaillerie locale. J'eus l'impression que le copain de Clint m'avait flanqué son poing au creux de l'estomac.

Après les cours, je filai chez Clint d'un coup de voiture, dans l'espoir de l'entendre me dire que son pote s'était trompé. Clint s'engageait dans l'allée au volant de sa Thunderbird lorsque je me pointai. Mais ce n'était pas Mary Alice qui était assise près de lui. C'était Claudine Krebbs — une nana qui défrayait la chronique. Le bruit courait qu'elle s'était fait avorter deux fois avant l'âge de quatorze ans.

Lorsque Clint m'aperçut, il piqua une rogne. S'approchant de mon véhicule à grands pas, il lança :

— Qu'est-ce que tu fous là ? Tu me suis ou quoi ?

— J'ai à te parler, Clint. C'est important.

Entre-temps, Claudine était descendue de la voiture et nous rejoignait. Arrivée près de Clint, elle lui passa avec langueur un bras autour de la taille.

— Qu'y a-t-il, amour de ma vie ? s'enquit-elle.

A ces mots, je me sentis incapable de parler. Je mis le moteur en marche et démarrai.

Le lendemain, je séchai les cours et restai à la maison. Je devais avoir une sacrée sale mine parce que Maman ne me posa pas de questions. Tard dans l'après-midi, Clint m'appela, s'excusant.

— Écoute, mon chou, y a que toi qui compte. Je suis dingue de toi. Parole.

Comme une idiote, j'acceptai de le voir le vendredi soir. Je n'oublierai jamais le visage de Clint ce vendredi-là après que je lui eus exposé notre problème. Il semblait à deux doigts d'éclater de rire. M'interrompant au beau milieu de mon exposé, il leva les mains.

— Minute, papillon. C'est pas notre problème. C'est *ton* problème. Alors à toi de régler ça toute seule. Je sais même pas si ce lardon est de moi, tu me suis ?

Si j'avais eu une arme, je lui aurais tiré dessus sans réfléchir.

— C'est le tien, Clint, crois-moi.

— Comment est-ce que je peux en être sûr ?

Le souffle me manqua.

— Clint, fis-je d'une voix tremblante, te frotte pas à moi.

Il ricana :

— C'est déjà fait à ce qu'on dirait, mon chaton.

Quelque chose explosa dans ma cervelle. Je lui sortis ce que je pouvais lui lancer de plus horrible.

— Fais gaffe, Clint. Je vais tout raconter à ma mère.

Clint n'était pas à Pigeon Fork depuis suffisamment longtemps pour prendre la menace au sérieux car il éclata de rire. D'un rire tonitruant.

— Sans blague ? se moqua-t-il. Et elle va faire quoi, ta maman ? Me coller une fessée ?

Tendant le bras, j'attrapai un cheveu qui était resté collé sur sa veste.

— Tu verras bien.

Et de fait, Clint ne tarda pas à voir de quoi Maman était capable. La semaine suivante, il eut un grave accident de voiture et cinq jours après il mourut à l'hôpital du comté. Les médecins déclarèrent qu'il était mort dans des souffrances abominables. Lorsque Maman apprit la nouvelle, elle dit en me tapotant le dos :

— Il y a des fois où les gens doivent payer, Rhonda Sue.

Jusqu'à cet instant, je l'avoue, les malheurs de Clint m'avaient plutôt enchantée. En entendant raconter au lycée qu'il souffrait atrocement sur son lit d'hôpital, je m'étais secrètement réjouie. Mais les chatteries maternelles mirent un terme à tout ça. Mon cœur se mit à cogner à grands coups dans ma poitrine et j'eus le plus grand mal à dissimuler mon dégoût lorsque ma mère me prodigua une nouvelle fournée de tapes affectueuses. Je la regardai, vis la joie mauvaise qui illuminait ses traits et compris soudain que j'étais en passe de devenir comme elle.

Ce fut également la conclusion à laquelle Maman aboutit car elle me décocha un clin d'œil et déclara d'un ton enjoué :

— Je vais t'apprendre les ficelles du métier,

comme ma mère me les a apprises, qui les tenait de sa propre mère.

A l'entendre on aurait cru qu'il s'agissait d'une recette de cuisine.

Je fis un pas en avant.

— Non, Maman. Je ne veux pas savoir. Jamais. C'est... je trouve ça affreux !

Ma mère me fixa comme si je l'avais giflée. D'une voix soudain crissante, elle déclara :

— Comme tu voudras, Rhonda Sue. Je n'ai nullement l'intention de te forcer.

Alors que j'amorçais un demi-tour, la voix maternelle me retint.

— Seulement sache que si tu refuses de me laisser te mettre au courant, un jour viendra où tu t'en mordras les doigts. Tu peux en être sûre.

Je sortis de la pièce sans un regard en arrière. Cette nuit-là, je m'attendis à souffrir d'une de mes actroces migraines mais j'en fus heureusement pour mes frais. Je me dis que ma mère avait dû avoir pitié de moi, vu que j'étais enceinte et tout ça.

Le lendemain, Maman transporta toutes ses poupées à la cave dans une pièce qu'elle ferma à clef. Elle se mit à porter la clef au bout d'une chaîne et parfois au cours des repas elle tripotait cette dernière d'un air pensif. Je détournais alors vivement les yeux.

D'ailleurs j'avais bien d'autres choses en tête. J'essayais de savoir si j'allais garder le bébé de Clint. Me demandant si supprimer tout souvenir de lui n'était pas la meilleure solution.

Contre toute attente, Maman m'en dissuada.

— Quand on fait une bêtise, il faut payer l'addition, me dit-elle, l'index pointé dans ma direction. En outre, ce serait un meurtre.

Je ne sus que répondre. Maman parlant de meurtre comme d'une chose abominable, c'était le monde à l'envers. Sans doute prit-elle mon silence pour un acquiescement car elle ajouta :

— Ne t'inquiète pas, le petit, je m'en occuperai. Je ne te laisserai pas tomber.

Cet aspect insoupçonné de ma mère m'étonna tellement que j'en restai sidérée. Parlait-elle sérieusement ? Si oui, pouvait-elle vraiment m'aider ? Maman souffrait du cœur depuis quelque temps et prenait des médicaments régulièrement.

— Tu crois que tu y arriveras ? questionnai-je enfin. Un nouveau-né, c'est pas de tout repos. Et avec ton cœur...

Maman chassa mes inquiétudes d'un revers de main jovial et assuré.

— Cesse de te miner. Je serai enchantée de me remettre à pouponner.

Ma fille Elisa Jean naquit en septembre. Lorsque je l'eus dans mes bras, je me mis à pleurer tant j'étais heureuse que Maman ait réussi à me faire changer d'avis. Ma petite fille était un amour, un vrai trognon.

Trois semaines plus tard, j'allai travailler dans un magasin de graines pour subvenir aux besoins de mon adorable bébé. Maman gardait Elisa pendant la journée, et sans me prendre un centime. Je commençai à me dire que je l'avais mal jugée. Qu'elle avait peut-être des bons côtés que j'avais refusé de voir.

J'y crus jusqu'au jour où un mémorable orage s'abattit sur Pigeon Fork. Elisa Jean venait d'avoir cinq ans. L'électricité fut coupée à des kilomètres à la ronde. Le magasin dut fermer ce jour-là faute de courant et je rentrai à la maison trois heures plus tôt que d'habitude.

Au moment où je m'engageai dans l'allée, je constatai que Maman avait allumé les lampes à pétrole dont on apercevait les flammes vacillantes à l'intérieur. En ouvrant la porte d'entrée, j'aperçus également autre chose.

Elisa Jean était assise sur les genoux de sa grand-mère dans le séjour et toutes deux chantonnaient une chanson destinée à l'une des poupées maternelles. Elisa Jean se balançait d'avant en arrière, les yeux clos, chantonnant à bouche fermée.

— Nooon ! entendis-je une voix hurler.

En m'emparant de ma fille, je compris que cette voix était la mienne.

Maman conserva un calme olympien. Se tournant sans hâte, elle déposa la poupée sur une table basse.

— Tu es en avance, Rhonda Sue, dit-elle.

C'est à peine si je l'entendis.

— Je ne te permettrai pas ! Elisa Jean ne s'amusera pas à ces petits jeux !

— Quels petits jeux, Rhonda Sue ? fit ma mère, les yeux telles des fentes.

— Je ne veux pas que tu lui apprennes tes tours. C'est mal !

Maman eut un sourire patient ; de ceux qu'on adresse à une enfant de cinq ans.

— Voyons, Rhonda Sue, ce don est dans la famille depuis des générations. C'est ton héritage et celui d'Elisa Jean.

Elle contempla la petite fille que je tenais serrée contre ma poitrine et ajouta :

— Regarde-la, elle a ça dans le sang. Elle fait ça comme elle respire.

Je dévisageai ma fille et ce que je vis me donna envie de hurler de nouveau. Elisa, malgré mes cris, souriait toujours doucement, le regard lointain. Je resserrai mon étreinte :

— Elisa Jean, mon petit cœur ? Elisa ?

Elle remua et se remit à chantonner à mi-voix.

Je frissonnai.

— Elisa Jean ! hurlai-je en la secouant.

Elle parut redescendre sur terre. Clignant des

yeux d'un air innocent, elle me dit en riant avec ravissement :

— Oh ! Maman, tu devineras jamais. Mamy et moi, on a joué à la poupée.

— Je t'interdis de recommencer, Elisa. C'est très vilain.

Le joli front de la fillette se plissa.

— Non, Maman, c'est drôle. Mamy va m'apprendre à jouer comme y faut.

Je regardai ma mère et vis une expression de triomphe passer sur son visage.

Je sus alors ce qu'il me restait à faire si je voulais sauver Elisa Jean des griffes de sa grand-mère. Car Maman ne renoncerait jamais. Chaque fois que j'aurais le dos tourné, elle remettrait ça. Je ne serais pas toujours là pour protéger ma fille.

Par ailleurs, je compris qu'il me faudrait passer rapidement à l'action, sans attendre que Maman ait appris trop de choses à Elisa et que celle-ci ait eu le temps aussi de comprendre ce qui lui arrivait. Sinon elle était capable de se mettre à faire joujou avec *ma* poupée.

Ma décision prise, je me tournai vers ma mère :

— Tu es décidément trop forte pour moi, lui dis-je. Je renonce. Tu as gagné.

— Comme d'habitude, rétorqua-t-elle d'un ton uni.

Cette nuit-là, après que Maman fut endormie, je me glissai dans la salle de bains commune sur la pointe des pieds et sortis de l'armoire à pharmacie ses médicaments pour le cœur. Je vidai les capsules bariolées et remplaçai la poudre blanche qu'elles contenaient par de la farine.

Mon stratagème marcha encore mieux que je ne l'avais espéré. Le lendemain même ma mère appelait son médecin, se plaignant d'avoir un malaise. Il lui conseilla de doubler la dose.

Ce qui bien entendu ne lui fit ni chaud ni froid.

Quand vint le week-end, Maman était si faible qu'elle ne pouvait poser le pied par terre. Je téléphonai à Merle et Delia qui arrivèrent sur l'heure, accompagnés de leurs enfants.

Lorsque Merle et Delia virent dans quel état était Maman, ils me jetèrent un long regard silencieux. Aucun d'entre nous ne parla de rappeler le médecin.

Après ça, il ne nous restait pas grand-chose à faire, sinon demeurer près d'elle et nous efforcer d'avoir l'air bouleversés à la pensée de son départ imminent pour un monde meilleur.

Tard dans la soirée, Maman retrouva quelque force pour parler. Elle m'appela près d'elle et me fourra quelque chose dans la main.

— Elles sont à toi maintenant. Toutes, chuchota-t-elle, les yeux soudain brillants.

J'ouvris la main et vis qu'elle m'avait remis la précieuse clef. La clef de la cave. Je la serrai entre mes doigts, me promettant de faire un feu de joie dès que la malade ne serait plus.

Je faisais volte-face, décidée à aller récupérer dans la cave la poupée à mon effigie et celle qui représentait Elisa Jean, lorsque la voix de ma mère m'arrêta net. Ce n'était qu'un chuchotement rauque mais je n'avais aucun mal à distinguer ses paroles.

— Ce n'est pas mon départ qui va changer quoi que ce soit, tu sais.

Mon cœur bondit dans ma poitrine. Je fis demi-tour, regardai ma mère. Elle s'efforçait de sourire, les lèvres étirées en une grimace sinistre.

— Ces poupées resteront ce qu'elles sont. Tu ne peux pas les détruire à moins de...

Mais elle avait présumé de ses forces et dut fermer les yeux un instant avant d'enchaîner d'une voix encore plus faible :

— Si seulement tu m'avais laissée t'apprendre le b.a. ba, tu saurais que...

Pardonnez-moi, Seigneur ! L'espace d'un instant l'envie me prit de la tuer à mains nues. Je descendis à la cave, suivie de Merle.

— T'inquiète pas, répétait-il. On va prendre chacun notre poupée et la planquer dans un coin sûr. On va prendre notre poupée et...

Il me répéta ça jusqu'au moment où j'ouvris la porte de la fameuse pièce. Je tendis le bras pour actionner le commutateur et pendant une bonne minute Merle et moi, sans voix, nous contemplâmes les étagères qui garnissaient les murs. Des étagères couvertes de centaines de poupées. Barbie, Ken, Skipper.

Merle fut le premier à retrouver l'usage de la parole :

— Comment on va faire pour trouver la bonne ?

— Impossible.

Je primpai l'escalier quatre à quatre, bien décidée à faire dire à Maman où elle avait mis les figurines nous représentant.

Mais Elisa Jean sanglotait doucement dans les bras de Delia devant la porte de la chambre de ma mère lorsque j'arrivai. Delia secoua la tête en me regardant et je compris que Maman avait gagné une fois de plus. Elle m'avait obligée à accepter mon « héritage », que cela me plût ou non.

***

Aujourd'hui je suis en mesure de vous dire combien il y a de poupées dans la pièce du sous-sol. Trois cent soixante et une. Trois cent soixante et une figurines à entretenir et conserver en bon état. Je me suis aperçue que si je ne les époussetais pas correctement, Elisa Jean et les fils de Merle avaient des crises d'asthme. Que si la pièce était trop humide nous attrapions tous des rhumes.

La poussière, l'humidité, ce n'est pas tout : il me

faut aussi combattre les souris, les vers et les moisissures. Bref, je dois être d'une vigilance à toute épreuve. Merle et Delia m'ont proposé de m'aider. Mais comment faire ? Je n'ose déplacer les poupées et encore moins les confier à une tierce personne.

Parfois lorsque j'époussette, que je nettoie ou que j'aère la pièce, je repense à ce que Maman m'a dit le jour où Clint est mort : « Tu regretteras de ne pas m'avoir laissée t'apprendre les ficelles du métier. »

Eh bien, Maman, sois contente : tu avais raison. Je regrette vraiment de ne pas avoir mis la main à la pâte. Peut-être que si je t'avais laissée m'enseigner la pratique de la magie noire, j'aurais appris dans la foulée comment la combattre...

Playing Dolls.
Traduction de Dominique Wattwiller.

Y A PLUS D'ENFANTS !

par Ellane Michael

— Qu'est-ce que vous faites, m'sieur ?

Jake se figea, la semelle au-dessus de sa pelle. Puis, posément, il pesa de tout son poids et enfonça la lame dans le trou qu'il était en train de creuser.

— T'es pas un peu jeune pour traîner dehors, à c'tte heure ?

Jake examina les arbres qui bordaient la clairière. Toutes les maisons du lotissement situé derrière étaient plongées dans l'obscurité. A trois heures du matin, cela n'avait rien que de très normal.

— Je campe, annonça le gamin. Je passe la nuit sous la tente que mon père a montée dans notre jardin.

— T'es tout seul ? questionna Jake, peu désireux de voir se profiler la silhouette du papa au clair de lune.

— Ouais. Tout seul. J'ai huit ans, vous savez.

— Alors comme ça, t'as huit ans ? fit Jake, se remettant à creuser. Tes parents t'ont jamais dit que ça pouvait être dangereux de se balader tout seul la nuit ?

— Si.

Les mises en garde familiales n'avait apparemment guère impressionné l'intrépide. Meurtre, kidnapping, sévices à enfants : c'était bon pour la télé, ça n'existait pas dans la réalité. Jake jura dans sa barbe. Pas étonnant que le monde fût si dépravé. C'était à croire que les gens cherchaient les emmerdements. Jake observa le garçonnet silencieux, qui fixait les ténèbres.

— T'as déjà été en Chine ? s'enquit Jake, puisant dans ses souvenirs d'enfance.

— Non.

— Moi non plus, fit Jake, continuant de creuser. Ça me plairait drôlement d'aller traîner mes guêtres dans un pays exotique. Mais comme j'ai pas les moyens de me payer le voyage, j'ai décidé de creuser un tunnel.

— Je vous crois pas. Faudrait que vous soyez débile pour faire un truc pareil. (Une expression de mépris se peignit sur les traits du gamin.) Vous savez pas qu'y a du métal au centre de la terre ? Du métal et un liquide brûlant comme de la lave ?

— T'en connais un rayon, dis donc !

— Je suis en neuvième. Dans notre classe, y a des grandes photos de la terre sur les murs ; en ce moment, on étudie les roches, les volcans et les tremblements de terre. En plus, j'ai une carte d'abonnement à la bibliothèque. J'y vais quand je veux !

— Ça, c'est chouette. Dis-moi, tu crois pas que tu devrais te glisser dans ton sac de couchage ? Sinon, tu risques de piquer du nez sur tes cahiers, à l'école, demain.

— Demain, c'est samedi. Y a pas cours.

— A ton âge on a besoin de beaucoup de sommeil.

— Je suis pas fatigué. Vous voulez que je creuse un moment ?

— Non !

Jake n'avait pas eu l'intention de crier comme ça. Il aimait les enfants. Il les aimait vraiment. Les enfants n'étaient-ils pas l'avenir ? N'était-ce pas pour eux qu'il venait ici chaque mois creuser un trou jusqu'au niveau de l'eau ? L'avenir, il ne pensait qu'à ça...

— C'est interdit par la loi, ce que vous faites ? s'enquit le mouflet curieux, pas angoissé pour deux sous.

— Déterrer un trésor, c'est contraire à la loi ? rétorqua Jake, persuadé de lui avoir cloué le bec.

— Ce terrain appartient à la Compagnie de l'électricité. Même que c'est mon père qui me l'a dit. La Compagnie passe la tondeuse, entretient tout, et nous, on peut y jouer. Vu que personne pourra jamais construire de maison derrière la nôtre, c'est comme si on avait un jardin double.

— Formidable.

— Si vous trouvez un trésor, vous pourrez pas le garder : il faudra le donner à la Compagnie.

— Non mais sans blague ! Si je le trouve, je le garde. C'est pas toi qui irais cafter, pas vrai ?

Jake plissa le front et fit une grimace qu'il espéra suffisamment impressionnante.

— Pourquoi j'irais pas ?

Depuis quand les gamins de huit ans étaient-ils nantis d'un culot pareil ? Jake décida de changer de tactique.

— Cet argent, il me le faut, déclara-t-il en s'appuyant lourdement sur sa pelle. J'ai quatre gosses à nourrir.

Il n'était même pas marié, mais son jeune interlocuteur n'avait pas besoin de le savoir. Quant au fric, il en avait. Ce qu'il faisait en ce moment, c'était pour le principe. Point final.

— Ils s'appellent comment ?

— Quoi ?

— Vos enfants.

— Voyons voir... (Est-ce que ce lardon essayait de le piéger ?) Melissa, douze ans. Johnny, neuf ans...

— En quelle classe il est, Johnny ?

— Euh... en neuvième.

— Comme moi. Il redouble parce qu'il était trop faible ?

— Non. Il a eu des tas de problèmes de santé l'année dernière, il a pris du retard.

Jake appuya de toutes ses forces sur la pelle. Finis ton boulot et regagne ton immeuble, véritable clapier abritant quelque six cents âmes au cœur de la ville. Six cents personnes respirant, mangeant, consommant du charbon, de l'essence, de l'électricité et produisant des tonnes et des tonnes de détritus chaque année.

— Et les autres ?

— Quoi, les autres ? rétorqua Jake.

Dieu merci, le trou était presque assez profond. Maintenant, il allait lui falloir se débarrasser du gamin.

— Ils s'appellent comment, les autres ?

— Susie et Mary. Et maintenant file chez toi avant que j'aille trouver tes parents.

— Vous irez pas.

— On parie ? fit Jake avec une grimace qui se voulait épouvantable.

— Pas avec ce que vous avez dans ce sac poubelle. (Le gamin loucha vers le sac posé derrière Jake.)

— C'est... c'est... Écoute, petit, je t'ai menti : je ne suis pas ici pour déterrer un trésor mais pour l'enterrer.

— Oh..., murmura l'enfant avec un scepticisme proprement déconcertant.

— Parfaitement ! renchérit Jake, continuant sur sa lancée. J'ai hérité un million de dollars de mon grand-oncle Joe mais j'ai pas envie que ma femme l'apprenne. Elle serait capable de tout claquer et...

— Comment ça se fait que vous portez pas d'alliance ?

— Dis donc, fiston, t'es détective privé ou quoi ?

— Je regarde *Bloodhound*[1] *Gang* à la télé, rétorqua le mouflet en guise d'explication.

— Tant mieux pour toi. Maintenant file ou ce satané clébard viendra demain matin ramasser les morceaux.

— Y a pas de chien dans *Bloodhound Gang*. Vous avez tout faux ! C'est des histoires d'enfants qui font des enquêtes policières. Vous oseriez pas me faire de mal, m'sieur, si ?

Jake souleva le sac et marqua une pause. Il lui fallait en vider le contenu. Ces trucs devaient pourrir. Ses bonnes intentions resteraient lettre morte si le sac demeurait fermé, mais il ne voulait absolument pas que le gamin regarde.

— Vous me feriez du mal, m'sieur ? répéta le gosse.

— Peut-être, énonça Jake, l'air de plus en plus méchant.

Il aurait dû être allongé sur son moelleux matelas liquide à l'heure qu'il était, bercé par la chaleur et le mouvement, au lieu de se trouver planté comme un poireau dans un champ à discutailler avec ce môme.

— Beurk ! s'exclama le garçonnet, fronçant le nez de dégoût. Ça pue, ce truc. C'est sûrement pas de l'argent.

Tendant la main, il toucha le sac, qu'il trouva mou sous ses doigts. Les billets de banque, ça n'était pas mou.

— C'est Johnny, chuchota Jake. Un gamin insupportable. Impossible de le faire obéir. (Le garçonnet

1. *Bloodhound* : limier ; chien de Saint-Bernard.

esquissa un pas en arrière.) J'ai été obligé de le punir, de faire un exemple, sinon les autres seraient devenus intenables. (Jake souleva le sac poubelle.) C'est triste, mais c'est comme ça...

Soudain le petit garçon détala. En un instant, il eut disparu au milieu des arbres. Sans doute allait-il tout raconter à son père. Jake vida le contenu de son sac dans le trou et recouvrit le tout de terre. Dommage. Un endroit pareil, il n'en retrouverait pas un de sitôt. Jake leva le nez et contempla les lignes électriques qui rayaient la nuit étoilée. Ce terrain ne servait à rien. Et ce n'était pas comme s'il enfouissait des boîtes de conserve, du verre, des journaux ou du plastique. Bon Dieu, non ! Lui, les déchets, il les recyclait. Tandis qu'en ville, il fallait enfermer ses ordures ménagères dans des sacs poubelles et déposer ceux-ci devant sa porte tous les vendredis. Tous les vendredis, des centaines et des centaines de sacs en plastique — matériau non biodégradable — s'alignaient dans les couloirs, et cette vision donnait à Jake des nausées.

La pelle sur l'épaule, il se dirigea vers sa voiture. Il lui faudrait trouver un autre coin pour y enfouir ses déchets, voilà tout. Il ne pouvait prendre le risque de revenir ici et de se faire pincer. Pas envie de se faire coller une amende. Dommage, ç'avait été un endroit idéal pour y enterrer ses ordures. Jake ne put s'empêcher de sourire en imaginant un petit groupe de policiers plantés autour de son dernier trou, scrutant avec angoisse la terre fraîchement remuée à la recherche de sang, d'os ou de chair humaine. Avec un peu de chance, les flics dénicheraient peut-être un ou deux os de poulet.

Under Cover of Darkness.
Traduction de Dominique Wattwiller.

VOL SILENCIEUX

par Patrick O'Keeffe

La sonnerie continue du téléphone finit par réveiller Mike Hagen. Il étendit le bras pour attraper l'appareil sur la table de nuit et décrocha.

— Hagen, marmonna-t-il d'une voix ensommeillée.

— Ici Gussman, patron. J'suis à l'embarcadère. Y'a eu un hold-up sur un bateau. Un type armé d'un couteau a forcé le commissaire du bord à ouvrir son coffre-fort et il a filé avec 100 000 dollars. Le troisième officier a appelé les flics.

— Prévenez le capitaine Svensen que j'arrive, Guss.

— Il n'est pas encore là, patron. Le troisième officier l'a appelé aussi. C'est le second maître qui est de service.

Hagen reposa le combiné, alluma la lampe de chevet et bondit hors du lit. Sa nièce frappa à la porte.

— Qu'est-ce que c'était, oncle Mike ?

— Un vol sur le *Bornvale*.

— Je te prépare du café.

— Ce n'est pas la peine, Peggy. Je n'ai pas le temps.

Hagen, un costaud d'une cinquantaine d'années, aux cheveux grisonnants et au menton énergique, se jeta sur ses vêtements, s'aspergea le visage à l'eau fraîche et se rendit au garage.

Il faisait déjà chaud en ce petit matin de printemps. Tout en roulant — à la limite du dépassement de vitesse près du pont George-Washington où la circulation était fluide — Hagen repassait en mémoire les dispositions prises pour le transfert des 100 000 dollars de la banque au *Bornvale*. Il y avait eu des cas analogues concernant des devises américaines expédiées à la Plata Bank associée à la compagnie maritime Bornholt, celle-ci ayant d'importants intérêts en Amérique latine.

Dans une limousine, un de ses agents escortait le caissier des bureaux de West Side jusqu'au port. Le commissaire du bord enfermait l'argent devant lui dans son coffre-fort et lui remettait un reçu.

Hagen se portait également garant du chauffeur qui appartenait au service de sécurité.

Jamais aucun envoi n'avait été volé ni même sujet à une tentative de ce genre.

Dans la West Street déserte, à l'entrée du débarcadère, une voiture de police banalisée lança un appel de phares. Deux passagers à l'avant, dont Baron avec qui Hagen avait travaillé avant de devenir chef de sécurité de la compagnie Bornholt.

Il se rangea le long du quai et descendit de son véhicule.

— Mike ! l'interpella Baron, tu peux retourner te coucher. Le voleur s'est enfui dans un canot à moteur et — tiens-toi bien ! — il est sourd-muet. La prochaine fois, ce sera un aveugle et son chien.

— Un sourd-muet, répéta Hagen, incrédule.

— Exact ! Mais il a oublié d'être bête. Il a gardé le papier où il avait inscrit ses instructions, si bien qu'on n'a rien à envoyer au labo. Il n'y a pas non plus d'empreintes, vu qu'il portait des mitaines. A cause des 100 000 dollars, ce n'est pas un simple cambriolage, mais un vol à main armé et les gars de l'équipe spéciale ne tarderont pas à rappliquer.

Baron démarra. Hagen cogna à la petite porte aménagée au milieu des hautes grilles de l'embarcadère. Gussman apparut, l'air préoccupé.

— Les flics ont tout passé au peigne fin, patron. Je leur ai dit que je n'avais laissé personne débarquer sauf les membres de l'équipage, et encore, j'ai épluché leurs passeports comme je le fais toujours.

Il désigna du pouce le garde en uniforme devant le bureau de la douane.

— Il peut me servir de témoin.

Le garde approuva d'un signe de tête.

— *Okay*, Guss, dit Hagen. Les flics n'ont rien à te reprocher du moment que le voleur est venu en canot.

Il s'éloigna à grands pas le long des quais faiblement éclairés où s'entassaient les cargaisons prêtes à être chargées.

Hagen réfléchissait. Le voleur avait disposé d'un délai très limité pour dresser ses plans. Le service de sécurité avait appris seulement la veille, dans l'après-midi, que l'argent devait être convoyé sur le *Bornvale*. A bord, seuls le capitaine et le commissaire du bord avaient été prévenus peu de temps après. Les autres officiers ne l'auraient su qu'une fois en mer.

Si un employé à la caisse de la banque avait glissé le renseignement à un type du port appartenant à la pègre, Hagen se faisait fort de récupérer l'argent.

A la passerelle des marchandises, un marin était nonchalamment étendu sur un banc, son transistor posé à côté de lui. Il se leva d'un bond en voyant Hagen et lui adressa un regard méfiant.

— Je suis le chef de la sécurité, annonça Hagen.

— Oh ! excusez-moi, monsieur. Le second maître vous attend dans la cabine des cartes. Au troisième pont.

Hagen grimpa la volée de marches. Une bonne odeur de café filtrait sous la porte de la timonerie contiguë à la cabine.

Le second maître, un grand brun de trente ans environ, le visage maigre, en tenue d'officier — pantalon bleu marine, chemise blanche, nœud papillon noir —, arborait une expression anxieuse. Il tendit la main à Hagen, puis d'un ton lugubre :

— Second maître Harper. Le garde de la sécurité m'a annoncé votre visite, monsieur Hagen. Vous voulez du café ?

— Merci, tout à l'heure. Expliquez-moi d'abord ce que vous savez.

— Eh bien, j'effectuais les modifications sur les cartes en vue de notre prochain départ, lorsque le commissaire Finley a fait irruption en pyjama. Si effrayé qu'il pouvait à peine parler. Enfin, j'ai compris qu'un homme venait de l'obliger, sous la menace d'un couteau, à lui remettre le sac de 100 000 dollars qui se trouvait dans son coffre.

— Quelle heure était-il ?

— Une heure du matin... à peu près.

— Quelles mesures avez-vous prises ?

— Je suis allé aussitôt réveiller le troisième maître. Il est célibataire, comme moi, et nous dormons à bord. Le téléphone avait été coupé puisque nous levions l'ancre à six heures, aussi je l'ai envoyé appeler la police au poste du débarcadère, ainsi que le capitaine et le lieutenant qui étaient chez eux. Je les attends d'une minute à l'autre. Le capitaine Svensen de la compagnie Bornholt ne va pas tarder non plus.

— Où étiez-vous pendant le hold-up ?

— Je suis monté prendre mon quart à minuit. (Il montra les cartes éparpillées devant lui et des feuilles imprimées.) Je me suis avancé dans mon travail, ce qui m'a tenu éveillé. En fait, comme j'étais à terre presque jusqu'à minuit, je ne me suis pas du tout reposé.

— Dehors, un des inspecteurs m'a dit que le voleur a pris la fuite en canot à moteur ?

Sur la rivière, un petit bateau lança un long coup de sirène. M. Harper jeta un coup d'œil par le hublot qui ouvrait sur le large.

— J'ai entendu le bruit d'un moteur, c'est vrai. J'ai d'abord cru que c'était une vedette de police qui voulait peut-être des renseignements, aussi je suis sorti sur la coursive. J'ai eu juste le temps de voir un canot tourner au bout du quai et remonter la rivière. Je n'ai rien pu apercevoir de plus dans l'obscurité.

— Au moins, nous savons à présent de quel côté il est parti. Vous ne l'aviez pas entendu accoster ?

M. Harper paraissait toujours aussi déprimé.

— Non, et je le regrette. Le voleur a dû arrêter le moteur. Il a fallu qu'une chose pareille se produise quand j'étais de quart et avais l'entière responsabilité du bateau ! Quelqu'un va servir de bouc émissaire et qui, sinon moi ?

— Le commissaire est encore là ?

— Il est retourné dans sa cabine après l'interrogatoire des inspecteurs, mais ça m'étonnerait qu'il puisse dormir. Il est beaucoup trop perturbé. Le voleur voulait le tuer, vous pensez !

La cabine et le bureau du commissaire étaient deux ponts plus bas. Hagen frappa légèrement à la porte et on le convia à entrer d'un ton presque inaudible.

Finley, corpulent et d'âge mûr, le visage grassouillet et le teint coloré, était allongé sur la couchette placée entre deux hublots.

Hagen s'approcha et se présenta.

— J'aimerais des détails de vive voix sur ce hold-up, monsieur Finley.

Le commissaire respira profondément comme s'il cherchait à se donner du courage avant de revivre sa pénible expérience.

— J'étais persuadé qu'il allait... me tuer.

— Voulez-vous commencer par le début.

— C'est que... tout a été si vite dès que la lumière m'a réveillé. J'ai cru que nous étions en mer et qu'un marin venait m'appeler, mais j'ai compris aussitôt que je me trompais. L'homme, appuyé contre la porte, portait un masque en laine — vous savez, du genre que les marins mettent lorsqu'il fait très froid sur le pont — il lui couvrait tout le visage, sauf les yeux et la bouche. Il avait aussi des mitaines, tenait un couteau d'une main et de l'autre une feuille de papier. Il s'est avancé vers moi, sans prononcer un mot. J'ai eu l'explication de ce silence seulement après avoir lu le papier qu'il m'avait lancé.

Il continua d'une voix étranglée :

— J'ai mis mes lunettes, ce qui ne servait à rien puisque le message était écrit au feutre en gros caractères d'imprimerie. Il fallait que j'ouvre le coffre et sorte le sac. Si je tenais à la vie, je ne devais pas bouger pendant dix minutes après son départ. L'homme signalait qu'il était sourd-muet, mais qu'au moindre cri, au moindre bruit pour essayer d'attirer l'attention, il s'en apercevrait et me tuerait. (Il avala péniblement sa salive.) Il a pressé la pointe du couteau sur ma gorge en émettant un son guttural pour bien me faire comprendre qu'il n'hésiterait pas à mettre sa menace à exécution.

— Quel genre de couteau était-ce ?

— Un couteau de marin à manche gainé de cuir. J'ai dit aux inspecteurs que s'il ne s'était pas agi d'un sourd-muet j'aurais pensé qu'il appartenait à l'équipage d'un autre bateau ou à celui d'un remorqueur. Tout cadrait : le couteau, le masque, les mitaines, même le bleu de travail, bien qu'il fût flambant neuf.

— Était-il grand, petit, bien bâti ?

— Il m'a semblé de taille moyenne, plutôt mince. Le masque m'a empêché de voir la teinte de ses cheveux. D'ailleurs, j'avais trop peur pour noter la moindre chose. Au moment d'ouvrir le coffre, mes mains tremblaient tellement que j'ai été incapable de trouver la combinaison. Le type a dû croire que je cherchais à gagner du temps — il m'a rejeté la tête en arrière et passé la lame du couteau le long de ma gorge. Je vous assure qu'il ne plaisantait pas. Par chance, au troisième essai, j'ai réussi à me souvenir de la combinaison. J'avais été si effrayé d'avoir oublié les chiffres, que j'étais en nage. (Il frissonna.) J'ai eu à peine le temps de sortir le sac que, déjà, il s'en était emparé. Puis, il m'a rappelé ses instructions, en écartant les dix doigts. Et... j'ai attendu dix bonnes minutes avant de courir en haut prévenir le second maître.

— Le sourd-muet a repris son papier ?

— Il l'a fourré dans sa poche dès que j'ai eu fini de le lire.

— Le fait de cacher son visage et d'écrire le message en caractères d'imprimerie démontre que vous le connaissez ainsi que son écriture.

Le commissaire secoua énergiquement la tête.

— Je ne connais aucun sourd-muet.

— Pourtant, la disposition des lieux lui était familière. Il savait où se trouvaient cette cabine et votre bureau. Ou alors, il a eu les renseignements par un membre du bateau.

Hagen pénétra dans la cabine voisine, au fond de laquelle se dressait un grand coffre-fort. Il y avait un petit guichet, un bureau et une table encombrés de papiers. A côté de la machine à écrire, il remarqua le duplicata du reçu de la banque.

Le commissaire était resté assis sur la couchette.

— C'est un peu en désordre, s'excusa-t-il. J'ai eu une journée chargée, hier. Ma femme était descendue à l'hôtel et nous devions dîner ensemble avant qu'elle prenne l'avion pour retourner à la maison. Mais j'ai dû attendre qu'on apporte l'argent à bord. J'étais en train de le mettre dans le coffre lorsque le second maître est venu me dire qu'elle demandait au téléphone si j'étais déjà parti. J'ai pris la communication et lui ai répondu que j'arrivais tout de suite. J'ai donc tout laissé en plan. Je suis revenu vers 10 h 30. J'étais mort de fatigue et me suis couché immédiatement.

— Je suppose qu'au téléphone vous n'avez pas expliqué la raison de votre retard à votre femme ?

Question qui parut froisser le commissaire.

— Bien sûr que non ! Et pas davantage en la rejoignant à l'hôtel.

— Puisque l'organisateur de ce hold-up a mentionné l'argent de la banque, il est clair qu'il était informé que nous devions le convoyer, soit de par ses fonctions, soit que quelqu'un lui ait glissé le renseignement. Il disposait vraiment d'un court délai pour trouver un canot disponible, un homme qui connaissait le bateau, même un sourd-muet s'il n'a pu avoir personne d'autre, et peut-être un complice à bord.

Hagen marqua une pause.

— Que savez-vous du marin qui était de garde ?

— Presque rien. Sauf qu'il s'appelle Sturgis et a été engagé il y a deux jours. D'après le second maître, il n'a pas beaucoup aidé les inspecteurs.

— J'aurai peut-être plus de chance.

Hagen redescendit sur la passerelle. La radio de Sturgis marchait en sourdine, mais il n'y prêtait guère d'attention, regardant à l'arrière les feux d'un bateau qui remontait la rivière à toute vapeur.

Il tourna la tête à l'arrivée de Hagen et quitta son

banc. C'était un solide gaillard de vingt ans, aux cheveux bruns assez longs, barbu, en chemise kaki et jean rapiécé.

— Où étiez-vous pendant le vol ? demanda Hagen.

— Je n'ai pas bougé d'ici, monsieur. J'écoutais mon transistor.

— Vous avez entendu partir le canot ?

Sturgis acquiesça.

— Je vous crois ! Même que je suis allé de l'autre côté du pont pour voir d'où venait le bruit. Le canot tournait au bout du quai et descendait la rivière. Je ne me doutais pas que c'était un voleur qui se sauvait. Mais le second maître m'a appris qu'un type avait accosté et qu'il avait braqué le commissaire. C'est seulement là que j'ai fait le rapprochement. Le second maître était dans tous ses états !

— Quelqu'un a dû aider le voleur à monter à bord — en plaçant une corde ou une échelle le long de la coque. Aviez-vous entendu ou vu quelque chose de suspect avant sa fuite ?

Sturgis ne cacha pas son irritation.

— Les flics m'ont posé la même question. Ils avaient tout l'air d'insinuer que j'étais de connivence avec le voleur. Je vous ferai remarquer qu'un gars de l'équipage a pu grimper en douce, du bas, de l'autre côté. Comme j'ai dit à la police : j'ai rien à voir dans ce hold-up.

— Vous êtes nouveau.

— Et alors ? J'avais pas eu de boulot depuis des mois, j'étais rudement content de trouver celui-là. Seulement, pas de veine, ajouta-t-il, amer, il paraît que le bateau sera mis en rade après ce voyage.

Hagen resta pensif un petit moment, puis rejoignit le second maître dans sa cabine. Harper était penché sur les cartes. Il releva la tête, interrogea Hagen du regard, la mine toujours aussi anxieuse.

— Je prendrais volontiers du café si l'offre tient encore, dit Hagen.

— Bien sûr ! Et je vais vous imiter.

Hagen le suivit dans la timonerie où était le percolateur. Harper remplit deux tasses de café noir et les posa sur le coffre.

— Le commissaire était réveillé ? s'enquit-il.

— Il aurait eu du mal à dormir après ce qui lui est arrivé. Il était encore perturbé. J'ai également parlé à Sturgis. Il m'a dit que le bateau serait mis en rade au retour de ce voyage.

Harper soupira.

— C'est malheureusement vrai. Nous avons su la nouvelle hier. Deux autres navires sont dans le même cas. La crise économique n'a pas épargné la compagnie. Mais j'ai un souci plus immédiat. J'espère que vous découvrirez une piste qui vous permettra de récupérer l'argent. Une fois le voleur sous les verrous, je serai soulagé. Je n'aime pas me sentir dans la peau d'un suspect, comprenez-vous.

Hagen sirotait tranquillement son café.

— J'ai déjà une petite idée, mais je peux me tromper. J'ai suffisamment d'expérience pour ne pas écarter l'hypothèse que le commissaire peut avoir organisé ce vol avec un complice qui serait venu en canot vers une heure. Finley aurait laissé glisser le sac dans ce canot, puis il se serait précipité dans votre cabine en vous racontant une histoire à sa façon.

Les yeux de Harper brillèrent d'espoir.

— Vous pensez que c'est ainsi que cela s'est passé ?

— Je n'en suis pas certain. Finley semblait vraiment en état de choc.

— Il est peut-être bon comédien ?

— Mais pourquoi inventer une histoire aussi bizarre et la rendre à peine crédible en traçant le portrait du sourd-muet ?

— Précisément, le commissaire Finley voulait qu'elle paraisse invraisemblable.

— Et à quoi riment ces dix minutes de battement exigées par le voleur alors qu'il pouvait regagner le canot en deux ou trois minutes ?

Harper haussa les épaules.

— Finley a sans doute commis une erreur sur ce point.

— Supposons qu'il ne soit pas coupable. Le voleur a dû prévoir qu'il nous signalerait ce détail. Ces dix minutes dans le but que nous pensions qu'il était seul. Mais je suis à peu près certain qu'un complice l'a prévenu quand il pouvait accoster et se glisser à bord sans danger. Je pense à Sturgis.

— Bien sûr. Après tout, il est nouveau. Le voleur et lui ont peut-être monté le hold-up ensemble. Ou un autre comparse lui aura graissé la patte seulement pour surveiller si la voie était libre.

— Il a été engagé voilà deux jours. A cette date, personne ne savait que 100 000 dollars seraient convoyés sur ce bateau. Sturgis n'a pas pu être mis à ce poste intentionnellement. Par contre, quelqu'un l'a peut-être contacté avant-hier et il a marché. C'est peut-être lui aussi qui a fourni le masque, les mitaines, le couteau...

— Si le voleur a rendu le tout à Sturgis avant de partir, ces dix minutes lui étaient sans doute nécessaires, suggéra Harper, plein de bonne volonté pour aider à faire avancer l'enquête.

— Non, beaucoup moins. Sturgis dit qu'il a vu le canot descendre la rivière. Ou il ment délibérément afin de nous égarer sur une fausse piste, ou il s'est trompé. Qu'est-ce qui aurait pu l'induire en erreur ? La réponse à cette question me permettrait de tirer l'affaire au clair et j'espère la trouver avant que le capitaine Svensen ne monte à bord.

Le second maître poussa un soupir de soulagement.

— Tant mieux ! Bon courage !

Hagen termina son café et sortit. Il respira l'odeur

iodée de la mer — fixant d'un air absent l'ombre du bateau qui s'étendait sur le quai — et rassembla toutes les données dans sa tête comme s'il les avait introduites dans un ordinateur.

Un peu plus tard, la réponse logique jaillit subitement. La sirène d'un remorqueur lui renvoya, en écho, un triomphant *Euréka*.

Il se précipita chez le commissaire. Celui-ci ouvrit immédiatement. La cabine était plongée dans le noir et il alluma la lampe au-dessus de la couchette.

— Monsieur Finley, pourquoi avez-vous attendu dix minutes avant de prévenir le second maître ? demanda Hagen. En entendant le moteur du canot, vous saviez que le voleur avait quitté le bateau.

— Mais j'ignorais comment il était venu ! Quoi qu'il en soit, si je l'avais su, je n'aurais pris aucun risque. D'ailleurs, je n'ai entendu aucun bruit de moteur. J'étais encore sous le coup de l'émotion et j'entendais juste battre mon cœur.

Hagen lança un regard en direction des deux hublots qui ouvraient du même côté que celui de la cabine du second maître, et eut l'air sceptique.

— Si mes soupçons s'avèrent exacts, il est dommage que vous ne soyez pas resté ici à ranger votre bureau hier après-midi.

Sur ces paroles énigmatiques, Hagen partit retrouver Sturgis et ne perdit pas de temps en vains préambules.

— Vous m'avez indiqué que le canot descendait la rivière et le second maître qu'il la remontait, Sturgis ! L'avez-vous réellement vu ou cherchez-vous à entraver l'enquête ?

Saisi par les manières abruptes de Hagen, le matelot hésita et finit par avouer la vérité :

— Faut comprendre, monsieur. J'ai pas voulu qu'on m'accuse d'avoir laissé mon poste pendant le hold-up...

— Ainsi, vous n'avez pas entendu de canot ?

— Ben oui... ça vous semble plutôt louche, mais c'est vrai. J'ai rien entendu. Pourtant, mon transistor ne marchait pas assez fort pour couvrir le bruit d'un moteur. Quand j'ai pris mon service à minuit, le second maître m'a dit de ne pas bouger sans sa permission. Et je vous jure que je suis resté à mon poste. Ce n'est qu'après le hold-up qu'il m'a autorisé à m'absenter pour aller prendre un sandwich et du café au mess.

Hagen demeura songeur, puis tourna subitement les talons et grimpa l'échelle de coupée jusqu'à la salle des cartes. Harper le regarda avec une confiance mitigée d'appréhension.

— Du nouveau ?

— Disons que ça avance, répondit Hagen. Je ne comprenais pas pourquoi Finley s'estimait en danger alors que son agresseur était déjà parti. J'ai soupçonné qu'après tout, il n'y avait peut-être jamais eu de canot. Finley vient de confirmer mes doutes en m'assurant qu'il n'avait entendu aucun bruit de moteur, tout comme Sturgis. Dès lors, tout allait de soi. Finley n'a pas inventé d'histoire et le voleur s'est bien fait passer pour un sourd-muet. Il s'agit de quelqu'un qui a vu le duplicata du reçu de la banque hier après-midi dans son bureau. Il possédait déjà des mitaines, un couteau et ce qui lui a servi de masque, mais il est descendu à terre acheter un bleu de travail. Il avait besoin d'un délai de dix minutes pour courir avec le sac dans sa cabine, changer de vêtements puisque Finley ne tarderait pas à apparaître. Sturgis aurait pu se trouver du côté de la cabine du commissaire et le croiser par hasard, aussi il lui a ordonné de ne pas quitter la passerelle.

Un silence de mort régnait dans la cabine et même la rivière semblait frappée de torpeur. Rigide, figé, les yeux fixés sur les cartes, le teint gris, le second maître finit par expliquer avec amertume :

— Chaque jour la crise empirait, le bateau devait être mis en rade, c'était tentant d'essayer... J'estimais que cela ne représentait pas trop de difficultés. Il suffisait de s'emparer de l'argent, de jeter le sac vide et le bleu de travail à la mer, puis à la fin du voyage, de déposer les billets dans un coffre-fort.

Harper, profondément écœuré, ajouta :

— J'ai été vraiment idiot de penser que ça pourrait marcher. Qu'est-ce qui a attiré votre attention sur moi ?

— Sans vouloir être ironique, le fait que vous ne soyez pas sourd.

— Je ne saisis pas...

— Pour éviter les recherches à bord, il fallait faire croire que l'argent avait été débarqué. Et vous étiez le seul à avoir entendu un canot qui n'existait pas.

Mute Robbery.
Traduction de Dominique Sidot.

EN TOUTE SYMPATHIE

par DONALD OLSON

— Je suis lâche, mon chéri, admit Cheryl, mais peux-tu vraiment me le reprocher ?

Reed Terner déposa un baiser contrit sur la joue de sa ravissante jeune épouse :

— Voici pour t'encourager.

Et il ajouta, espérant que ses propos n'étaient pas complètement illusoires :

— En un an, ses sentiments peuvent très bien avoir évolué. Le départ pour l'université. L'éloignement de la maison. Joyce était peut-être responsable d'une grande partie de tout ça, tu sais.

— Oh, Reed, je ne crois pas qu'il faille blâmer sa mère. Elle ne s'est jamais comportée en « ex » vindicative. Honnêtement, je ne l'imagine pas en train de monter Ricky contre moi.

Il dut en convenir.

— C'est vrai, Joyce était innocente dans cette affaire. Ricky le sait très bien. Joyce et moi avons probablement eu tort de lui cacher nos désaccords. Le divorce l'a heurté de plein fouet. Mais maintenant qu'il a eu le temps de s'habituer à la situation...

Cheryl lui adressa un pâle sourire.

— Je redoute néanmoins de devoir aller le chercher seule et rentrer du village sans qu'il prononce un seul mot, muré dans son silence.

Toujours le même vieux ressentiment qui bouillonne sous le couvercle.

— Chérie, tu sais bien que j'irais si je le pouvais. Mais il faut absolument que je sois ici pour la réunion du comité du trophée. Tu sais à quel point c'est important.

Limberlost Lodge n'avait été au départ qu'une simple station de sports d'hiver dans les monts Alleghanys, jusqu'au jour où Reed, envisageant la possibilité de l'exploiter douze mois sur douze, s'en était porté acquéreur. Aujourd'hui, elle pouvait se vanter de posséder un parcours de golf, des pistes cavalières, des courts de tennis et un bassin de natation de dimensions olympiques. Le relais proprement dit, une vaste construction de pierre et de bois dans le style Tudor, avait été restauré et remeublé de fond en comble. La vue qu'il offrait, à mi-pente sur la montagne, était spectaculaire. Réussir à organiser un des grands trophées de golf de l'année sur le site de Limberlost devait lui apporter une formidable publicité.

Cheryl consulta sa montre, souhaitant que plusieurs semaines la séparent encore de la confrontation tant redoutée. Ricky devait passer deux semaines auprès d'eux, et si rien n'avait changé, cela lui paraîtrait une éternité. Le souvenir de la visite de l'année précédente lui laissait présager d'interminables journées d'une tension corrosive pour le système nerveux.

— Reed, promets-moi de ne pas le provoquer. Ne lui donne pas l'occasion de déclencher la bagarre. Je ne me sens pas capable d'affronter deux semaines comme l'année dernière.

Il s'efforça de prendre les choses à la légère.

— Allons, ce n'était pas si terrible.

— Tu trouves ? Aurais-tu oublié qu'il a essayé de te tuer ? Ton propre fils ?

— Mais non, c'est ridicule. Nous avons simplement perdu l'un et l'autre notre calme, rien de plus.

— Mais c'est toi qui as failli te noyer. Et cette horrible scène dans la salle à manger. Une douzaine de personnes l'ont entendu te menacer de mort.

— Chérie, ce n'est qu'un gamin. Il traversait une période très difficile. Allons, son car arrive dans quarante-cinq minutes et je ne veux pas que tu roules trop vite en descendant.

Il l'embrassa à nouveau et l'accompagna jusqu'à sa jeep. Mais il avait beau tout faire pour sauver les apparences, il se sentait aussi nerveux qu'elle. Il aimait profondément Ricky, et Cheryl tout autant. Il espérait que l'animosité excessive de Ricky à son égard prouvait simplement son extrême attachement pour son père, et que le temps aidant, cet attachement finirait par refermer la plaie.

***

Le car avait vingt minutes de retard et les nerfs de Cheryl étaient à cran. Elle savait que tout dépendait de cette visite. Lorsque le car apparut enfin, elle arbora courageusement un large sourire et agita la main avant même d'avoir aperçu Ricky.

Au premier regard, elle eut l'impression qu'il était encore plus jeune et séduisant que dans son souvenir. C'était vraiment un garçon superbe, grand, brun, bien charpenté, le visage aminci mais plus mûr. Pourtant, comme il avait l'air solennel !

— Ricky ! s'écria-t-elle avec enjouement. Quelle joie de te revoir ! Seigneur, tu es devenu un véritable géant !

Elle aurait pu continuer dans la même veine s'il ne l'avait brutalement réduite au silence en laissant tomber son sac, la prenant dans ses bras et l'embrassant chaleureusement sur la joue.

S'attendant au mieux à ce qu'il la salue froidement, elle en fut désarçonnée.

— Eh bien ! Quelle bonne surprise ! s'exclama-t-il. Je m'attendais à trouver Papa.

— Il aurait bien aimé venir mais il est coincé par une importante réunion du comité.

D'un air désolé, il déclara :

— Vous méritez une médaille.

— Vraiment ?

Il la regarda droit dans les yeux.

— Écoutez, nous ferions mieux de mettre immédiatement les choses au clair. Pendant tout le voyage, je me suis entraîné à vous présenter mes excuses, à l'un et à l'autre. Mon Dieu, vous devez vraiment me prendre pour un sale gosse trop gâté.

— Tu avais d'excellentes raisons de réagir comme tu l'as fait. Il n'y a pas lieu de s'excuser de quoi que ce soit.

Il s'étira en poussant un soupir de soulagement, inspira à fond l'air tiède de l'été tout imprégné d'odeurs de prairies et posa ses bagages dans la jeep avant de s'installer d'un bond à côté de Cheryl.

— Il faut bien s'excuser quand on est parti de chez soi pendant un an — pour sûr, cela donne à réfléchir.

— Oh, Ricky, tu ne peux pas savoir à quel point cela me fait plaisir de t'entendre dire cela ! Ton père sera fou de joie !

Elle hésita un instant avant d'ajouter :

— Comment va ta mère ?

— Très bien. Elle vous envoie son meilleur souvenir.

— C'est gentil de sa part.

— C'est une gentille femme.

Bien que Cheryl ait été la secrétaire de Reed avant qu'il ne vende l'entreprise Terner, elle n'avait pas eu l'occasion de rencontrer sa première femme. Joyce n'était jamais venue au bureau.

Cheryl n'avait pas exagéré en annonçant que Reed serait fou de joie. Il l'était réellement. Quand il constata le changement d'attitude de son fils, les larmes lui vinrent aux yeux. Il n'arrêtait pas de le serrer contre lui. Ce soir-là, dans la magnifique salle à manger du relais, le dîner prit des allures de célébration. Ricky ne cessa de les amuser en racontant ses tribulations d'étudiant de première année.

— Le début des études de médecine, ce n'est pas rien, conclut-il. Mais au lycée, je n'étais pas mauvais en chimie et en biologie, aussi ai-je l'impression que je vais m'en tirer.

Tandis que Reed exposait ses projets de développement pour Limberlost, le regard de Cheryl ne cessa d'aller de l'un à l'autre. Décidément, les deux hommes se ressemblaient vraiment beaucoup : même stature, même physique avantageux, même détermination d'esprit.

Plus tard dans la soirée, elle consulta quelques recettes et s'acquitta de ses dernières tâches de maîtresse de maison avant de traverser le hall recouvert d'un épais tapis pour s'engager dans l'escalier qui menait au gymnase et à la piscine du dernier étage. En chemin, elle s'arrêta au palier intermédiaire qui desservait les couloirs conduisant aux chambres des clients. Arrivée à la dernière chambre du niveau « A », elle s'assura que le couloir était désert avant de frapper discrètement à la porte.

Clay Winslow — professeur de ski et de tennis en même temps qu'homme de confiance de la maison — la prit dans ses bras dès qu'elle eut franchi le seuil. C'était un homme de forte stature, au regard brûlant de rage contenue.

— Je pensais te voir à la salle à manger, dit Cheryl.

— J'ai dîné tôt. J'espère que la réunion de famille n'a pas été un succès.

Cheryl le regarda avec effroi.

— Au contraire. Tu aurais dû voir ça, Clay, je n'en croyais pas mes yeux. Ricky a complètement changé. Il s'est confondu en excuses pour son attitude de l'an passé. Nous sommes tous copains, maintenant.

Le visage de Clay s'assombrit.

— Alors, où en sommes-nous ?

La façon dont elle haussa les épaules en guise de réponse le piqua au vif.

— Tu avais tout prévu, s'écria-t-il. Le gamin a menacé de tuer son vieux. Tout le monde l'a entendu. Il ne nous restait plus qu'à mettre les éléments en place, dégommer ton cher époux et faire porter le chapeau au gosse. L'enfance de l'art, selon toi.

— Comment pouvais-je deviner qu'il changerait d'attitude ? L'année dernière, il s'est comporté comme un vrai psychopathe. Tu n'en douterais pas si tu avais été là à l'époque. Un cas désespéré.

— Eh bien ?

Elle mordilla sa lèvre inférieure d'un air pensif.

— Nous devons nous en tenir à notre plan. Il faut absolument que Reed disparaisse et que Ricky soit convaincu de meurtre. C'est pour moi la seule façon de toucher l'argent. Les meurtriers n'héritent pas.

— Mais maintenant, qui ira croire que le gosse l'a descendu ?

— Laisse-moi y réfléchir. J'ai bien une idée, seulement elle risque de ne pas te plaire. Je t'ai raconté que Ricky n'avait pas cessé de mentir à son père l'hiver dernier — il a même été jusqu'à lui raconter que j'avais essayé de le séduire. Il a tenté tout ce qu'il a pu pour dresser Reed contre moi, mais cela n'a pas marché. Eh bien, admettons que

Ricky découvre que je suis aussi mauvaise qu'il l'a dit ? Que tout ce que Reed refusait de croire est vrai ?

Winslow ricana. Cheryl lui lança un regard chargé de reproche.

— Je n'étais pas comme ça au début. En épousant Reed, je savais qu'il laisserait tout à son fils, mais après la vie sans relief que j'avais menée jusqu'alors, j'étais assez contente de lui mettre le grappin dessus. Et il m'a fort bien convenu jusqu'à ce que tu arrives.

— Cela ne me dit pas ce que tu as en tête.

— Supposons que je fasse des avances à Ricky ? Il ne manquera pas d'aller le répéter à son père. Mais, pas plus que la dernière fois, celui-ci n'en croira un mot. Et cela donnera l'impression que le changement d'attitude de Ricky n'était qu'une feinte. Ce qui suffirait peut-être à les dresser à nouveau l'un contre l'autre.

Clay était sceptique.

— Et si cela ne marche pas ?

— Dans ce cas, nous essaierons autre chose. Mais dorénavant, nous devons nous montrer extrêmement prudents, mon chéri. Si quiconque venait à nous soupçonner de...

— Il reste toujours la cabane, lui rappela-t-il en l'attirant à lui.

— Il va falloir agir rapidement, dit-elle en cédant à son étreinte. Nous ne disposons que de deux semaines.

***

Rapidement, mais prudemment, elle le savait. Pas question de se jeter à la tête de Ricky. Il faudrait l'attaquer progressivement. L'idée n'était pas de le séduire réellement, bien entendu, mais simplement de lui faire comprendre qu'il l'intéressait. Elle sourit en son for intérieur. Cela pouvait être amusant, après tout. Clay la tuerait s'il pouvait lire dans ses pensées. Car son envie farouche de mettre la main sur la fortune de Reed n'empêchait pas Cheryl d'être une créature sensuelle qui n'était pas insensible au mélange de séduction virile et d'innocence juvénile que dégageait Ricky. Qu'elle fût capable de susciter le désir du jeune homme ne faisait pour elle aucun doute, sa réussite auprès du père en témoignait — or lui, de surcroît, avait été marié à l'époque.

Sans le savoir, Reed apporta personnellement de l'eau à son moulin. Il aurait certainement préféré consacrer tout son temps à Ricky, mais ne pouvant se soustraire à ses nombreuses responsabilités, il délégua à Cheryl le soin de distraire le garçon. Ils firent ensemble des randonnées à cheval le long des pistes de montagne, jouèrent au tennis et au golf, nagèrent dans la piscine. Au commencement, elle se montra circonspecte, parlant avec emphase de Reed et de leurs projets concernant Limberlost. Puis, les jours passant, elle adopta une attitude plus subtilement aguichante, ayant recours à des sourires ambigus, des effleurements qui ne s'imposaient pas, et se mit, en évoquant sa vie conjugale, à laisser filtrer une pointe de dépit.

— Franchement, Ricky, je voyais davantage ton père lorsque j'étais sa secrétaire. Je comprends mieux pourquoi ta mère s'est sentie délaissée. Non qu'il me néglige, ce n'est pas ce que je veux dire. Je sais qu'il a énormément de travail. Mais il y a des moments où je me sens vraiment seule. Ta présence rend les choses tellement différentes, j'aimerais que tu puisses rester tout l'été.

— J'aimerais aussi, répondit-il. Vous avez été formidable. J'avais peur que vous m'évitiez comme si j'étais pestiféré... et je n'aurais pu vous en vouloir.

Ils s'étaient arrêtés au milieu des sapins pour laisser reposer leurs chevaux. Lorsqu'il l'aida à remonter en selle, elle fit en sorte de retomber dans ses bras et se cramponna un bref instant à lui. Ses lèvres tièdes effleurèrent le cou du jeune homme, puis, se maudissant pour sa maladresse, elle fit une deuxième tentative. Ni l'un ni l'autre n'ouvrirent la bouche sur le chemin du retour.

*
* *

La nuit suivante, Cheryl frappa à la porte de Ricky. Elle crut d'abord qu'il n'allait pas la laisser entrer, mais il enfila vivement un pantalon et lui ouvrit.

— Il se passe quelque chose, Cheryl ?

Elle franchit le seuil avec un air de réserve embarrassée tout en froissant nerveusement le col de son chemisier particulièrement échancré.

— Non, rien du tout. Simplement... je me sentais un peu seule. Une fois de plus, Reed est resté travailler tard dans son bureau.

Ricky referma la porte à contrecœur.

— Vous paraissez troublée.

Prenant une mine d'une innocence dévastatrice, elle déclara doucement :

— L'hiver dernier... ce que tu as dit à ton père à notre sujet. Ce n'était pas entièrement faux, d'une certaine façon. Tu ne faisais que traduire ma pensée.

— Cheryl !

— Ricky... N'avais-tu pas aussi, de ton côté, un peu envie que ce fût la vérité ?

— Que voulez-vous dire ?

Elle leva les yeux vers lui avec une expression franchement aguicheuse :

— Tu sais très bien ce que je veux dire.

Les sentiments contradictoires qu'elle put aussitôt lire sur le beau visage bronzé du jeune homme amusèrent Cheryl, mais elle se ressaisit, sachant qu'elle devait profiter de son avantage. Il fit un pas vers elle. Elle le contourna, marqua une pause, se retourna et lui effleura les lèvres d'un baiser délicat.

— J'avais juste besoin de savoir où nous en étions, c'est tout. Je dois partir, maintenant, Reed risque de me chercher. A demain, alors ? Nous pourrions nous arrêter dans cette cabane sur la piste Nord. Personne ne nous verra.

Ne lui laissant pas le temps de réagir, elle ouvrit la porte et disparut.

De retour dans sa chambre, elle prit un bain et se lava les cheveux. Elle lisait un magazine au lit, le buste légèrement redressé par des coussins, lorsque Reed entra. Elle bâilla, s'étira langoureusement et lui demanda où en était son travail. Lui ayant répondu, il voulut savoir ce qu'elle avait fait de sa soirée.

— Je suis montée assez tôt. Maintenir le rythme avec ton fils ces derniers jours m'a littéralement épuisée.

— Je suis désolé, ma chérie. Tu as été un véritable ange. A partir de maintenant, je vais passer un maximum de temps avec lui.

— Excellent. Il veut tellement se faire pardonner l'histoire de l'hiver dernier. C'est touchant.

***

Elle fit la grasse matinée le lendemain, imaginant la conversation entre le père et le fils à la table du petit déjeuner. Puis elle se leva et s'installa devant son miroir pour mettre au point une expression à la fois dépitée et attristée. « Oh, chéri ! gémirait-elle. Ça recommence ? Tu veux dire qu'il n'a cessé de feindre depuis le début ? Que son attitude n'a véritablement pas changé ? »

Ce serait le début. Elle sourit, concevant différentes manières de jeter de l'huile sur le feu et de les dresser l'un contre l'autre comme chien et chat.

S'étant habillée, elle quitta sa chambre et s'engagea dans l'escalier.

Clay lui bloqua le passage.

— Que diable s'est-il passé la nuit dernière ?

— Rien du tout. J'ai simplement fait mon petit numéro. Maintenant, il n'y a plus qu'à attendre le résultat.

— Vraiment ! dit-il en ricanant. Ils avaient l'air de s'entendre comme larrons en foire au petit déjeuner.

Effectivement, lorsqu'elle les retrouva plus tard, alors qu'ils rentraient d'un parcours de neuf trous, tout semblait normal. Le bras de Reed entourait amicalement les épaules de son fils. Il embrassa machinalement Cheryl et lui demanda :

— Tu veux faire un tour à cheval avec nous cet après-midi ?

Ricky semblait décidé à ne pas croiser son regard, mais sinon, il avait l'air parfaitement innocent et détaché. Elle devina qu'il n'avait pas soufflé mot à son père de l'incident de la nuit précédente. Première année de médecine ? En vérité, il se comportait comme un diplomate confirmé. De toute évidence, le plan avait échoué.

— Merci beaucoup, mais je ne crois pas, murmura-t-elle.

Ricky s'arrangea ensuite pour ne jamais se trouver seul en sa présence. Tout ce qu'ils firent, ils le firent en trio.

Les jours passèrent et la panique commença à la gagner.

Ayant retrouvé Clay dans la cabane près du remonte-pente, elle dut en convenir :

— D'accord, d'accord, j'avais tort. C'était une bonne idée, mais cela n'a pas marché.

— Alors, c'est comme ça, ma douce ? Nous allons continuer à nous retrouver comme avant ? Jusqu'au moment où, pourquoi pas, tu décideras que je n'en vaux plus la peine ?

— Ne sois pas stupide. Il nous reste cinq jours.

— Pour quoi faire ?

Elle glissa ses doigts dans l'abondante toison qui recouvrait la poitrine de l'homme.

— Fais appel à ta propre imagination, pour changer. Mon plan était peut-être idiot, après tout. Si ça se trouve, un bon avocat aurait été capable de sauver la tête du gamin même en cas de succès.

Cependant, il leur fallait agir. Il n'était pas question de passer un autre hiver coincée là, au bout de nulle part. Après quelques minutes de réflexion, elle eut une inspiration :

— Pourquoi n'auraient-ils pas un accident ? Tous les deux.

— Quel genre d'accident ?

— Oh, Clay, que t'arrive-t-il ? C'est à toi de le trouver.

***

Clay Winslow prenait chaque jour la jeep pour descendre chercher le courrier en ville. Cet après-midi-là, il y avait une lettre pour Ricky.

— C'est Maman ! s'écria-t-il en déchirant l'enveloppe.

Ils étaient installés, son père et lui, sur la terrasse dominant la vallée.

— Tout va bien à la maison ? lui demanda Reed lorsqu'il eut achevé sa lecture.

— Oui, impeccable. Je lui manque, mais elle espère que je passe de bonnes vacances. Elle demande de tes nouvelles.

Reed posa une main sur l'épaule de son fils.

— C'est bien vrai, n'est-ce pas ? Tu passes de bonnes vacances ?

— Formidables, tu le sais. Cheryl et toi avez été super — surtout quand on pense que...

— Allons, c'est oublié, tout ça.

Ils restèrent à contempler le panorama. Ricky dit alors :

— Maman adorerait cet endroit.

— Mais elle est déjà venue, tu sais. Je l'ai amenée ici à l'occasion d'un de nos anniversaires de mariage. Je crois que c'est à ce moment-là que m'est venue l'idée de l'acquérir un jour.

Ricky dévisagea son père.

— Parfois, je me dis que si tu avais vendu ton affaire plus tôt, et si tu nous avais consacré davantage de temps, à Maman et moi, nous serions peut-être encore tous ensemble.

Une expression indéfinissable envahit le visage de Reed.

— Qui sait, mon garçon ?

Croyant percevoir une pointe de regret dans la voix de son père, Ricky insista :

— Mais si tout était à recommencer, est-ce que tu épouserais Cheryl ?

Une légère irritation durcit la voix de Reed.

— Comment diable pourrais-je répondre à une telle question ? C'est arrivé, voilà tout.

Ricky explosa.

— Je *sais*. C'est arrivé et il faut prendre les choses comme elles sont.

— Ce n'est pas ce que j'ai dit.

— Si seulement je pouvais comprendre *pourquoi* c'est arrivé.

Reed haussa les épaules et tendit le doigt vers la droite, là où les filins du remonte-pente traversaient la barrière de sapins.

— Tu sais comment cela se passe, là-haut, n'est-ce pas, fiston ? On est sur le qui-vive, fin prêt à s'élancer, puis pendant une fraction de seconde, on a peur, on se demande si l'on ne va pas se ridiculiser, ou pire. Et puis une seule détente et il est trop tard pour s'arrêter ou revenir en arrière. Tout ce que l'on éprouve est un merveilleux sentiment de légèreté et d'entrain. C'est ce qui m'est arrivé avec Cheryl — si cela a un sens pour toi.

— As-tu jamais songé à t'arrêter, ou à revenir en arrière ?

Reed ne répondit pas. Donnant une tape amicale sur l'épaule de son fils, il se leva d'un bond et rentra dans la maison.

***

Le lendemain, Clay attendait déjà dans la cabane quand Cheryl arriva. Il semblait d'excellente humeur.

— Tu as dit que c'était important, déclara-t-elle.

— Pas si important que ça, affirma-t-il en l'attirant contre lui.

Un peu plus tard, en enfilant sa chemise, il précisa :

— Cela devra se produire à la dernière minute.

— Quoi ?

— L'accident, ma douce.

Elle lui adressa un sourire radieux.

— Tu as trouvé quelque chose !

— Quelque chose de parfait, du moment que tu joues bien ton rôle.

— Mon rôle ? demanda-t-elle faiblement, le visage soudain crispé.

— Calme-toi. Tu n'auras rien à faire, sinon t'assurer que Reed conduise personnellement son fils au village le jour de son départ. Tu peux faire ça ?

— Oui.

— Je vais m'arranger pour être occupé, afin qu'il ne m'en charge pas.

— Pas de problème, Clay. Reed tiendra à l'accompagner lui-même. Mais pourquoi est-ce si important ?

— Parce que, ma douce, ils n'atteindront jamais le village. Il suffira que je m'occupe des freins comme il faut pour qu'ils ne dépassent pas le virage en épingle à cheveux. Ils aboutiront au fond du ravin sans savoir ce qui leur est arrivé.

— Tu es sûr de savoir quoi faire ?

— C'est l'enfance de l'art.

— Cela me plaît, dit-elle en hochant la tête.

— C'est bien ce que je pensais.

Elle se raidit brusquement.

— Tu as entendu ?

— Quoi ?

Elle jeta un coup d'œil vers la fenêtre ouverte.

— J'ai l'impression d'avoir entendu quelque chose. Va voir dehors.

Il revint avec un large sourire.

— N'use pas tes nerfs inutilement avant samedi. Si tu as entendu quoi que ce soit, ce devait être un daim.

Elle semblait encore préoccupée.

— Il y a des moments où je me demande si Reed soupçonne quelque chose.

— Pourquoi donc ? Nous n'avons pris aucun risque.

— Le mot exact n'est pas « soupçonne ». Pourtant, il n'est plus tout à fait lui-même depuis quelques jours.

— C'est peut-être de ta faute, suggéra-t-il en lui effleurant la joue. Deux hommes, ce doit être trop pour toi.

— Je ne supporte plus qu'il me touche. J'essaie de ne pas le montrer, mais grâce au ciel, il n'y en a plus pour longtemps.

— Deux jours, ma douce, et tout sera à toi, dit Clay. Et tu seras toute à moi.

Puis, consultant sa montre :

— Il vaudrait mieux que je rentre, c'est bientôt l'heure du courrier. D'ailleurs, j'ai promis au jeune

Ricky de faire une course pour lui, conclut-il avec un sourire grimaçant.

— Ah, bon ?

— Il m'a demandé d'acheter quelque chose au village. Un cadeau de départ pour toi. N'est-ce pas mignon ?

— Partir est le meilleur cadeau qu'il puisse me faire.

***

Ricky, qui marchait avec son sac à dos, arrêta Clay Winslow sur le chemin du retour.

— Je suis crevé, Clay. Pouvez-vous me prendre pour le reste de la route ?

— Montez donc, proposa Clay.

Tendant à Ricky ce qu'il venait d'acheter, il commenta :

— Vous avez de la chance, c'était leur dernière boîte.

Ricky la rangea dans son sac.

— Merci beaucoup. Ce n'est pas un cadeau bien extraordinaire, mais je me souviens que l'année dernière, elle raffolait de ces fondants français.

Clay gloussa.

— La petite vendeuse du magasin voulait absolument savoir pour qui c'était. Je vais finir par lui donner ce qu'elle attend, un de ces jours.

— Vous lui avez répondu ?

— Oui, je lui ai dit que je les destinais à ma petite amie.

— Clay, toutes ces femmes sont folles de vous.

— Ce sont les risques du métier, répondit Clay avec un clin d'œil.

Le soir même, Ricky alla trouver son père dans son bureau lambrissé de pin et lui tendit un paquet plat, enveloppé dans du papier-cadeau.

— Tu peux l'ouvrir tout de suite, si tu veux.

Le visage de Reed exprima un mélange d'étonnement et de gêne quand il déchira l'emballage.

— Oh, mon garçon, elle est vraiment superbe. Merci !

— Je ne m'attends pas à ce que tu l'exposes sur ton bureau. Sinon, je l'aurais fait encadrer. (Ses doigts jouaient nerveusement avec la chaîne d'or suspendue à son cou.) Je n'ai pas dit à Maman que j'allais faire tirer une épreuve pour toi, mais je voulais que tu voies comme elle est belle maintenant.

Reed examina attentivement la photo de Ricky et de Joyce.

— Elle semble... différente. Plus jeune.

— Oui. Je crois qu'elle s'était vraiment laissée aller. Mais je n'ai pas cessé de la taquiner jusqu'à ce qu'elle entreprenne quelque chose pour me réduire au silence. Elle a retrouvé une silhouette d'enfer, maintenant, et elle a changé de coiffure.

— C'est ainsi qu'elle se coiffait dans le temps, dit-il d'un air songeur.

— Si j'étais toi, je m'arrangerais pour que Cheryl ne la voie pas. Elle risquerait de ne pas comprendre.

Reed lui adressa un sourire emprunté et glissa la photo dans le dernier tiroir de son bureau.

— As-tu pensé à quelque chose pour Cheryl ? Une sorte de témoignage de sympathie ?

— Je lui enverrai quelque chose de la maison, dit Ricky. Je suis désolé... En fait, j'avais l'intention de prendre une boîte de ces fondants français qu'elle affectionne, mais il semblerait que Clay m'ait coiffé au poteau.

— Clay ? interrogea Reed d'un air surpris.

— Oui, il vient juste de lui en acheter.

— Comment le sais-tu ?

— C'est lui qui me l'a dit, répondit Ricky en lui lançant un regard innocent. Allons, Papa, tu ne serais quand même pas jaloux de ce vieux Clay, ajouta-t-il avec un large sourire.

— Ne sois pas stupide.

— Je plaisantais, Papa. J'ai simplement vu la boîte dans la jeep quand il m'a pris en stop tout à l'heure et lui ai demandé à qui il rapportait des fondants. Il m'a répondu que c'était Cheryl qui les lui avait demandés.

***

La veille du jour de son départ, Ricky monta dans sa chambre après le déjeuner pour écrire quelques cartes postales à ses condisciples. Cela n'avait pas grande importance, il en était conscient, mais ce serait peut-être utile, ultérieurement, de pouvoir prouver que, dans son esprit, elles *étaient censées* arriver à la poste pour la levée. Il descendit les cartes au rez-de-chaussée. C'était bientôt l'heure de l'expédition quotidienne de Clay au village.

Son cœur battit la chamade lorsqu'il vit que la jeep était déjà partie. Il entendit une voix crier son nom et se retournant, vit son père qui lui faisait de grands signes. Clay se tenait à côté de lui.

— Tu ferais mieux de nous accompagner, Ricky. L'une des clientes du club est tombée de cheval sur la piste Nord. Nous craignons qu'elle n'ait une jambe cassée.

Ricky baissa les yeux vers les cartes postales qu'il tenait toujours à la main.

— Bien sûr. Je voulais juste demander à Clay de mettre ça à la poste pour moi.

— Il est trop tard, répondit Clay. C'est Mme Terner qui s'occupe du courrier aujourd'hui. Elle est déjà partie. Je suis désolé.

Le regard de Ricky s'attarda un instant sur la route qui descendait vers le village. Puis, glissant les cartes dans sa poche, il se détourna pour suivre les deux hommes.

***

La cavalière s'était seulement foulé la cheville. Reed, qui semblait sincèrement préoccupé, fut soulagé de voir que ce n'était pas grave. En redescendant, sa mâchoire se crispa à l'approche de la maison, quand deux employés du club et un homme en uniforme de la police nationale vinrent en hâte à leur rencontre.

Ricky, resté en retrait, les regarda parler à son père. Prenant sur lui, il s'avança et se joignit à eux.

— Papa, que se passe-t-il ?

Reed était livide, ses lèvres tremblaient.

— Quelque chose de terrible vient d'arriver. La jeep a manqué le virage... elle est tombée dans le ravin.

— Mais tu disais que Cheryl était... Oh, mon Dieu ! Est-ce que... ?

— Cheryl est morte, Ricky, déclara Reed d'une voix brisée.

***

Plus tard dans l'après-midi, Ricky monta dans sa chambre, ouvrit sa valise et en sortit un objet qu'il enfonça dans sa poche. Il prit ensuite la boîte de fondants français, qui n'était pas emballée, la glissa sous son bras et sortit dans le couloir. En haut de l'escalier, il arriva devant une porte qui menait au patio derrière le gymnase, traversa le patio et s'engouffra dans les bois. Il se sentait incontestablement soulagé du tour qu'avaient pris les choses, même si ce n'était pas conforme à son plan. Winslow, et non Cheryl, aurait dû se trouver au volant de la jeep. C'était Winslow qui lui avait donné l'idée de saboter les freins le jour où, ayant suivi la jeune femme jusqu'à la cabane, il avait entendu leur conversation par la fenêtre ouverte. Cela dit, il ne pouvait pas lui en vouloir. Quel homme avait la moindre chance de se sortir des griffes de Cheryl ? Son père avait été pris. Et lui-même, aurait-il eu une chance d'y échapper, si elle n'avait pas quitté sa chambre à temps, l'autre nuit ?

Arrivé au cœur de la forêt, il jeta la boîte de fondants au fond d'un petit ravin puis, s'agenouillant par terre, il enfouit en profondeur la fiole de liquide transparent qu'il n'était maintenant plus nécessaire de cacher dans la chambre de Clay. Il revint ensuite sur ses pas. Sa négligence lui sauta aux yeux alors qu'il avait presque rejoint la piste. Il rebroussa chemin. Arrivé au petit ravin, il descendit la pente comme il put, récupéra la boîte de fondants qui gisait dans le fond et entreprit de l'enterrer avec autant de soin que la fiole.

Pour rien au monde il n'aurait voulu empoisonner une innocente bête sauvage.

A Token of Appreciation.
Traduction de Marie-Caroline Aubert.

LA CHOSE AIMÉE

par ARTHUR PORGES

Pendant presque un an, le professeur Burnham et sa jeune assistante avaient passé tous leurs vendredis soirs dans le laboratoire de biologie de la petite université, à disséquer, extraire, concentrer, et consigner ces notes méticuleuses qui caractérisent tous les scientifiques compétents. Des milliers de phalènes femelles, élevées dans ce but, étaient mortes afin de fournir aux deux chercheurs quelques grammes de liquide pâle. Cet extrait était inodore et presque incolore, mais seulement pour des humains. Pour un phalène mâle, en revanche, cette substance claire et huileuse était la promesse du paradis des insectes, un puissant et subtil aphrodisiaque.

Quant au professeur, après avoir végété pendant plus de dix ans, il était soudain redevenu l'entomologiste acharné qui avait décroché son doctorat à vingt-trois ans. Aujourd'hui, presque totalement chauve, la taille épaisse de l'homme d'âge mûr, il avait retrouvé récemment une sorte d'air enfantin ; son côté lourdaud s'était atténué de manière frappante. Ce changement était dû sans aucun doute à

Susan, si gaie et adorable, qui partageait aujourd'hui son triomphe. Car les quelques gouttes avaient été analysées, pour synthétiser ensuite un équivalent plus puissant ; ensemble ils avaient créé cette énorme molécule complexe, une opération hautement sophistiquée, dont ils avaient tout lieu d'être fiers. En fait, c'était le genre de travail pouvant rendre jalouses ces grosses sociétés pharmaceutiques avec leurs dizaines de savants biochimistes. Un observateur impartial pourrait conclure qu'ils avaient eu beaucoup de chance, et c'était sans doute vrai, mais comme l'avait si justement fait remarquer Pasteur, la chance sourit à celui qui s'y est préparé.

Toutefois, il était bon que leur travail s'achève ce soir, car Mme Burnham, une femme peu commode, se montrait de plus en plus acariâtre depuis quelque temps. Bien que le vendredi soir fût consacré à son bridge, elle reprochait à son mari de rester à l'université après les cours. Ce vieil imbécile n'avait-il pas encore compris que sa carrière de scientifique était terminée ? Simple maître assistant dans un établissement de péquenots, construit principalement pour accueillir des étudiants en agriculture bornés, il n'avait plus aucune chance de grimper des échelons, pas à cinquante-huit ans. Alors, pourquoi cet intérêt soudain pour les expériences en laboratoire ? Si Myron n'avait pas été un pauvre type aussi terne et asexué, elle aurait pu croire qu'il y avait quelque chose entre lui et cette étudiante, cette Susan machin-chouette. Mais une jolie fille de vingt-trois ans n'avait que faire d'un homme de cinquante-huit ans sans énergie sexuelle et ennuyeux, avec en sus de la bedaine ; de même, il était peu probable que Myron fût capable de lui faire des avances. Malgré tout, quand un homme arrive à un certain âge, mieux vaut le surveiller ; ça ne coûtait rien de vérifier...

Mme Burnham jeta un châle léger sur ses épaules,

malgré la chaleur de la soirée presque oppressante, fit ses excuses, et abandonna la partie de bridge avant la fin. Juste une fois il fallait qu'elle voie de ses propres yeux ce que fabriquait Myron, et si son assistante était jolie ; à la maison, ce vieil imbécile demeurait évasif. Cherchait-il à lui cacher quelque chose ? Il rechignait à parler de cette fille.

— Ce n'est qu'une étudiante, disait-il d'un air détaché, avant de changer de sujet. Je ne la connais pas très bien. Je dirige sa thèse, et si elle est bonne, j'adresserai peut-être une recommandation à State quand elle commencera sa licence. Ils se souviennent de moi là-bas, avait-il ajouté en redressant ses frêles épaules de manière pathétique.

Le trajet jusqu'à l'université était agréable, à travers la campagne, sous les étoiles qui brillaient dans le ciel d'été, avec le chant aigu des grillons, et le parfum lourd du jasmin qui fleurissait la nuit. Mais elle remarquait à peine tous ces attraits, préférant l'excitation et l'ambiance d'une pièce pleine de monde, avec de la musique pour danser et beaucoup d'alcool. Et s'il y avait en plus des jeunes hommes costauds pour admirer sa silhouette restée svelte, c'était encore mieux.

***

— Susan, dit Burnham en se frottant les mains, je crois que nous sommes prêts à poser la dernière pierre. *A priori*, le mélange est le bon, mais la moindre différence dans l'assemblage peut annihiler l'effet, biologiquement parlant, comme vous le savez.

— Je meurs d'impatience, chantonna-t-elle.

Son visage fin, presque félin — son petit air de minou, comme il l'appelait dan son for intérieur — rayonnait. Elle se tenait à côté de lui, si près qu'il sentait la chaleur de son corps, l'odeur de son parfum délicat, et une vague de désespoir le submergea. Ils s'étaient rencontrés au mauvais moment. Il était vieux, trop vieux, trop marié, elle arrivait trop tard. Un vers de Tennyson lui revint en mémoire : « Le Temps, un fou qui sème de la poussière ; la Vie, une furie qui lance des flammes. » Maudit soit ce monde où tout marche à l'envers. Quand un homme possédait enfin la sensibilité, la maturité, et le goût pour savoir ce qui lui convenait le mieux, il était toujours trop tard pour agir. Cette idylle particulière s'achèverait bientôt, peut-être même ce soir. Finies ces merveilleuses séances de travail et de joyeuse camaraderie où l'âge n'était plus un obstacle ; seules comptaient l'intelligence, la recherche de la vérité, l'union parfaite de deux tempéraments et de deux esprits. Le plaisir intellectuel de leurs progrès s'était imprégné de la chaleur et de la sensualité de sa féminité. Il se souvenait des pauses-café, le breuvage sombre et odorant préparé dans les fioles d'Erlenmeyer au-dessus d'un bec Bunsen, pendant qu'il lui racontait des anecdotes saugrenues rapportées de ses études à l'étranger. Tout cela avec une apparente innocence, du moins pour elle. Née dans une petite ville des environs, elle ignorait tout, Myron en était persuadé, des émotions qui l'assaillaient : l'envie de toucher sa peau éclatante, d'embrasser cette lèvre inférieure boudeuse...

Mais Susan achevait son diplôme ; c'était désormais une question de jours, bientôt elle irait à State afin de poursuivre ses études de biologie. Comment pourrait-il continuer à vivre sans elle ? Entouré seulement de balourds, professeurs et étudiants, sans aucun moyen d'échapper à son épouse, cette femme insupportable au masque de cosmétique revêche en guise de visage. Elle adorait que de jeunes hommes la regardent, mais elle était bien trop froide et prudente pour s'écarter, même d'un centimètre, du droit chemin conjugal. En songeant à tout cela, l'humeur de Burnham ressemblait à une tour obscure remplie d'hommes armés.

— Monsieur Burnham !... Professeur !... Herr Doktor !

Susan lui souriait ; il redescendit brusquement sur terre.

— Excusez-moi, j'étais dans les nuages. Voyons si la chance nous a servis.

— Ce n'est pas de la chance, c'est le talent, professeur... le vôtre surtout.

Elle avait dit cela avec une sincérité évidente, et il se sentit rougir de bonheur. En effet, il avait travaillé avec une confiance et une maîtrise qui lui faisaient défaut depuis des années.

— Je n'aurais jamais pu y parvenir sans vous, dit-il, ajoutant intérieurement « en tant que scientifique et compagne aimée ». Vous avez le don, reprit-il à voix haute, ça ne fait aucun doute ; ils s'en apercevront à State.

Il prit un disque de papier-filtre et, à l'aide d'une pipette, fit tomber au centre une gouttelette d'extrait, puis il déposa le rond blanc sur le rebord d'une fenêtre ouverte. Susan, l'esprit vif comme toujours, ayant remarqué la légère brise, posa une baguette en verre sur le disque pour l'empêcher de s'envoler.

— Vous croyez qu'ils vont venir ? demanda-t-elle. Une si petite quantité... pour un tel espace.

A cet instant, elle lui parut tout à coup terriblement jeune et vulnérable et il pensa, avec un rien de culpabilité, qu'une fille plus sophistiquée, élevée par ses parents et non par une vieille tante sénile, n'aurait jamais accepté de travailler seule le soir en compagnie d'un homme plus âgé. Mais grâce à Dieu, elle l'avait fait, et ces quelques semaines avaient été comme une source d'eau fraîche pour un homme mourant de soif dans le désert.

— Ils viendront, déclara-t-il avec une assurance qu'il n'éprouvait qu'à moitié.

Autrefois, il avait fait partie des plus brillants entomologistes, aidé également, par un véritable don pour la biochimie, et cette recherche avait bénéficié de son talent et de sa compétence.

— Pour eux, reprit-il, c'est comme une sirène d'incendie en pleine nuit, ou un flambeau, ou encore une explosion dans une fabrique de parfum. C'est comme si chaque phalène mâle entendait... la Bo Derek de l'espèce l'appeler par son nom.

A peine eut-il prononcé cette phrase, Burnham se sentit ridicule. Pourquoi employer des noms, surtout quand il ne savait pas lesquels étaient à la mode aujourd'hui. Bon sang, il en était resté à la jeune Liz Taylor, ça c'était une vraie beauté !

— C'est étonnant le nombre infime de molécules de ce mélange que peut détecter un phalène mâle. Cette simple goutte devrait suffire à en attirer plusieurs dizaines, et rapidement.

— On a du mal à croire qu'il y en a autant dans les parages, s'émerveilla-t-elle.

— Oh, nous ne les voyons peut-être pas, mais ils sont des milliers autour de nous. Tenez ! En voilà un !

Un gros phalène blanc, d'une fragilité spectrale, voletait autour du papier-filtre dans un paroxysme de désir. Il fut immédiatement rejoint par un second, puis en quelques secondes, une quinzaine d'insectes au moins tournoyaient dans une nébuleuse pâle.

— Nous avons réussi ! s'exclama Susan.

Ses yeux violets brillaient. Elle se jeta au cou de Burnham et l'embrassa. Il savait que ça ne voulait rien dire ; ses lèvres étaient froides, serrées, sèches, sans un soupçon de passion ; à ses yeux il n'était qu'une figure paternelle, quelqu'un qui remplaçait ses parents disparus, et rien d'autre. Pendant une fraction de seconde, il lutta contre l'envie impérieuse de la serrer contre lui. Mais il perdit rapidement le combat, et il tendit les bras avec fougue.

— Myron !

Le cri strident le fit reculer avant que Susan ne s'aperçoive de ses intentions. Son épouse se tenait sur le seuil du laboratoire, le visage cramoisi sous son épaisse couche de maquillage, ses lèvres fines pincées en un trait de fureur exsangue.

— Ah, c'est comme ça que tu fais de la recherche ! Les phalènes, hein ? Et je suppose que cette petite traînée sert de flamme !

— Vera..., fit Burnham d'un ton suppliant.

Il ne fallait pas qu'elle gâche tout, qu'elle souille tout avec sa propre bassesse.

— ... Tu te méprends... Ce n'est pas ce que tu crois. Nous venons d'achever une expérience formidable, et pendant un instant nous avons laissé éclater notre joie.

— Tu parles que vous avez achevé une expérience ! gronda Vera. En fait, vous alliez plutôt en commencer une. Quant à toi, traînée, si tu crois que je ne t'ai pas vue l'embrasser, alors qu'il pourrait être ton grand-père !

Suivit un flot d'injures, des paroles que Burnham lui avait entendu prononcer seulement quand elle était totalement ivre. Leur effet sur Susan fut dévastateur. La jeune fille sembla se racornir comme le maïs tendre se racornit sous les assauts d'un vent meurtrier. Avant qu'il ne trouve quelque chose à dire, elle passa devant lui en sanglotant et quitta le laboratoire précipitamment. Il comprit alors qu'elle ne reviendrait plus... jamais plus. Plongé dans une sorte de torpeur, entendant à peine la diatribe de son épouse, il la suivit jusqu'à la maison.

***

La semaine d'après fut terrible pour Burnham. Son sentiment de culpabilité ne cessait de le harceler, et Vera se montrait impitoyable. Impossible de la convaincre que le baiser de Susan était le premier, un baiser innocent. A différentes reprises, elle le traita de vieil imbécile lubrique.

— Regarde-toi dans la glace, pour l'amour du ciel ! Chauve comme un œuf, une silhouette en forme de poire, et autant de sex-appeal qu'un crustacé... Et tu as le culot de faire du plat à une adolescente ! Tout ce qu'elle veut, c'est profiter de ton intelligence — enfin ce qu'il en reste — et avoir un mot de recommandation pour le professeur Graves à State. Si elle savait qu'ils se fichent pas mal de toi là-bas, elle ne se serait pas donné tout ce mal.

— Je te répète, disait-il chaque jour, qu'il n'y a jamais rien eu entre nous. Je n'avais jamais touché cette fille avant ce soir-là. Ce n'est qu'une charmante et adorable gamine de la campagne.

Implacable, elle avait lancé d'un ton moqueur :

— Économise ton haleine, qui n'est pas très fraîche soit dit en passant. Ce n'est pas un baiser de gamine qu'elle t'a donné, en plein sur la bouche. Une seconde de plus, et tu lui sautais dessus, je l'ai bien vu. Cette expression sur ton visage, poursuivit-elle impitoyablement, on aurait dit un chat sur sa litière.

Son rire amer et rauque le suivit lorsqu'il quitta la pièce.

Il attendait le vendredi avec impatience. Enfin, Vera s'en irait pour quelques heures. Ce soir-là, il s'attarda au laboratoire et rentra le plus tard possible chez lui, où l'attendait un repas froid, pendant que Vera s'habillait pour se rendre au cercle de bridge. L'eau de la douche coulait, et sur le lit était étendue la robe qu'elle allait mettre, trop jeune pour elle avec toutes ces franfreluches, d'un bleu si pâle qu'elle paraissait presque blanche. Elle lui rappela les ailes des phalènes, et immanquablement, Susan. Plus aucune nouvelle d'elle, rien. Sans doute avait-elle quitté le campus aussitôt après l'incident ; ses amis eux-mêmes semblaient tout ignorer de ses projets. Elle était certainement retournée dans son village natal, à cent cinquante kilomètres de l'université. Elle ne lui réclamerait pas cette lettre de recommandation, c'était certain. Elle n'aurait qu'une seule envie : oublier cette sordide affaire. Myron n'y était pour rien, mais Susan s'en moquait, il était lié à son humiliation, elle s'était enfuie comme un animal blessé. A cause de Vera. Combien il haïssait cette femme ! Il avait du mal à croire qu'il ait pu la désirer. Jeune idiot qu'il était, il n'avait pas remarqué cette bouche pincée, ces yeux trop petits. La seule chose qu'il avait vue, c'était son corps ferme et excitant. Quelle erreur de fonder un mariage sur une telle sottise !

Son regard morne revint se poser sur la robe bleue. Une fois ôtées les franfreluches, on aurait dit un linceul. Voilà une idée plaisante : un linceul pour Vera...

— Tu restes ici, je suppose, dit-elle avec une trace de mépris, en buvant son martini. A moins que tu aies déniché une autre jolie étudiante pour faire un peu de travail de laboratoire ? La prochaine fois, limite-toi à la vie amoureuse de tes stupides insectes, au lieu de choisir une gamine, sinon...

Elle ne prit même pas la peine d'achever sa menace ; Myron n'avait plus le courage de lutter, il n'en avait jamais eu beaucoup. Elle se demanda, ce n'était pas la première fois, pour quelle raison elle avait épousé cet individu médiocre sans personnalité. Jack Bragin était aujourd'hui concessionnaire de voitures, il gagnait une petite fortune. Ce corps qui avait si bien trompé Burnham aurait pu tout aussi facilement séduire Bragin. Sans doute avait-elle succombé à l'idée qu'elle se faisait des privilèges d'une femme d'universitaire. Si Myron avait continué sur sa lancée, s'il avait enseigné aujourd'hui à Harvard ou Princeton, c'eût peut-être été différent, mais dans ce trou perdu... oui, elle avait gâché sa vie, c'est sûr.

La nuit était douce, et la plupart des gens auraient eu plaisir à marcher dans la campagne odorante. Une légère brise fantasque soufflait dans différentes directions, transportant dans sa trame une variété de senteurs estivales, tels des fils de couleur.

Mais Vera était impatiente, légèrement mécontente et, marchant d'un pas vif, elle ne prêtait pas attention à ce qui l'entourait. Dommage que la voiture fût en réparation, sinon, elle aurait demandé à Myron de la conduire. Elle aurait pu appeler un taxi, mais ils n'étaient que deux à circuler le soir et il fallait attendre si longtemps que ça n'en valait pas la peine ; elle serait plus vite arrivée à pied.

Une petite chose blanche voltigea autour de son visage ; elle la chassa d'une grimace. Quelle ironie, épouser un dingue des insectes, alors qu'elle détestait toutes ces bestioles effrayantes ! Y compris les papillons que tant de gens trouvaient adorables. Ils avaient d'étranges corps mous et froids qui palpitaient sous les doigts, beurk ! Deux autres phalènes vinrent chatouiller sa joue, puis d'autres, et soudain ils formèrent tout un nuage. C'était étrange, inhabituel, et un peu effrayant. Elle les chassa, du moins s'y essaya-t-elle en lançant des jurons rageurs. « Qu'est-ce qui leur prend à ces sales insectes ? » se disait-elle en agitant les bras pour dissiper l'essaim. Elle accéléra le pas, trottinant presque. On aurait dit qu'il neigeait maintenant, mais bon sang, on était en été ! Bientôt, ce ne fut plus un simple désagrément ; un second nuage de phalènes, énorme, l'enveloppa. Elle en tua des centaines en battant des mains, ses ongles rouges s'enfonçaient dans les masses blanches ; certains retombaient dans l'herbe en tournoyant, les ailes brisées. Mais de nouveaux venus ne cessaient de se regrouper. Ils s'agglutinaient sur son visage, ses épaules, sa robe, et lorsqu'elle voulut hurler, sa bouche s'emplit de mâles ravis, plongeant dans sa gorge à la recherche du paradis. Vera tomba sur le sol, en roulant sur elle-même comme une démente, essayant de respirer, toussant, haletant, étouffant, et pour finir, disparaissant entièrement sous un énorme monticule blanc tourbillonnant. Pendant quelques minutes, la masse pâle fut soulevée de convulsions internes, puis, enfin, son noyau s'immobilisa, tandis que, sur plusieurs kilomètres à la ronde, les insectes avides se hâtaient de se fondre dans cette sphère bouillonnante de délice orgasmique mesurant presque trois mètres de diamètre.

Car la robe de Vera était imprégnée de l'essence de phalène femelle, appliquée par Burnham pendant que son épouse prenait sa douche. Son martini contenait lui aussi quelques gouttes du puissant extrait. Rien que pût détecter l'odorat ou le palais humains, mais la robe de Vera et son haleine promettaient à chaque phalène mâle les récompenses ultimes de l'amour estival.

Alors ils s'étaient précipités, par milliers, vers la Chose Aimée...

The Beloved Object.
Traduction de Jean Esch.

LE MEILLEUR DES CUISINIERS

par S.S. Rafferty

Ne vous fiez pas à l'enseigne devant chez Rooney qui annonce : « Bar et Grill ». Si le mot « bar » n'est pas une publicité mensongère, le mot « grill » en revanche relève de la pure fiction. Personne, pas même Rooney, n'a jamais mangé et ne mangera jamais dans cet établissement ; mais il existe dans cet état une loi promulguée après qu'on eut mis la Prohibition au rancart et qui dit que tous les débits de boisson doivent également servir des repas chauds. Une de ces lois stupides, destinées à apaiser les abstinents.

Quoi qu'il en soit, afin de soutenir cette loi ou du moins d'y faire allusion, tous les journalistes qui se réunissent chez Rooney se livrent au même rituel en entrant dans le bar.

— Qu'y a-t-il au menu ? demandera au patron un journaliste qui certainement se cache de son rédacteur en chef.

Rooney se lancera alors dans une énumération de plats à faire rougir de honte un maître d'hôtel du Waldorf.

— Pas de coq au vin blanc ? demandera le journaliste, consciencieusement.

L'air contrit, Rooney répondra :

— Désolé, seulement au vin rouge.

— Dans ce cas, dira le reporter dépité, je prendrai juste un whisky soda.

Un matin vers trois heures, nous étions quatre journalistes installés dans un box du fond, quand un vieux chroniqueur, Opie Hooter, se remémora le jour où un inconnu était entré par hasard chez Rooney. L'acte en lui-même constitue un noble accomplissement, car le bar est dissimulé dans une impasse qui sépare deux quotidiens rivaux et une feuille de chou du dimanche. Il n'est fréquenté que par les journalistes et les opprimés.

— Voilà qu'entre cette pauvre âme égarée, raconta Opie, et il demande le menu. Le vieux Rooney lui débite son baratin, et ce pauvre crétin commande un plat pour de bon. On aurait dit que Rooney allait faire une crise cardiaque. Mais il réfléchit rapidement, car ce type pourrait être un nouvel inspecteur des débits de boisson. Rooney bat en retraite dans la réserve derrière. A cette époque, il y avait un écriteau au-dessus de la porte qui disait : « Accès réservé au personnel des cuisines. » Rooney se planque là-dedans pendant quelques instants, avant d'en ressortir, la mine défaite. D'une voix à fendre l'âme, il explique au client qu'il n'a plus de crevettes casino, ou je ne sais quoi, que cet idiot avait commandé. Pas découragé pour autant, le type choisit un autre plat parmi la litanie de Rooney. Là, Rooney se trouve face à un vrai problème. Il sait que s'il répond qu'il n'en reste pas non plus, le type commandera autre chose. Croyez-moi, les gars, ce gus avait une tête d'entêté.

— Pourquoi est-ce que Rooney n'a pas jeté ce crétin dehors ? demanda Sid Genderman.

Sid est chroniqueur sportif, alors évidemment, les détails lui échappent.

— Il avait peur que ce soit un inspecteur, répond Opie, avant de poursuivre son récit. Soudain, Rooney a une idée de génie. Continuant à jouer la comédie, il disparaît dans la cuisine ; quand il en ressort, il a l'air horrifié. « Mon cuisinier vient de mourir ! annonce-t-il au crétin affamé. On ne servira pas de repas aujourd'hui. » Bon, on pourrait croire que l'histoire va s'arrêter là, mais non, ce type est un enragé. « Oh, c'est affreux, dit-il. J'ai appartenu à une unité d'ambulanciers du Corps Expéditionnaire Américain en France. Je peux peut-être faire quelque chose. » Rooney lève les yeux au ciel en répondant qu'il n'y a plus rien à faire pour le chef. « Je peux au moins vous dire s'il est vraiment mort, insiste le gars. Il faut l'œil d'un spécialiste. Peut-être est-il simplement évanoui. »

— Ah, le pauvre Rooney mijotait dans son bouillon imaginaire ! s'esclaffa Buzzy Lang, le correcteur du *Blade*.

Opie lui décocha un sourire sardonique.

— Détrompe-toi. Rooney est un homme de ressource. Il se souvient que, dans sa fausse cuisine, Oscar Creegan, un linotypiste du *Blade*, est en train de cuver une bringue de deux jours. Oscar est sa planche de salut. Voyant que l'intrus se dirige vers la porte de la remise, Rooney montre l'écriteau. « Vous ne pouvez pas enfreindre le règlement », dit-il, mais afin de satisfaire le type, Rooney dit qu'il se fera un plaisir de lui apporter le corps pour examen. J'ignore si le gars essayait vraiment de rendre service, ou s'il avait simplement des goûts morbides, toujours est-il qu'il fait signe à Rooney d'abouler les restes.

Opie avala une petite gorgée de whisky, suivie d'une rasade de bière.

— C'était le moment de vérité. Rooney fonce de

nouveau dans la remise, noue un tablier autour du corps osseux d'Oscar et, afin de s'assurer sa coopération, il lui file un coup sur la cafetière avec un vieux pied de chaise. Puis, respectueusement, il traîne Oscar sur scène. Le type observe le corps inanimé, soulève les paupières et colle son oreille contre la poitrine d'Oscar. « En effet, il est bien mort », déclare-t-il, et sur ce, il abandonne Rooney à son deuil et s'en va à la recherche de nourriture.

— Eh bah, si ce type était chargé des certificats de décès dans le Corps Expéditionnaire Américain, déclara Sid Genderman, on ferait bien d'aller faire un tour en France avec des pelles, car ce gars ne connaissait pas son métier.

— Pas nécessairement, intervins-je. (Je couvre les affaires criminelles, j'ai vu pas mal de cadavres et discuté avec suffisamment de médecins légistes pour connaître deux ou trois choses sur le sujet.) Déterminer la mort d'un individu n'est pas une chose aussi simple qu'on pourrait le croire. Si Oscar était imbibé d'alcool, sa respiration était sans doute très faible, de plus il était évanoui, grâce à l'aimable concours du pied de chaise.

— Ses yeux auraient dû le trahir, me rétorqua Sid. Un légiste de Mobile m'a expliqué, un jour, que la pupille rétrécit et se déforme tout autour. Je l'ai constaté moi-même. Un joueur de base-ball de second ordre avait exercé ses talents sur un arbitre, avec une Louisville Slugger numéro 5, à la suite d'un point refusé. Les pupilles de l'arbitre étaient ramollos, vous pouvez me croire.

Buzzy Lang jouait avec son verre de gin, comme s'il avait l'esprit ailleurs. Et soudain, il leva les yeux vers nous.

— Ce type, le crétin, il pouvait pas faire partie du Corps Expéditionnaire.

— Pourquoi ? demandai-je.

— Parce que j'ai participé moi aussi aux premiers

combats en Europe, et on pratiquait le test de l'aiguille. Une aiguille bien brillante, quand on l'enfonce dans un muscle, ne se ternira pas si le gars est mort.

— Et si le type crie « Aïe », il n'est pas mort, ajouta Genderman en tapant sur la table.

— Je ne plaisante pas. C'est un test sûr à cent pour cent.

— Rien n'est jamais sûr à cent pour cent, déclara Opie.

— Vous savez, dis-je, cette histoire de cuisinier mort me rappelle l'époque où je travaillais pour un hebdomadaire à Chrétienté, dans le Nevada.

Je me retournai vers le petit homme à la tête de chouette qui s'était approché de notre box.

— Salut, Doc Ouest, asseyez-vous.

Son vrai nom est en réalité Richard Sparks, mais c'est un des deux médecins légistes de la ville. Il s'occupe du secteur ouest, tandis que son confrère se charge du secteur est. Pour simplifier, on les appelle Doc Ouest et Doc Est.

Il se glissa à côté de Genderman et commanda une tournée générale.

— Nous aurions eu besoin de vos services il y a quelques instants, Doc, dit Buzzy. Nous discutions des moyens de s'assurer qu'un mort est bien mort.

— Ah, c'est un secret de notre métier. Allez-y, me dit-il, continuez votre histoire.

— Dans ce cas précis, vous ne serez pas obligé de nous refiler vos combines, Doc, car on sait que le cuisinier était mort pour de bon. A vrai dire, il est mort grillé dans un incendie. Et il aurait connu un repos paisible sans le docteur Biggs et sa machine à rayons X.

Je me tournai vers le Doc Ouest et déclarai d'un ton d'excuse :

— Attention, je ne cherche pas à me moquer de votre profession. Doc Biggs n'était pas un vrai médecin avec un diplôme en latin accroché au mur. Non, il avait un peu étudié pour devenir vétérinaire, et il était très doué pour soigner les morsures de serpent ou extraire les balles dans les corps des prospecteurs après les débats animés du samedi soir.

— Voilà une clientèle bien pittoresque ! gloussa Doc Ouest.

— Vous avez raison, Chrétienté était un endroit pittoresque. La plupart des mines d'argent étaient épuisées, mais il en restait juste assez pour attirer la racaille habituelle. Doc Biggs avait sans doute décidé d'améliorer son standing, car il avait commandé à Carson City un appareil de radiographie. Il est amusant de songer que la machine et le cuisinier sont arrivés en ville le même jour. Dans une petite bourgade, la moindre nouveauté peut compter sur l'accueil méprisant de la populace, mais en l'occurrence, les rayons X l'emportèrent haut la main. En apprenant que ce bidule envoyait des rayons électriques à travers le corps, ils l'évitèrent comme un nid de serpents à sonnette.

— Il aurait dû le baptiser d'un nom moins terrifiant, suggéra Opie Hooter, comme par exemple, « caméra pour les os ». Voilà tout le secret de la publicité.

— Peut-être, repris-je, mais rien ne put convaincre la population de Chrétienté qu'il ne s'agissait pas d'une machine infernale. Doc Biggs en fut réduit à l'expérimenter sur des poules et des chats pour prouver son aspect inoffensif, malgré cela, il n'y eut pas le moindre amateur humain.

« En revanche, le mépris de la population ne s'étendit pas à Pierre LaChamps. Celui-ci fut accueilli comme un Roi mage. Il n'y avait qu'un seul restaurant en ville, tenu par un sale type nommé Tugger McCoy. La nourriture qu'il servait ressemblait à ce qu'on peut trouver sous un bloc de pierre. c'était plus que mauvais.

« J'ignore comment, mais Pierre LaChamps convainquit Tugger de lui donner sa chance, et du jour au lendemain pratiquement, le restaurant se transforma en un essaim de mineurs affamés. Ce Français était un maître des casseroles et de ce qu'il y a dedans. Il avait une telle façon d'utiliser les épices et les herbes qu'il aurait pu vous faire bouffer un coyote de vingt ans.

« Tout le monde était aux anges, sauf Doc Biggs. Il continuait à redresser des jambes cassées, mais personne ne voulait approcher de sa machine. Même Tugger McCoy, qui ne souriait jamais, semblait ravi. Avec un chef de première classe pour s'occuper de la cuisine, Tugger avait désormais plus de temps à consacrer à ses porcs de concours qu'il gardait dans une porcherie à la périphérie nord de la ville. Je vous jure qu'il aimait davantage ses porcs aristocratiques que sa ravissante épouse. Ces animaux étaient un désagrément pour tout le monde, surtout par jours de grande chaleur, quand le vent charriait l'odeur de la porcherie vers la rue principale, mais on ne pouvait pas faire grand-chose. Tugger avait été champion de boxe dans les Marines, et il n'aimait pas les critiques. En fait, il affirmait même que ses porcs ne sentaient pas mauvais... Cela explique sans doute pourquoi sa cuisine était si infecte.

« Donc, pendant que Tugger s'occupait de ses cochons, Pierre nous cuisinait de bons petits plats, avec l'aide de Tess, l'épouse de McCoy.

— Ah, fit Genderman, la femme arrive et les ennuis commencent !

— Non, pas avec Tess McCoy en tout cas. Mais ne brûlons pas les étapes.

— Pour un journaliste, voilà une longue introduction. Les porcs, l'appareil de radiographie et ainsi de suite.

— Tout cela fait partie de l'histoire, dis-je pour calmer Genderman, et il y a également une femme. Deux, même. Pierre était un homme très séduisant, il semblait sorti tout droit d'une publicité pour une marque de chemises. Bientôt, il se mit à fréquenter la veuve Parker qui possédait un ranch à environ six kilomètres au sud. Géographiquement, cela était fort pratique pour Pierre, car il prenait également des leçons de menuet avec une dame nommée Carla Friento, qui tenait une laverie en ville.

« Pendant environ deux mois, tout se passa bien, puis Pierre commença à laisser entendre qu'il souhaitait repartir. Cette nouvelle déclencha un début de panique en ville, car nos estomacs étaient habitués désormais à se faire dorloter, pas question de revenir à la pâtée pour cochons de Tugger. Je discutai avec Pierre et lui suggérai d'acheter le restaurant pour s'installer. Apparemment, il était confronté au même problème que tout le monde : l'argent. Grâce à lui, l'établissement de McCoy connaissait un tel succès que cette crapule en exigeait une petite fortune. C'est alors que me vint l'idée qui régla tous nos problèmes en un tournemain. Si les habitants réunissaient la somme nécessaire, nous pourrions garder Pierre et sa cuisine et, plus important encore, nous débarrasser de McCoy et de ses satanés porcs.

« A voir la façon dont afflua l'argent, on aurait pu croire que j'avais découvert un nouveau filon. Pierre paya McCoy et le vieux fou quitta la ville dans la nuit, avec Tess. Le lendemain, nous fêtâmes l'événement en organisant un délicieux barbecue de porcs primés.

« Hélas, la vie est imprévisible, et alors que Pierre était son propre patron depuis quelques semaines seulement, le restaurant brûla, et lui avec. C'est à ce moment que Doc Biggs intervint et déclencha un sacré tollé. Bien qu'il ne restât plus grand-chose du pauvre Pierre, c'était le premier gros morceau d'anatomie humaine que trouvait Doc Biggs et qui ne refusait pas de passer aux rayons X. Le docteur prit des clichés de chaque partie du corps, et quand il développa le négatif du crâne de Pierre, il cria au meurtre.

« Apparemment, le crâne du cuisinier était fracturé, et le docteur en conclut que quelqu'un avait assommé Pierre avant de mettre le feu au restaurant. Au début, nous avons pensé que Doc Biggs cherchait simplement à se faire de la publicité. Enfin quoi, tout le monde ou presque en ville avait investi dans le restaurant, et Pierre n'avait aucun ennemi. Quand le docteur est venu me montrer la radiographie, je m'apprêtais à le jeter hors du bureau. La prétendue « fracture » ne se trouvait pas du tout à l'arrière du crâne. C'était une petite fêlure sur le côté gauche du visage, à peu près à l'endroit où mes lunettes reposent sur mon nez. Mais je voyais bien que Doc refusait d'en démordre, alors pour le faire taire, j'envoyai le cliché à un vrai médecin de Carson City, en lui demandant s'il était possible de décéder des suites d'une petite fracture comme celle-ci. A ma connaissance, personne n'était jamais mort d'un coup de poing dans le nez.

« Le chirurgien de Carson City connaissait rudement bien son boulot. Il me répondit qu'il s'agissait d'une fracture d'un os du visage qui possède un drôle de nom, et en aucun cas elle n'avait pu tuer cet homme, car c'était une vieille fracture qui remontait peut-être à dix ou quinze ans. Armé du cliché, j'allai trouver le shérif pour mettre fin aux élucubrations de Doc Biggs.

Je bus une gorgée de whisky et observai mon auditoire. Genderman secoua la tête.

— C'est tout ? Je croyais que c'était une histoire de meurtre ?

— Je n'ai jamais dit que c'était une histoire de meurtre. J'ai simplement dit que l'histoire avec Rooney me rappelait la mort de Pierre. Rien d'autre.

— Il y a quand même un hic, intervint Opie. Tu nous as dit que tout le monde en ville avait des intérêts dans le restaurant, mais la femme du ranch et la patronne de la laverie ? Est-ce que l'une d'elles n'aurait pas découvert la double liaison de Pierre et décidé de se venger ?

— Pas Carla Friento en tout cas. Elle apportait du linge dans les mines et elle était restée là-bas, un tas de témoins peuvent le confirmer. Quant à la propriétaire du ranch... oui, peut-être, mais, de toute façon, il ne s'agit pas d'un meurtre.

— Je crois bien que si.

Tous les visages se tournèrent vers Doc Ouest qui allumait sa pipe.

— Je ne vois pas de quoi vous voulez parler, dis-je.

— Pourtant, vous en avez été témoin. Le shérif également, et votre cher Doc Biggs aussi.

— Où ? Comment ?

— J'avoue qu'il faut posséder certaines connaissances techniques, mais un observateur entraîné tel que vous aurait dû se montrer plus perspicace.

— Continuez, Doc.

Genderman avait hâte de me voir ridiculisé.

— Quand vous avez écrit à ce chirurgien de Carson City, lui avez-vous précisé que LaChamps était un grand cuisinier ?

Je réfléchis.

— Non, je ne crois pas. Ça ne me paraissait pas important.

— Eh bien, si vous aviez pris cette peine, le médecin de Carson City aurait eu des soupçons. Vous dites que la fracture se situait à peu près ici...

Il montra la partie supérieure de son nez.

— C'est exact.

— Il s'agit de l'os ethmoïde, et je suis prêt à parier que la fracture se situait au niveau de la plaque criblée. Une fracture à cet endroit entraîne une anosmie.

— La perte de l'odorat, dit Opie.

— Oui, et quand vous perdez l'odorat, vous perdez, ou du moins vous endommagez sérieusement votre sens du goût. Dans ces conditions, je ne vois pas comment un cuisinier pourrait être excellent.

— Ça alors ! (Je me frottai le menton.) Vous voulez dire que Pierre était un imposteur, docteur ?

— Plus que vous ne l'imaginez. Je ne parle pas d'un faux cuisinier. De toute évidence, il connaissait son métier. Non, c'est le cadavre qui était faux.

Genderman écarquilla les yeux.

— Mais oui, je comprends maintenant. Il voulait quitter la ville sans laisser de traces, alors il a mis le corps de quelqu'un d'autre dans son restaurant et provoqué l'incendie.

— C'est ridicule, dis-je. Personne n'a disparu en ville.

— Pardon, intervint Doc Ouest, il manquait quelqu'un. Quelqu'un qui avait été boxeur, et qui avait sans doute récolté cette fracture sur le ring. Quelqu'un qui pouvait travailler au milieu des porcs sans être incommodé par l'odeur.

— Tugger McCoy ! m'exclamai-je, tout excité. Mais il avait quitté la ville avec son épouse.

— Mme McCoy était-elle jeune ?

— Oui. Et jolie.

— Eh bien, revoici la théorie de Genderman : « Qui dit femme dit ennuis. » Pierre tombe amoureux de l'épouse de McCoy, mais il cache la vérité en s'affichant avec d'autres femmes. Puis il escroque les habitants de la ville pour acheter le restaurant, il prétend avoir payé McCoy, et il envoie la femme qu'il aime réellement au vert pendant un mois.

— Mais où était McCoy pendant tout ce temps ? demanda Opie Hooter en s'adressant au docteur.

— Je ne peux que faire des suppositions. Cela se passait dans une région désertique. Les cadavres ne se décomposent pas très vite dans la terre aride. Pierre a pu l'enterrer et l'exhumer la nuit de l'incendie.

Genderman éclata de rire.

— Conclusion, Pierre a fichu le camp avec le fric et la fille, et tout ça avec l'aide de notre estimé confrère ici présent.

— Hé, attendez une minute ! protestai-je. Comment pouvais-je connaître ces histoires de plaque criblée et d'anosmie ?

— Bien sûr, mon vieux, dit Genderman, ravi, mais tu aurais pu donner tous les détails au toubib de Carson City.

Il avait raison, que répondre à cela ?

— Allez, ne le prenez pas mal, me dit le docteur. Tous les habitants ont négligé le fait le plus troublant.

— De quoi s'agit-il ? murmurai-je d'un air sombre.

— McCoy adorait les porcs. Croyez-vous vraiment qu'un amoureux comme lui aurait laissé des porcs primés connaître le sort ignoble d'un barbecue ?

Je jetai un regard en direction d'Opie Hooter qui répondit par un haussement d'épaules.

— Rappelez-moi de ne jamais assassiner quelqu'un dans cette ville, dit-il, du moins pas dans le secteur ouest.

— Mais nous sommes dans le secteur ouest, Opie, dis-je. Ton rédacteur en chef habite dans le secteur ouest. Un jour ou l'autre, on assassine tous nos rédacteurs en chef, et le doc sera là pour t'épingler.

— Pas si on se sert du test de l'aiguille de Buzzy Lang. Ça prouvera qu'il est mort depuis des années.

— Vous savez, dit Buzzy, ça me rappelle une histoire qui n'a jamais été publiée. Les flics ont découvert un corps avec trois aiguilles plantées dans le gros orteil du pied gauche.

Mais c'est une autre histoire, et il se fait tard, alors ce sera pour une prochaine fois. Rooney ne ferme jamais, venez y faire un saut.

The Greatest Cook In Christendom.
Traduction de Jean Esch.

UN ŒIL IMPARTIAL

par Stephen Wasylyk

Tolan Garr s'adossa à son fauteuil et se frotta énergiquement le visage avec les mains. Après une journée et demie passée à débusquer et à corriger les erreurs de Freeman, il avait enfin réussi à mettre d'accord sa calculatrice et les chiffres du grand livre. Freeman aurait vraiment mérité d'être arrêté pour exercice illégal de la comptabilité.

Fiona s'approcha de lui par-derrière et, de ses mains étonnamment fortes pour une si petite femme, entreprit de masser les muscles de son cou raidi. Il renversa la tête en arrière. Vu à l'envers, le malicieux visage auréolé d'éclatants cheveux roux lui sourit. Le sourire était aussi superbe ainsi qu'à l'endroit.

— Encore la migraine ?

— Pas pour l'instant.

Il savait qu'elle allait revenir.

— Bon. Nous pouvons donc aller à la réunion de Haydon.

Il pivota légèrement sur son fauteuil pour regarder par la fenêtre. Le patio, en bas, près de la piscine de la résidence, était déjà à moitié rempli de gens.

— Perte de temps, dit-il. Il faut toujours que Haydon organise une chose ou une autre. Heureusement, la plupart d'entre nous ont réussi à se défiler.

Les doigts inquisiteurs s'enfoncèrent plus profondément. Tolan émit un soupir de bien-être.

— Nous devons bien faire *quelque chose*. L'idée de Haydon de placer des vigiles dans les couloirs pourrait éviter un nouvel assassinat. Toutes les femmes sont pour.

— Voilà qui m'étonne. J'en connais certaines qui préféreraient sans doute se faire étrangler plutôt que de sentir la présence d'hommes faisant les cent pas devant leur porte.

Elle accentua sa pression sur la nuque de son mari.

— Ce n'est pas drôle.

— Cesse de te tracasser. La police l'attrapera.

— Ben voyons ! Collins, ses quatre adjoints imberbes et les deux gros policiers du comté qui sont venus poser deux ou trois questions et se sont volatilisés ?

— Nous n'avons pas la chance de posséder une équipe d'enquêteurs hautement spécialisée, c'est entendu, mais Collins n'est pas du genre à renoncer. Il se cramponnera, comme un chien qui ronge son os, jusqu'à ce qu'il ait déniché quelque chose.

— Et pendant qu'il se fera les dents, nous risquons d'avoir une nouvelle victime. C'est pour ça que nous avons besoin des vigiles de Haydon. Ils auront un effet dissuasif, comme il dit. L'étrangleur ira voir ailleurs.

— Je ne discuterai pas là-dessus. Si ces vigiles doivent rassurer les femmes de la résidence, je me rallierai à cette solution, mais nous avons encore une demi-heure avant la réunion. Laisse-moi me relaxer un peu, le temps de trouver une manière d'informer en douceur Freeman, demain, qu'il va devoir chercher ailleurs un emploi rémunérateur.

— Ne t'endors pas.

Il haussa les épaules.

— Aux réunions de Haydon, il vaut toujours mieux arriver tard et partir tôt.

Il se carra dans le fauteuil Morris, sentant les doigts d'une douleur sourde, lancinante, enserrer lentement son crâne. Ça recommençait. Un peu plus pénible à chaque fois.

— A part vous trépaner pour jeter un coup d'œil dans votre crâne, nous avons tout essayé sans rien trouver, avait dit le médecin. Je crois que ces migraines sont d'origine psychosomatique. Comment vont les affaires ?

— Je suis encore loin de posséder un hôtel particulier et une Mercedes.

— Je pourrais interpréter cela comme un symptôme de stress.

— Ce serait une interprétation erronée. Tant que j'arrive à payer mes factures à la fin du mois, je m'estime mieux loti que la moitié de la population.

— Et votre couple ?

— En équilibre stable, comme il se doit.

Le médecin secoua la tête.

— Je persiste à dire que c'est psychosomatique, mais ce n'est pas mon domaine. Je peux vous donner les noms de quelques...

— Non, merci.

Tolan préférait résoudre ses problèmes par lui-même. *Si* ces migraines étaient effectivement d'origine psychosomatique, il trouverait le remède tout seul. Mais peut-être que, cette fois, la solution le dépassait.

Chargé des dossiers et des registres de Freeman, il avait quitté son bureau de bonne heure le vendredi, en proie à un effroyable mal de tête. Il se rappelait être sorti dans la lumière éclatante du soleil d'été, puis... plus rien.

La première chose dont il se souvenait ensuite, c'était qu'il regardait fixement le reflet d'un inconnu hagard dans la vitrine d'un magasin, à dix pâtés de maisons du parking. Peu à peu, les lunettes à monture de corne, le costume froissé, la cravate légèrement de travers trouvèrent leur place, comme les pièces d'un puzzle compliqué, et il s'aperçut qu'il contemplait son image.

Ébranlé, il regarda autour de lui, reconnut le quartier, se demanda comment il était arrivé là. Et, pour la première fois, il eut peur de ces migraines.

A la devanture d'une bijouterie, une pendule attira son attention. Une heure s'était écoulée depuis qu'il était sorti : une heure à marcher dans les rues, sans savoir qui il était, où il allait ni ce qu'il faisait.

Une heure rayée de sa vie sans qu'il sache pourquoi.

Les yeux fermés, il entendait Fiona ouvrir et refermer les tiroirs de la commode, dans la chambre à coucher. Il ne lui avait pas parlé de l'incident de vendredi, bien qu'il fût conscient d'aller ainsi au-devant des ennuis. Fiona avait le caractère emporté qui allait de pair avec ses cheveux roux, et elle n'apprécierait pas de n'avoir pas été prévenue. En fait, il n'aurait su dire pourquoi il avait gardé ça pour lui, à part que ça aurait gâché le week-end de sa femme.

Il l'entendit entrer dans la pièce.

— Il est temps d'y aller.

La migraine était là, prenant lentement de l'ampleur. C'était le moment d'avaler l'un de ces comprimés que le médecin lui avait prescrits.

— Tôt ou tard, vous vous apercevrez que ces comprimés ne règlent rien, avait dit le docteur.

Ça, Tolan le savait déjà. Le médicament ne faisait qu'atténuer la douleur, la réduire à un martèlement sourd qui lui permettait de vaquer à ses occupations.

***

Le patio était rempli de fauteuils de jardin et de transats disposés en demi-cercle, un peu au hasard. Fiona et lui trouvèrent à s'asseoir sur un muret de briques entourant l'un des jeunes hêtres, dont la ramure et le feuillage étaient juste assez épais pour tamiser les rayons du soleil qui éclairaient en plein la façade en verre et en brique jaune de la résidence.

Le bâtiment, vaste U dont les bras étendus étreignaient la piscine, le patio et les courts de tennis, avait seulement trois étages de haut. La base du U comportait l'entrée, le hall et les ascenseurs, tandis que les bras se terminaient par des escaliers permettant d'accéder facilement à ce qu'on appelait pompeusement « l'aire de loisirs » située à l'arrière. Ainsi que l'expliquaient les annonces publicitaires, c'était un immeuble destiné aux jeunes cadres disposant de temps et d'argent pour s'amuser, bronzer et se consacrer à toutes sortes d'activités ludiques. La prépondérance des grosses voitures étrangères dans le parking témoignait éloquemment du succès de la campagne de publicité.

Tolan détestait les immeubles, surtout les immeubles *conviviaux* où les gens échangeaient des sourires et des « Salut ! » comme s'ils se connaissaient depuis toujours. Pour lui, le *home* idéal, c'était un endroit avec des oiseaux qui gazouillaient devant sa fenêtre, de larges enfilades d'arbres, du gazon et des fleurs, et le voisin le plus proche à portée d'appel.

Fiona avait dit : « Mais il nous faut bien habiter *quelque part* ; on ne nous laissera pas planter une tente sur le terrain de base-ball. Le prix des maisons et les taux d'intérêt sont prohibitifs, et tu dois songer à ta nouvelle affaire, au loyer des bureaux... »

Tolan avait fini par accepter, uniquement à cause de l'emplacement. L'architecte avait bâti la résidence sur une ancienne prairie située à trois kilomètres de la petite ville par la route, une prairie encore environnée d'arbres qui camouflaient une petite rivière assiégée par les pêcheurs le week-end, au point que n'importe quel poisson ayant un brin de bon sens restait caché ces deux jours-là sous le rocher le plus accessible.

Tolan aurait bien voulu pouvoir en faire autant.

Bear Lovett et son épouse les rejoignirent. Bear était bâti comme un footballeur professionnel et Sandi, mince et blonde, avait le corps bien entretenu d'une femme qui passait de nombreuses heures sur les courts de tennis.

— Bienvenue à ce nouveau « Dimanche Après-midi Avec Haydon », dit Bear. A votre avis, ce type a-t-il d'autres passe-temps ?

— C'est un organisateur, dit Tolan. Or, les organisateurs ne peuvent résister au désir d'organiser. Si on le lâchait dans la jungle, il organiserait l'existence des oiseaux et des fauves.

— Vous vous moquez toujours de lui, tous les deux, dit Fiona, mais si Haydon n'était pas là, il n'y aurait pas la moindre activité par ici.

— Pure jalousie, déclara Sandi. Un superbe athlète blond comme Haydon doit exciter l'envie de presque tous les hommes de la résidence.

— Pas du tout, se récria Bear. En toute conscience, je trouve difficile d'envier un crétin fini, aussi superbe soit-il. Au fait, quand est censée débuter cette petite sauterie ?

— Maintenant, dit Tolan. Faisant son entrée par le côté gauche de la scène, sa belle chevelure blonde luisant au soleil, voici venir Prince Vaillant, escorté de son fidèle écuyer.

Bear sourit de toutes ses dents.

— C'est pas un écuyer. C'est Collins, le chef de la police.

— Taisez-vous, tous les deux, intervint Sandi. Écoutons au moins ce qu'il a à dire. Trois femmes assassinées, ce n'est pas une plaisanterie.

Tolan ferma les yeux. Le comprimé ne faisait guère d'effet. Il allait devoir doubler la dose.

De sa puissante voix de baryton, Haydon prit la parole. La sécurité aux entrées de l'immeuble avait été renforcée après le premier meurtre, doublée après le deuxième et, après le troisième, on avait ajouté des patrouilles. Comme la direction ne pouvait faire davantage et que beaucoup se plaignaient de vivre dans un camp retranché, Collins et lui avaient décidé que la meilleure solution était de faire participer les locataires eux-mêmes à la sécurité. Quatre vigiles surveilleraient les couloirs de chaque étage : un à chaque coin du bâtiment. Deux hommes auraient l'œil en permanence sur un couloir — ceci de six heures du soir à huit heures du matin, puisque tous les meurtres avaient été commis durant ce laps de temps.

Tolan rouvrit les yeux.

Haydon demandait des volontaires. Aucun vigile ne serait de garde pendant plus d'une heure, à moins d'en exprimer le désir ; compte tenu du nombre d'hommes habitant la résidence, cela ne représenterait pas plus d'un tour de garde tous les trois jours.

Cela semblait un bien petit prix à payer en échange de la tranquillité d'esprit. Les hommes commencèrent à se mettre en file pour proposer leur concours.

Bear jeta un coup d'œil à Tolan.

— Qu'en penses-tu ?

— J'en pense que personne n'a le cran de l'envoyer paître.

— Tu vas donc t'inscrire ?

— Certainement, quand mon tour viendra. Inutile de perdre du temps maintenant. Il a déjà suffisamment de recrues pour deux jours.

— Mon héros ! dit Fiona. Toujours à la pointe du combat.

— Je trouve que vous devriez vous enrôler tout de suite, l'un et l'autre, intervint Sandi.

Bear la serra brièvement contre lui.

— Écoute ce que dit le monsieur, mon amour. Tu as devant toi, en pleine action, l'un des cerveaux les plus logiques du monde. Nous n'aurons qu'à passer demain chez Haydon et nous inscrire en cinq minutes. Si nous le faisons maintenant, nous perdrons presque une heure qui peut être consacrée à des activités plus constructives. (Il se tourna vers Tolan.) Allons tous boire un verre.

A cette idée, Tolan faillit grimacer. L'alcool ne faisait qu'aggraver ses maux de tête.

— Partez devant, tous les trois. Après avoir travaillé presque tout le week-end, j'éprouve le besoin de prendre deux heures de repos. Je vous rejoindrai pour le dîner.

— Tu me demandes de distraire ces dames pendant deux heures ? protesta Bear.

— Pioche dans ton répertoire de blagues d'avocats. Elles seront fascinées.

Sandi adressa à Fiona une moue expressive :

— Quand tu plaqueras Tolan, n'épouse surtout pas un avocat. Leurs histoires drôles sont encore pires que les blagues de comptables.

Fiona étreignit le bras de Tolan.

— La migraine ?

— Elle se présente sous les meilleurs auspices.

— Je t'accompagne.

— Pas la peine. Pourquoi être deux à en pâtir ?

Tandis que les trois autres se dirigeaient vers le bar, Tolan avisa le chef Collins qui rôdait à la lisière de la foule. Défiant sa migraine, il se déplaça pour intercepter le policier.

Il avait fait la connaissance de Collins quelques mois plus tôt, à l'occasion d'une citation pour infraction au code de la route, et avait trouvé que c'était un homme au contact facile, peut-être parce que cela se passait à l'époque des déclarations d'impôts. Collins lui avait jeté un regard intéressé en apprenant que Tolan était comptable, et il lui avait demandé son opinion sur un problème fiscal qui le laissait perplexe.

Tolan sentit que le policier était anxieux de voir s'arrêter les exploits de l'étrangleur. Avec seulement quatre hommes, il n'était pas en mesure de résoudre trois meurtres dans une résidence dont les locataires représentaient presque un quart de la population totale de la ville.

Si les vigiles de Haydon mettaient un terme à la série, Collins ne serait pas fâché de respirer.

Tolan l'aborda et régla son pas sur celui du policier.

— Monsieur Garr, dit Collins en inclinant la tête.

— La dernière fois que nous avons discuté de l'affaire, vous pensiez que ces meurtres étaient l'œuvre d'un cambrioleur, que ces femmes étaient rentrées chez elles au mauvais moment. C'est toujours votre opinion ?

— Les trois victimes avaient de coquettes collections de bijoux, et c'étaient les seules choses qui avaient disparu.

— A-t-on récupéré les objets volés ?

— Même si c'était le cas, je ne vous le dirais pas.

Collins ouvrit la portière de sa voiture et croisa les bras sur le toit.

— Quelque chose vous tracasse ?

— Je me demande pourquoi il a tué ces femmes, même en supposant qu'elles l'aient pris la main dans le sac.

— Elles auraient pu l'identifier.

Tolan se massa la nuque.

— Comment ? Vous avez le sentiment que le cambrioleur n'était pas un des locataires. Dans ce cas, il lui suffisait d'assommer la première victime et de décamper pour ne jamais revenir. Elle ne l'aurait probablement pas revu jusqu'à la fin de ses jours. Pourquoi la tuer ?

— Vous ne comprenez pas. Il y a des gens qui gagnent très bien leur vie en pillant ces résidences isolées, que le manque de surveillance rend vulnérables. Ils vont de l'une à l'autre en raflant tout ce qu'ils peuvent. Parfois, ils se font prendre et on les soumet à une séance d'identification pour que toutes les victimes de ce genre de délits puissent les reluquer ; et, parfois, ça permet de leur coller sur le dos un tas de vols en plus de celui pour lequel ils se sont fait piquer. En l'occurrence, ce gars-là ne voulait peut-être pas qu'une telle mésaventure lui arrive. Et puis c'est peut-être un violent.

— Bon, mais ça n'explique toujours pas pourquoi il est revenu. Deux fois. En tuant à chaque fois. C'est du zèle intempestif.

— Où voulez-vous en venir ?

Tolan fit un geste vers l'immeuble.

— Le meurtrier habite ici. Il a assassiné la première femme parce qu'elle pouvait effectivement l'identifier, et il a été contraint de tuer les autres parce qu'il était sur le gril après son premier crime.

— Possible, mais peu probable. Ce serait différent si les inconnus se repéraient tout de suite par ici, mais ce n'est pas le cas. Amis, parents et invités se succèdent dans la résidence vingt-quatre heures sur vingt-quatre, et notre homme pourrait aisément être l'un d'eux. Nous ne pouvons pas arrêter tout le monde pour un contrôle d'identité ; vous avez vu les plaintes qu'ont entraînées les mesures de sécurité renforcées. Ces gens-là veulent qu'on découvre l'assassin, mais il ne faut surtout pas troubler leur petit train de vie.

Collins monta en voiture et ferma la portière.

— Le tueur sait tout ça, monsieur Garr. C'est pourquoi il n'a pas craint de revenir. S'il fait une nouvelle tentative, les vigiles de Haydon devraient le dissuader.

— Espérons-le, mais c'est une mesure aléatoire : il y aura un grand élan d'enthousiasme au départ, puis, voyant que rien ne se produit, les gens se lasseront et, d'ici une semaine ou deux, vous aurez de la chance s'il vous reste encore un homme par étage.

Collins sourit.

— Vous avez sans doute raison mais, au moins, pendant une semaine ou deux, aucune femme ne mourra.

Tolan regarda la voiture s'éloigner. Collins savait aussi bien que lui que la seule façon de mettre fin aux meurtres était de démasquer l'étrangleur, mais le chef de la police devait se débrouiller avec ce qu'il avait, en espérant un coup de chance. Tolan ne put s'empêcher de compatir.

Il aurait compati encore davantage si la migraine n'avait fait rage dans sa tête. Chaque fois que ses pieds touchaient la surface lisse de l'allée en ciment, il cillait, bien qu'il portât des souliers de marche à semelle souple.

***

Lorsqu'il recouvra ses esprits, il était assis sur un tronc d'arbre dans la forêt qui bordait la prairie. Encore une fois, il émergeait lentement d'un brouillard où toutes choses lui étaient étrangères et où le nom de Tolan Garr ne signifiait rien : tout comme le vendredi précédent, les pièces du puzzle s'assemblèrent peu à peu.

Il se rappelait avoir parlé avec Collins et regardé sa voiture démarrer. Puis, de nouveau... le néant.

Il se sentait comme vide. Maintenant, plus question d'atermoyer. Deux « absences » en trois jours. Dès demain, il appellerait son médecin pour avoir le nom d'un spécialiste.

Il se leva avec lassitude et se mit en route vers la résidence qui se profilait dans les ombres du crépuscule. Combien de temps avait duré la crise, cette fois ?

L'une de ses joues le picotait. Il la toucha avec ses doigts, provoquant une sensation d'irritation, et remarqua que le dos de ses mains était égratigné. Il les contempla, stupéfait. Où qu'il fût allé, il s'était frayé un chemin à travers des buissons qui l'avaient griffé au passage. Comment pouvait-il ne pas se rappeler une chose pareille ?

Tête basse, profondément déprimé, il traversa le patio, ignorant les regards étonnés et les chuchotements des rares personnes qui restaient. Il gravit l'escalier situé à l'extrémité de l'aile, un escalier métallique dans une cage en brique jaune, où chaque palier se distinguait par un large panneau de couleur différente.

Arrivé au deuxième étage, il vit l'un des hommes de Collins adossé à la porte palière. Tolan se demanda ce qu'il faisait là. L'agent de police le regarda d'un air bizarre et leva une main.

— Un instant, monsieur Garr.

Par-dessus son épaule, Tolan aperçut Collins dans le couloir. L'agent tint la porte ouverte avec circonspection, le corps raidi.

— Vous feriez mieux d'aller voir le chef Collins.

Celui-ci détailla lentement Tolan de la tête aux pieds. Plus du tout détendu ni affable, il était dur et nerveux, comme l'agent de police.

— Où étiez-vous, monsieur Garr ?

Quelques portes plus loin, dans le couloir, deux

hommes examinaient la moquette sur le seuil de l'un des appartements.

— Je me promenais dans les bois. Qu'y a-t-il ?

— Étiez-vous seul ?

— Oui.

— Quelqu'un vous a vu ?

— Pas que je sache. Que se passe-t-il, Collins ?

Le policier parut en proie à un débat intérieur. Finalement, il se décida à répondre :

— Une autre femme a été agressée. Heureusement, elle s'est débattue et l'homme a fui.

— Je croyais que les vigiles de Haydon étaient censés...

— Ils n'étaient pas encore en place à ce moment-là. En fait, c'est arrivé moins d'une demi-heure après que je vous ai eu quitté cet après-midi. Comment vous êtes-vous fait ces égratignures ?

— Dans les buissons, je suppose.

Collins saisit au bond le « *suppose* ».

— Vous voulez dire que vous n'en êtes pas sûr ?

Un picotement d'avertissement se propagea dans les bras de Tolan et le long de sa colonne vertébrale.

— Minute ! Vous pensez que j'ai... ?

— Regardez vos mains, monsieur Garr. (Collins indiqua la vitre de la porte palière.) Regardez votre tête.

Tolan contempla son reflet. Il avait les cheveux en désordre, une longue estafilade barrait sa joue, et le bouton de son col de chemise était arraché.

Il se sentit pris de nausées. Il ne pouvait pas reprocher à Collins de le soupçonner. Il ne le pouvait pas, pour la bonne raison qu'il était incapable de lui affirmer catégoriquement qu'il n'avait pas attaqué cette femme. Il n'en *savait* rien, crénom !

— Allons causer un peu dans votre appartement, monsieur Garr.

Tandis qu'ils grimpaient l'escalier, les semelles

de Collins claquant sur les marches métalliques, Tolan eut l'impression d'être déjà en prison.

Fiona émit un petit cri quand elle le vit et écarquilla les yeux à la vue de Collins, sentant bien que le policier n'était pas simplement là pour raccompagner Tolan chez lui.

— Vous permettez que je me nettoie la figure ? demanda-t-il à Collins.

— Non. Je veux qu'un médecin examine d'abord ces égratignures. Par contre, vous pouvez changer de chemise. J'ai besoin de celle que vous portez.

Fiona commençait à s'échauffer :

— Je suis au courant de l'agression. Voulez-vous me faire croire que vous accusez Tolan...

— Regardez-le.

— Il y a certainement une autre explication.

Collins croisa les bras.

— J'attends de l'entendre.

— Dis-lui, Tolan ! s'insurgea-t-elle. Dis-lui qu'il se trompe du tout au tout.

Tolan s'effondra dans un fauteuil.

— Je ne peux pas.

Elle le regarda, sidérée.

— Écoute, reprit-il, je ne t'en ai pas parlé parce que je ne voulais pas t'inquiéter, mais il y a un autre problème que les migraines. Quand je suis parti du bureau, vendredi, mon cerveau a disjoncté et j'ai erré comme un somnambule pendant une heure. Et ça a recommencé aujourd'hui. En te quittant, j'ai bavardé avec Collins et, sans savoir comment, je me suis retrouvé assis sur un tronc d'arbre dans les bois. Deux heures et demie effacées de ma mémoire. J'ignore totalement où je suis allé, ce que j'ai fait et comment j'ai pu me mettre dans cet état.

— Seigneur, Tolan... gémit-elle d'une voix faible.

Elle pivota brusquement vers Collins :

— Il lui faut un médecin !

— Oui, si ce qu'il dit est vrai, mais sa vie n'est pas en danger pour autant. (Il s'adressa à Tolan :) Vous avez parlé à quelqu'un de ces absences ?

— Non. La première s'est produite seulement vendredi.

— Nous n'avons donc que votre parole.

— Sa parole devrait suffire ! intervint Fiona d'un ton sec.

— Pour une épouse, c'est à espérer, dit Collins. Mais pour un policier, Mr. Garr doit produire un témoin qui l'ait vu se promener, ou un indice prouvant qu'il n'était pas à proximité de cet immeuble quand la femme s'est fait agresser.

— Elle pourra vous dire que ce n'était pas lui.

— Je l'espère, quoiqu'elle n'ait pas bien regardé son agresseur. Elle en a donné un signalement très vague, à part qu'il était grand. (Il regarda Tolan.) D'accord pour aller à l'hôpital tenter le coup ?

Tolan avait maintenant retrouvé son habituel esprit logique.

— Non. Elle identifierait n'importe quel individu, y compris le gouverneur, si vous le lui présentiez dans l'état où je suis. Quand elle sera un peu remise du choc, on pourra procéder à une confrontation si c'est nécessaire.

Collins eut un demi-sourire.

— Malgré ces absences, votre cerveau semble fonctionner à la perfection. Peut-être qu'en vous concentrant, vous arriverez à me proposer un alibi que je puisse vérifier. Réfléchissez quelques minutes. Si vous ne trouvez rien, il me faudra vous emmener en garde à vue, montrer vos égratignures à un médecin et voir les conclusions à en tirer.

Entourant d'un bras protecteur les épaules de Tolan, Fiona s'exclama avec indignation :

— Vous voulez dire que vous allez le mettre en *prison* ?

— C'est la procédure normale, madame Garr. Je

peux le garder vingt-quatre heures. Passé ce délai, je devrai l'inculper ou le relâcher.

— C'est ridicule ! Tolan n'est pas un criminel. Il ne s'enfuira pas.

— Peut-être, mais de quoi aurais-je l'air si, en revenant demain, je ne le trouvais plus ici ? Allons-y, monsieur Garr.

Fiona le serra farouchement contre elle.

— Je vais prévenir Bear. Il saura que faire.

***

Bear s'avoua impuissant.

— Je peux traiter l'aspect légal de cette affaire, Tolan, mais si tu n'es pas en mesure de me donner un indice, une idée de l'endroit où tu étais et des éventuels témoins qui auraient pu te voir, Collins est en droit de te garder. Le médecin dit que les égratignures ont pu être causées par n'importe quoi, pas nécessairement par des ongles de femme : c'est un bon point pour nous. Mais je ne peux pas te faire libérer sous caution, vu que tu n'as pas été inculpé. Tu es donc coincé ici pour la nuit.

— J'ai dormi dans de pires endroits.

— Ne fais pas le malin. Il y a une chose à laquelle tu n'as peut-être pas pensé. A supposer que tu aies effectivement attaqué cette femme, ce ne serait pas la fin du monde, surtout si nous pouvons prouver que tu étais dans un état second. Mais Collins va maintenant enquêter sur toi à la lumière des trois meurtres précédents. Es-tu inattaquable de ce côté-là ?

— Je n'étais pas dans le cirage quand ils ont été commis, si c'est ce que tu veux dire. Je te répète que ma première « absence » s'est produite vendredi.

— As-tu des alibis pour les trois crimes ?

— Tu es dingue ? Connais-tu un citoyen ordinaire

qui note mentalement ses moindres faits et gestes au cas où il aurait besoin d'un alibi pour un meurtre ? Je ne sais même pas exactement quand ils ont eu lieu, alors comment veux-tu que je te dise où j'étais ?

Bear se leva.

— Bon, ne nous faisons pas de souci pour ça à l'avance. Chaque chose en son temps.

— Pas de souci pour ça ? Si tu ne voulais pas que je me fasse du souci pour ça, il ne fallait pas soulever le problème.

— Je voulais juste te prévenir. Je reviendrai demain matin. Dans ton intérêt et dans celui de Fiona, *réfléchis*. Il te reste forcément un souvenir quelconque de ces heures-là.

Au poil ! Non seulement Tolan était enfermé dans une cellule pour une agression dont il ignorait s'il en était coupable ou non, mais il devait maintenant redouter la possibilité que Collins lui colle les trois meurtres sur le dos. Dieu seul savait ce que le policier pouvait dégoter ; ce ne serait pas la première fois qu'un innocent serait jugé, peut-être même condamné.

Il arpenta sa cellule. Comme s'il repassait indéfiniment dans sa tête la même bande vidéo, il voyait la voiture de Collins s'éloigner et un rideau gris s'abaisser d'un seul coup.

Bizarre, d'autant qu'il savait fichtrement bien qu'il n'était pas devenu subitement sourd, muet et aveugle. Sa mémoire avait bien dû enregistrer *quelque chose*.

La migraine recommençait à le tarauder, sans doute parce qu'il était fatigué, et ses jambes lui faisaient mal comme s'il était resté debout toute la journée. Il s'assit au bord de la couchette et ôta l'une de ses chaussures, qu'il regarda fixement en essayant de réveiller ses souvenirs. Puis, d'un geste rageur, il la lança contre le mur de la cellule.

Un nuage de poussière rouge explosa tandis que la chaussure rebondissait par terre.

Il retira l'autre et la retourna. Incrustée dans les fissures de la semelle en caoutchouc, il y avait de la terre séchée, rougeâtre, durcie, qui s'était effritée en poussière quand la chaussure avait heurté le mur.

Il s'attaqua à la croûte avec l'ongle du pouce. Il n'y avait qu'un seul endroit où une terre rouge comme celle-là fût assez tendre pour avoir adhéré à ses semelles.

Il ferma les yeux. Des ombres et des sons qu'il ne pouvait identifier tourbillonnaient dans le noir.

« N'insiste pas », se dit-il. « On ne doit jamais forcer la mémoire. Tu as ouvert la porte. Maintenant, laisse les souvenirs sortir tout seuls. »

Pour occuper son esprit à autre chose, il pensa à Freeman. L'intéressé n'en saurait jamais rien, mais cette histoire lui valait au moins un jour de grâce avant d'être renvoyé.

Le temps que Tolan avait passé à traquer les erreurs de Freeman avait été consacré en partie à chercher une écriture qui aurait dû figurer à la rubrique « Équipement » et ne s'y trouvait pas. Il avait fini par la dénicher. La société qui avait vendu l'équipement en question avait par ailleurs un contrat pour des fournitures qu'ils facturaient mensuellement. Le nom de la société étant le même, le comptable de la compagnie avait inscrit sans réfléchir la facture de matériel dans la colonne des fournitures — erreur facile à commettre. Mais Freeman, en vérifiant les comptes, aurait dû se demander tout de suite pourquoi une note de fournitures de quinze cents dollars par mois en moyenne s'était soudain arrondie à cinq mille dollars. Il s'était fié aux apparences, comme le comptable. Les vérificateurs n'étaient pas censés se fier aux apparences.

Tolan ramassa sa chaussure.

Les gens avaient toujours tendance à se fier aux apparences. Bear, Collins, lui-même, tout le monde avait supposé que l'agression de dimanche soir avait été perpétrée par le même homme qui avait étranglé les trois femmes, mais il était tout à fait possible que ces événements figurent sous des rubriques différentes dans le grand livre.

Les victimes avaient été tuées dans leurs appartements, les corps découverts seulement au bout de plusieurs heures. La femme d'hier soir avait été attaquée devant sa porte, dans le couloir.

Aucun doute dans l'esprit de Tolan : les premières relevaient des « Fournitures », l'autre de l'« Équipement ».

Il avait maintenant ouvert deux portes. Satisfait, il noua les mains autour de sa chaussure et s'assit, sans remarquer que sa migraine se dissipait. Et, parce qu'il avait l'esprit libéré, le rideau gris se mua en un voile de tulle à travers lequel il y voyait suffisamment pour donner à Bear l'indice dont il avait besoin.

***

Ils étaient assis face au bureau de Collins : Tolan, Bear et un homme mince, de petite taille, portant un pantalon trop large, un pullover en coton et un chapeau kaki tout cabossé, orné d'un ruban multicolore.

— Oui, je l'ai bel et bien vu, dit l'homme. Je pêchais, longeant la rivière en direction de la résidence, quand il a émergé des arbres, marchant comme un zombie. Il est resté un instant immobile en haut du talus et, d'un seul coup, il s'est effondré. Je me suis précipité pour voir si je pouvais l'aider. Son visage et ses mains étaient égratignés, sa chemise déchirée, mais il avait l'air indemne. Il ne m'a pas regardé un seul instant, n'a même pas semblé conscient de ma présence. J'ai supposé qu'il était saoul ou camé. Difficile de faire la distinction entre les deux, de nos jours. Je suis retourné pêcher. Il est resté assis sur le talus sans bouger, et il était toujours à la même place quand je suis rentré chez moi pour dîner.

— Quelle heure était-il lorsqu'il a fait son apparition ? demanda Collins.

— Près de quatre heures, je dirais.

— Et il n'avait pas d'écorchures à ce moment-là ?

— Je vous l'ai dit. Il s'est égratigné en tombant du talus.

Collins hocha la tête.

— Merci d'être venu, monsieur Addison.

Tolan emboîta le pas à Addison et lui tendit la main.

— Je vous suis reconnaissant de ce que vous avez fait pour moi.

— C'est plutôt à moi de vous remercier, monsieur Garr. Je n'aurais pas dû me fier aux apparences comme je l'ai fait. Quand nous refusons de nous « mouiller », nous perdons une petite part d'humanité. Vous m'avez aidé à m'en souvenir.

La porte se referma derrière lui. Voilà que revenait cette expression : *se fier aux apparences.*

— Vous pouvez partir aussi, monsieur Garr, dit Collins. Je m'excuse pour ces désagréments, mais vous devez comprendre ma position.

— C'est sans doute l'initiative la plus heureuse que vous ayez jamais eue.

Collins lança un coup d'œil à Bear.

— De quoi parle-t-il ?

— Je n'en sais fichtre rien, répondit Bear.

— Je parle de cette manie qu'ont les gens de se fier aux apparences, au lieu de prendre du recul pour examiner la situation d'un œil objectif. Cette nuit, seul dans ma cellule, j'ai pu m'y exercer. Addison a supposé que j'étais camé ou saoul. Vous avez supposé, à cause de mon aspect débraillé, que j'avais agressé cette femme. Nous avons tous supposé que l'homme qui avait fait ça était le même que celui qui avait commis les meurtres. Et tout le monde a supposé que les victimes avaient été tuées par un cambrioleur pris en flagrant délit. Il faudrait bazarder ces suppositions et tout reprendre depuis le début.

Collins regarda de nouveau Bear.

— Je devrais peut-être le remettre sous les verrous, pour sa propre sécurité ?

— A votre place, dit Bear, je m'en garderais. On ne vous a jamais dit que, quand un comptable parle, on a intérêt à l'écouter ?

— Seulement quand il est question d'argent.

— N'est-ce pas toujours le cas ? demanda Tolan. Primo, enquêtez sur l'agression de samedi en la considérant comme un incident à part, car elle ne cadre pas avec les autres. Secundo, oubliez les bénéfices négligeables relatifs à la vente des bijoux volés et renseignez-vous sur la manne que pourrait représenter l'un de ces meurtres pour les maris ou les parents des victimes numéro deux et trois. J'élimine le mari de la victime numéro un parce que je suis sûr que vous avez déjà creusé de ce côté-là.

— En effet. Le mari est toujours le premier suspect. Il jouait au tennis quand sa femme a été assassinée.

— Mais quand la victime numéro deux est morte de la même manière, pour le même motif apparent, vous n'avez pas examiné d'aussi près l'alibi de son mari.

Collins se gratta la joue avec le pouce.

— Je commence à voir où vous voulez en venir. Woodsmith est un courtier en assurances qui a un cabinet à Haverford. Selon ses déclarations, il rentrait chez lui au moment où sa femme s'est fait assassiner. Il n'y avait aucune raison de mettre sa parole en doute ; de plus, en été, Haverford est relativement désert après cinq heures du soir. Comme nous avions déjà ce qui semblait être un mobile pour le meurtre, il nous a paru inutile de chercher un éventuel témoin ayant vu Woodsmith.

— Et la même théorie s'est appliquée lors du meurtre de la victime numéro trois.

— Par la force des choses. Battle est représentant de commerce et se trouvait à Toledo quand le meurtre a été commis. On l'a localisé vers minuit, par le biais de son employeur.

— Il aurait pu revenir en avion, puis repartir de même après avoir tué sa femme. Mais pour vérifier cette hypothèse, il aurait fallu passer une journée à l'aéroport, peut-être même aller à Toledo, et pourquoi se donner tant de mal puisque le mobile était clair ?

Le visage de Collins s'empourpra.

— Bon Dieu, monsieur Garr...

— Je ne dis pas cela en mauvaise part, poursuivit Tolan. Avec seulement quatre hommes et deux policiers du comté, lesquels ont déjà amplement de quoi s'occuper, vous avez enquêté sur ces meurtres à partir de ce que vous voyiez. Quatre-vingt-dix-neuf fois sur cent, vous auriez eu raison. Mais là, ce pourrait bien être la centième fois. L'idée qu'un homme puisse tuer trois femmes dans le seul but de couvrir le meurtre de l'une d'entre elles est rocambolesque, je le reconnais, mais elle mérite examen.

— Je pourrais me rebiffer et vous jeter dehors, dit Collins d'une voix lente, mais je n'ai jamais été orgueilleux au point de me croire infaillible. J'examinerai donc cette hypothèse. Prudemment. Car si vous avez raison et si l'assassin a vent de ce que nous faisons, il prendra la poudre d'escampette.

— A coup sûr, dit Bear. Les opérations bancaires informatisées et les avions à réaction permettent aujourd'hui de disparaître très rapidement.

— C'est là que nous intervenons, toi et moi, dit Tolan. Il est temps que nous autres citoyens prêtions main forte à notre police.

***

Il était assis sur une table de pique-nique, les pieds sur le banc, au-delà des ampoules à faible puissance qui bordaient l'aire de loisirs déserte, derrière la résidence. Fiona avait émis un marmonnement ensommeillé quand il lui avait dit qu'il allait se promener pour se détendre. Ce n'était pas la première fois qu'il sortait à deux heures du matin.

A la clarté des étoiles, les petits balcons en ciment formaient des diagonales précises sur toute la façade, d'un bout à l'autre du bâtiment : style fonctionnel, engendré par les coûts de construction très élevés, avec des appartements tous semblables, conçus suivant le même plan.

Tolan n'avait rien contre ce genre d'immeuble. Simplement, ce n'était pas pour lui. Durant son bref séjour en cellule, à force de disséquer le diagnostic du médecin — *psychosomatique* —, il avait découvert un fait révélateur : presque toujours, ses migraines et ses absences s'étaient déclarées au moment où approchait l'heure de rentrer chez lui. Passant mentalement en revue les longs couloirs moquettés, les portes identiques et les appartements bas de plafond, il s'aperçut que non seulement il détestait habiter ici, mais qu'il abhorrait ça. Et, tout au fond de lui, quelque chose protestait avec véhémence.

Le médecin avait approuvé cette explication :

— Vous n'êtes pas le seul dans ce cas. Les gens insatisfaits de l'un ou l'autre aspect de leur vie peuvent développer n'importe quel type de protestation physique, depuis l'ulcère jusqu'à l'amnésie. A présent, vous avez le choix. Soit dépenser une fortune chez un psychiatre afin de déterminer pourquoi vous détestez vivre dans un appartement, soit consacrer cet argent à l'achat d'une maison et vivre heureux jusqu'à la fin de vos jours.

A l'époque où l'homme habitait dans des cavernes, l'un de ses lointains ancêtres s'était probablement taillé une niche à lui dans le roc, bien à l'écart de ses congénères.

Curieux de voir comme, une fois qu'on avait abattu une barrière entourant un problème précis, les autres s'effondraient quasiment d'elles-mêmes...

Avant que Tolan ne quitte le bureau de Collins, ce matin-là, un policier du comté avait téléphoné pour annoncer que la femme avait identifié son agresseur de la veille comme étant son ancien amant. Avec perversité, et peut-être aussi parce qu'elle appréciait secrètement cette violente démonstration de l'amour persistant de son amant, elle ne l'avait pas dénoncé jusqu'au moment où le policier, observant qu'elle lui avait donné quatre signalements différents de son agresseur, avait compris qu'elle protégeait quelqu'un.

Par ailleurs, deux coups de fil de Collins — l'un à la résidence pour connaître les références bancaires des maris numéros deux et trois, suivi d'un autre à l'une des banques citées — avaient fait apparaître que l'épouse de l'un avait hérité une petite fortune de sa famille dix-huit mois auparavant, fortune qui était maintenant entre les mains de son mari.

Un homme s'approcha lentement, longue silhouette se profilant sur la façade grisâtre faiblement éclairée. Il tournait la tête sans arrêt pour voir si quelqu'un l'observait.

Tolan se raidit.

L'homme l'aperçut dans la demi-obscurité et s'arrêta à dix pas de lui.

— Je peux vous aider ? s'enquit Tolan avec amabilité.

L'autre exhiba une feuille de papier blanc.

— C'est vous qui avez envoyé ça ?

— Êtes-vous disposé à parler affaires ?

— Sornettes ! dit l'homme. Je devrais vous dénoncer à la police.

— Pourquoi ne l'avez-vous pas fait ?

— Je voulais voir quel genre d'homme pouvait bien essayer de tirer profit du deuil d'un autre.

— Et moi, je voulais voir quel genre d'homme cupide et amoral pouvait bien tuer son épouse et deux autres femmes pour de l'argent.

— C'est un mensonge.

— Si c'était le cas, vous ne seriez pas là. Je n'ai nullement l'intention de vous laisser garder le magot pour vous tout seul. Alors... crachez ou caltez.

— Vous êtes stupide, dit l'homme d'un ton apitoyé. Le temps qu'on découvre votre cadavre demain matin et qu'on retrouve la preuve que vous affirmez détenir, j'aurai quitté le pays avec l'argent. Je ne me suis pas donné tout ce mal pour partager avec qui que ce soit.

Le puissant projecteur troua l'obscurité avec un impact presque physique, éclairant un homme d'âge moyen, à moitié chauve, vêtu d'une chemise et d'un pantalon sombres — silhouette aussi menaçante, malgré son obésité, que le revolver qu'il tenait à la main.

Collins poussa un rugissement assez fort pour réveiller en sursaut toutes les créatures qui dormaient alentour, tant dans la résidence que dans la forêt, derrière eux :

— *Police ! Lâchez cette arme !*

***

— Tu ne m'avais même pas prévenue ! cria Fiona. J'ai épousé un expert-comptable, pas un cinglé qui se prend pour Zorro ! Il ne t'est pas venu à l'idée que cet homme tenterait de te tuer, si c'était lui le meurtrier ?

— Bien sûr que si, dit Tolan. C'est pourquoi les termes du message devaient être soigneusement pesés. Un innocent aurait pris ça pour l'œuvre d'un détraqué. Le coupable, lui, serait contraint d'agir.

— *Mais tu aurais pu te faire tuer !*

— Le gilet pare-balles de Collins m'aurait protégé.

— Pare-balles, tu parles !

Elle entra en trombe dans la salle de bains et fit volte-face, une main sur la porte.

— Que ce soit bien entendu, Tolan ! Plus jamais ça ! Tu m'entends ? C'est la dernière fois que tu prends un risque pareil avec la vie de l'homme que j'ai épousé !

La porte claqua. Plus d'un locataire de l'aile ouest devait jurer par la suite qu'il y avait eu un tremblement de terre durant la nuit.

Tolan émit un soupir de soulagement. La dernière fois qu'il avait mis Fiona dans une telle colère, elle l'avait bombardé de projectiles.

Il rassembla les registres et les dossiers de Freeman, formant une pile prête à emporter le lendemain matin.

Il y avait quelque chose de formidable dans les chiffres nettement alignés dans les colonnes d'un grand livre, page après page. Ces chiffres racontaient l'histoire d'une entreprise, à la manière d'un récit en prose ; mais, comme dans tout manuscrit, il fallait apporter d'ultimes corrections. Il y avait toujours, çà et là, une écriture biffée avec soin et reportée ailleurs.

Tout à l'heure encore, Woodsmith et Battle figuraient tous deux sous la rubrique « Suspects » car, même si l'un avait hérité la fortune de sa femme, cela ne signifiait pas pour autant que l'autre fût hors de cause.

A présent, Tolan pouvait inscrire Battle dans la colonne « Innocents » et Woodsmith dans la colonne « Coupables » : ainsi, les comptes seraient équilibrés.

Aucun problème pour un bon expert-comptable.

An Unprejudiced Eye.
Traduction de Gérard de Chergé.

Table

Composition réalisée par C.M.L., Montrouge

IMPRIMÉ EN FRANCE PAR BRODARD ET TAUPIN
Usine de La Flèche (Sarthe).
LIBRAIRIE GÉNÉRALE FRANÇAISE - 6, rue Pierre-Sarrazin - 75006 Paris.
ISBN : 2 - 253 - 06381 - 9

30/9500/7